KB117497

나는
매일
하늘을
품는다

나는 매일 하늘을 품는다

지은이 김경오
펴낸이 임상진
펴낸곳 (주)넥서스

초판1쇄 인쇄 2022년 6월 27일
초판1쇄 발행 2022년 7월 4일

출판신고 1992년 4월 3일 제311-2002-2호
10880 경기도 파주시 지목로 5
Tel (02)330-5500 Fax (02)330-5555

ISBN 979-11-6683-308-3   03810

www.nexusbook.com

나는
매일
하늘을
품는다

한국 최초 여자 비행사에서 여전히 꿈꾸는 삶으로

김경오 지음

넥서스BOOKS

내일을 향해 한 걸음

얼마 전 큰딸이 지인의 전화 한 통을 받고는 흥분에 휩싸였다. 내 젊은 시절의 사진과 기사가 경매에 나왔다는 것이다. 미국 유학 시절에 찍은 사진과 짧은 기사가 200만 원이 넘는 가격으로 거래되고 있는 모양이었다. 와, 이런 것도 돈을 주고 사는 사람이 있나? 신기하면서도 어쩌다 내 사진이 경매시장에 나오게 됐을까 그 경로가 궁금했다. 나중에 알고 보니 동아일보 논설위원을 지냈던 윤종현 씨가 유품으로 간직하고 있던 것이 경매되어 여러 차례 주인이 바뀌다가, 이번에 다시 경매에 부쳐진 것이었다. 결국 딸아이가 값을 치르고 그 사진을 손에 넣을 수 있었다.

여러 사람의 손을 거쳐 마침내 내게 돌아온 사진. 나는 손끝으로 사진을 만지며 형언하기 어려운 어떤 뜨거움을 느꼈다. 그리고 여전히 나를 기억하는 사람들이 있다는 사실에 감사했다. 돈을 주고 살 만큼 내 사진이 가치 있는 것일까? 그 사람은 사진이 아니라 사진 속 주인공의 역사를 산 것이겠지. 그만큼 나를 인정한다는 뜻이겠지. 생각이 여기까지 이르자 그동안의 노고를 인정받는 것 같아 뿌듯하기도 하고 영광스러웠다.

그렇게 사진 한 장은 나를 과거로 이끌었고, 생의 끄트머리에서 80 인생을 돌아보았다. 고통스러운 기억보다 행복한 추억이 먼저 떠오르는 걸 보면, 나름 후회 없는 인생을 살았노라 말할 수도 있겠다. 대한민국 최초의 여자 비행사, 참전 용사라는 타이틀을 얻고 뭇사람들의 격려와 지지, 과분한 사랑과 관심을 받았다. 외국에 가는 건 꿈도 못 꾸던 시절에 미국 유학을 갔고, 국제회의를 하러 세계 각국을 제집 드나들 듯 오갔으며, 남편의 든든한 지원 아래 맘껏 사회생활을 할 수 있었다. 자식들은 또 어떤가. 두 딸이 반듯하게 자라 이 사회에서 제 몫을 톡톡히 해내고 있으니 참으로 복받은 삶이구나 싶다.

너나없이 가난했던 시절, 최초의 여자 비행사는 부러움의 대상이면서 동경의 대상이었고 희망의 아이콘이었다. 사람들은 여자 비행사의 일거수일투족을 알고 싶어 했고 궁금해했다. 신문들은 그런 기대에 부응해 나에 대한 소식을 실어 날랐다. 그렇게 나는 유명해졌고 날아올랐다. 한마디로 내 삶은 영광과 환호, 박수로 가득한 삶이라고 할 수 있다. 지금도 '김경오'라는 이름 석 자를 검색하면 수많은 기사가 쏟아진다. 대부분 과거의 영광, 성공, 결과에 주목하는 글이다. 하지만 그러한 결과를 이루기 위해 얼마나 긴 시간 스스로를 채찍질했던가. 눈앞의 곤경을 벗어나기 위해 얼마나 부단히도 외로운 싸움을 이어 나갔던가.

한 사람이 오롯이 견뎌낸 고통과 단련의 시간에 대해서는 무관심하기 쉽다. 누군가의 인생이 눈부실 만큼 찬란하다면, 그 이면엔 더 깊고 진한 어둠과 인고의 시간이 분명히 있다. 내게도 그러한 시간들이 있었다. 하루하루 살아내는 것도 버거운 나날이었다. 내일을 기대할 수도 없었고 미래를 꿈꿀 여유도 허락되지 않았다. 수천 번 포기와 다짐을 반복하며 지새운 밤들, 좀 더 쉬운 길을 가라는 유혹에 흔들렸던 순간들……. 그러한 시간들을 지나 오늘날의 '나'라는 사람이 만들어졌다.

오늘의 나를 있게 한 것은 최고가 되겠다는 원대한 꿈도, 비행사에 대한 열망도 아니었다. 그저 오늘을 살아낸 결과일 뿐이다. 아침에 일어나 기상 점호를 하고, 다려 놓은 군복을 입고, 정해진 훈련을 소화하고, 기합을 받고, 밥을 먹고. 그런 시간들이 켜켜이 쌓여 이루어진 결과물이 바로 나, 김경오인 것이다. 매일매일이 소중했고 일분일초도 허투루 쓰지 않았다. 최선을 다해 살았다. 그랬기에 누군가 "당신 생애에서 찬란했던 순간이 언제인가요?" 하고 묻는다면 나는 망설임 없이 대답할 수 있다. 바로 지금이라고. 여전히 온 정성을 다해 생을 살아내고 있는 바로 '지금'이라고. 그래서 나는 오늘보다 더 반짝일 내일을 향해, 아직 오지 않은 최고의 순간을 위해 오늘도 한 걸음 내딛는다.

차례

Flight 2. 영웅이 된 비행사

Flight 3. 끝나지 않은 도전

김경오를 말한다

Flight 1

비행사를 꿈꾸다

죽다 살아난 아이

1934년 5월 28일, 나는 평안북도 강계에서 태어났다. 강계는 산이 높고 물이 맑기로 소문난 곳인데, 그중에서도 내가 태어난 마을은 초가집 열한 채가 전부인 깊은 산골이었다. 내 위로 오빠 둘, 언니 둘이 있었고 나는 다섯째로 태어났다. 부모님은 내 뒤로 동생 셋을 더 낳으셨다.

　내가 태어나던 날, 어머니는 선견지명이 있었는지 밭일을 나가기 전에 깨끗한 베 보자기를 미리 준비해 품에 넣으셨다. 그리고 예견했던 것처럼 어머니는 밭에서 혼자 애를 받으셨다. 머리꼭지를 뜨겁게 달굴 만큼 유독 더웠던 그날, 어머니는 따뜻하게 데워진 논두렁 물에 핏덩이인 나를 씻긴 뒤 베 보자기에 감싸 안았다. 뒤늦게 아버지가 그곳에 당도했을 때 어머니는 모든 일 처리를 끝내고 어린 내게 젖을 물린 상태였다.

아버지는 딸인지 아들인지 묻지 않았다. 그저 "낳았나?" 무심하게 한마디 했을 뿐이다. "애썼다" 하고 다독일 줄도 몰랐다. 애 낳는 일이 특별하거나 법석 떨 일도 아닌 시절, 그렇게 무시로 나는 세상과 만났다.

태어난 지 8개월쯤 되었을 때 감기가 심해져 경기를 했다. 깊은 산골이라 병원도 멀고 약도 구할 길이 없었다. 열을 못 이기고 눈을 뒤집고 까무러치니까 다들 죽었다 생각하고 어린 나를 가마니에 둘둘 말아 방구석에 밀어두었다. 다음 날 아침에 산에 갖다 묻을 심산이었다. 어머니가 애달파하자 동네 할머니가 한마디 했다.

"아이야 오늘 밤에라도 하나 더 만들면 되지. 에미나이 하나 죽은 걸 가지고 뭘 그리 슬퍼하네?"

동네 할머니는 야박한 소리를 하면서도 산에서 뜯어 온 쑥을 찧어 내 머리 위 숨구멍에 올리고는 불을 붙였다. 쑥뜸이었다.

"아침까지 기다려 얼굴색이 빨갛게 돌아오면 산 기고, 죽었으면 내다 묻어라."

밤새 뒤척이던 어머니가 새벽녘이 되어 가마니를 들춰 보니 내 볼이 빨갛게 달아올라 있었다고 한다. 어머니가 나를 임신했을 때 커다란 실타래가 하늘에서 내려와 품속으로 들어오는 태몽을 꾸셨다더니, 굵은 실타래처럼 내 목숨 줄이 질기긴 했나

보다.

어린 시절 죽음의 고비를 넘긴 일이 한 번 더 있었다. 돌도 지나지 않았을 때다. 온몸에 두드러기가 나더니 그것이 곪아 진물이 흘렀다. 약은커녕 원인도 모르니 스스로 낫기를 기다렸다. 그러나 면역력이 약한 아이가 이겨내기엔 힘든 병이었다. 어머니가 옆에서 내 간호만 할 수도 없는 노릇이었다. 생업이 급했을 터였다. 어머니는 농사일을 하러 가면서 볕바라기라도 하라며 나를 흙담에 기대 앉혀놓았다. 발가벗긴 채로. 형제가 많았지만 누구 하나 내게 신경 쓰지 않았다.

나는 흙담에 기대어 까무룩 잠이 들었다 깼다를 반복했다. 그렇게 반나절이 지났을까. 길을 지나던 스님 한 분이 나를 발견하고는 말을 걸었다.

"뉘 집 부모가 이렇게 어린아이를 발가벗겨 버렸을까?"

당시 내 모습은 진물이 흐른 자리에 먼지가 달라붙어 몰골이 말이 아니었다. 스님은 내 상태를 이리저리 살폈다. 지팡이로 턱을 들어 올리기도 하고, 관상과 손금을 보기도 했다. 때마침 점심식사를 하러 오신 부모님이 그 모습을 보고 스님에게 물었다.

"뉘신지요?"

"얘가 당신네 아이요?"

"그렇습네다."

"아이 꼴이 어찌 이러오?"

그 물음에 어머니가 사정을 얘기하자, 스님이 특별한 묘방을 일러주었다.

"자라를 푹 고아 그 물을 마시면 독소가 빠져나가 깨끗하게 나을 거요."

"감사합니다."

어머니가 머리를 조아렸다.

"아이 이름이 뭐요?"

돌도 지나지 않은 아이에게 이름이 있을 턱이 없었다. 돌 지나기 전에 아이가 죽는 일이 예사이다 보니 이름을 지어줄 생각조차 없었을 것이다. 만약 이름을 짓게 된다면 돌림자를 쓸 요량이었다.

"이 아이는 돌림자를 쓰지 말고, 오동나무 오(梧) 자를 넣어 이름을 지으시오. 그래야 오래 살 거요."

그 말을 끝으로 스님은 뒤돌아 가버렸다. 그런데 갑자기 은덕이라도 베풀고 싶으셨던 걸까. 다시 돌아와 한마디 툭 던지셨다고 한다.

"이 아이를 잘 길러보시오. 앞으로 백만 대군을 거느릴 아이요."

내 미래에 대한 스님의 예언에 부모님은 "계집애인 제까짓 게 무슨"이라며 콧방귀를 뀌었다. 그래도 아이를 살릴 수 있다는 방도에는 귀를 기울이셨다.

자라 한 마리 푹 고아 먹이면 씻은 듯이 병이 낫는다 했지만,

깊은 산골에서 자라를 구하는 게 어디 쉬운 일이겠는가. 그러나 어머니는 동네 어른에게 부탁하여 간신히 쌀 두어 박에 자라를 구해다가는 푹 고아 나에게 먹였다. 그때부터 내 몸에서는 피고름이 흘렀다. 이러다가는 끝내 죽을 거라고 생각할 정도로 상당히 많은 양의 피고름이 쏟아졌다. 그렇게 얼마나 지났을까. 피고름은 곧 꾸덕꾸덕해졌고 어머니는 산에서 내려온 맑은 물에 내 몸을 씻기셨다. 그러자 내 몸에 뾰족하게 올라왔던 상처들이 흔적도 없이 사라지고 유리알처럼 뽀얀 피부로 돌아왔다.

스님의 처방으로 죽어가던 아이가 씻은 듯이 나으니, 아버지는 내친 김에 이름까지 지으려고 읍까지 나가 나름 유명하다는 작명소를 찾았다. 그런데 문제는 작명소에서 사람 이름에 오동나무 오 자는 쓰는 게 아니라며 한사코 다른 이름을 권했다는 것이다. 자식의 목숨을 살린 스님의 말씀을 철석같이 믿은 아버지는 한 치도 양보할 수 없었다. 아이가 오래 산다는데 어찌할 것인가? 작명소에서 두 손 두 발 들 수밖에. 그렇게 해서 나는 다른 자매들과 돌림자를 공유하는 영광을 누리지 못하고 다소 생경한 이름을 갖게 되었다.

김경오. 이 이름으로 평생을 살았다. 그리고 적어도 이 이름을 더럽히는 일은 하지 않았다고 자부한다. 믿거나 말거나 스님의 예언대로 그 후 병치레 없이 지금껏 건강한 삶을 누리고 있다. 또 하나의 예언, 백만 대군을 거느릴 운명. 스님의 말씀을 염두에 두거나 가슴에 새기며 살지는 않았다. 그러나 내 삶에 충실한 결과, 그 예언이 이루어지긴 했다. 그것이 나의 운명이 었는지, 내 노력의 결실이었는지는 각자의 판단에 맡기겠다.

기가 센 여자

'기가 센 여자'라는 호칭은 여자에게 순종과 얌전함을 요구했던 우리 세대에는 모욕적인 말이었다. '기가 센 여자'는 곧 '팔자 드센 여자'이고, 이는 모질고 억세고 평탄하지 못한 삶을 사는 여자를 의미했다. 부모 밑에서 얌전히 있다가 좋은 남편 만나 시집 잘 가는 것을 여자로서 최고의 삶으로 치부하던 시절, 나는 '기가 센 여자'라는 말을 종종 들었다. 다른 여자들 같으면 '나를 어떻게 보고 이런 막말을 하느냐'라며 두 팔 걷어붙이고 드잡이를 하러 달려들었을지도 모르지만, 오히려 나는 '기가 센 게 뭐 나쁜 건가?' 하고 담담히 받아들였다.

이 호칭이 공식화된 것은 군대에서였다. 군에 있을 때 백운학이라는 유명한 역학자가 군부대로 강연을 왔는데, 나를 콕 집어

관상학을 펼쳤다.

"저 여자 장교님은 기가 너무 세서 병균들도 놀라 도망가겠네요. 평생 병원 갈 일이 없겠어요."

이 말을 듣고 기분이 나빴느냐? 그럴 리가. 병원 갈 일 없을 정도로 건강하다는데 그것이 왜 악담이겠는가? 그분의 덕담대로 나는 평생 병원 신세를 져본 적이 없을 정도로 건강하게 살았고, 기 센 여자로 살아서 덕을 입은 적은 있어도 손해 본 적은 없다. 기가 센 덕에 남자들만 득실대던 군대에서도 버텼고, 60, 70년대 초라하고 가난하던 시절 대한민국의 국가대표로 국제 회의에 참석했을 때도 주눅 들지 않았다.

혹자는 내가 시대에 앞서가는 생각과 당당함을 갖춘 여성으로 자라난 게 우리 부모님의 남다른 교육관 덕분일지 모른다고 생각할 수도 있겠다. 그러나 우리 집은 조선 시대 유교사상에서 벗어나지 못한 남녀 차별, 남존여비의 표본이었다. 남자는 하늘, 여자는 땅이라는 생각을 금과옥조로 여기던 집안이었다. 여덟 형제 중간에 끼인, 그것도 여자인 내가 집안에서 어떤 취급을 당했는지는 미루어 짐작할 수 있을 것이다. 좋은 것, 맛있는 것은 언제나 남자들의 몫이었고, 아버지 말씀은 그렇다 치더라도 오빠들의 말조차 거역할 수 없는 분위기였다.

어렸을 때는 기가 센 여자와 거리가 멀었다. 말수도 없을뿐더러 형제들이 나를 툭툭 치며 장난쳐도 한마디도 하지 않을 만큼 얌전했고 부끄럼도 많은 아이였다. 그런 내가 못 참는 게 한 가지 있었다. 음식에 대한 차별을 받았을 때다. 가족이 많아 먹을 것이 부족해서 그랬겠지만, 닭백숙을 하면 남자들에게는 고기를 주고 여자들에게는 건더기 없는 국물만 주었다. 다른 자매들은 그것도 어디냐며 잘도 받아먹었지만, 나는 그것이 못내 자존심이 상해 먹을 수가 없었다. 먹다 남긴 찌꺼기를 먹는 것 같아 기분이 나빴다. 그래서 언니와 여동생에게 함께 먹지 말자고 제안도 했지만 대번에 거절당했다.

나는 먹을 것 앞에서 자존심을 헌신짝처럼 내다 버리고 국그릇에 머리를 박고 있는 자매들의 모습을 도저히 볼 수가 없었다. 그래서 결국 일을 냈다. 밥상을 엎어버린 것이다. 잠시 정적이 흐르더니 모두의 시선이 나를 향했다. 순간 죽었구나 싶은 생각에 냅다 옆집 병구네로 삼십육계 줄행랑을 쳤다.

병구는 신발도 못 신고 맨발로 서 있는 내 모습을 빤히 쳐다보더니 한마디 했다.

"어, 또 도망 왔구나."

종종 이런 일을 벌이긴 해도 나는 반항적인 아이가 아니었다. 오히려 부모님께 순종하는 편이었다. 하지만 부당한 일에서만큼은 시시비비를 가리려고 했기에, 그런 모습을 부모님이 어여삐 보시지는 않았던 듯싶다. 덕분에 심부름이며 자질구레한 집안일은 내 몫이 되었지만, 가족들 그 누구도 나를 만만하게 보지는 못했다.

한편 부모님 말씀에 순종하고 부당한 편견에 맞서지 못해 가장 큰 피해를 입은 사람은 다름 아닌 내 바로 위 언니였다. 언니의 꿈은 영화배우였다. 종종 길거리에서 캐스팅 제의를 받을 정도로 빼어난 미모를 타고났고 나름 끼도 있었다. 그러나 아버지와 오빠들의 반대로 그 꿈은 이루어지지 않았다. 지금이야 초등학생들의 장래 희망 1순위일 정도로 연예인에 대한 인식이나 위상이 높지만, 당시에 배우는 '딴따라'라고 불리며 멸시를 받았다. 특히 여배우는 조신하지 못하고 문란하다는 모욕적인 편견까지 뒤집어써야 했다. 결국 집안 반대로 인해 언니는 조용히 꿈을 접었다.

언니의 두 번째 꿈은 피아니스트였다. 중앙대에서 피아노를 전공하며 유학까지 꿈꿨으나 이 역시 접었다. 좋은 집안으로 시집가라는 부모님의 종용 때문이었다. 나 같으면 도망이라도 갔을 테지만 부모님 말씀을 거역하지 않는 것을 미덕으로 알았던 언니는 큰 저항도 못해보고 결혼했다. 그렇게 떠밀리다시피 시집을 간 언니의 삶은 녹록지 않았다. 층층시하에 어렵게 시집살이를 했고, 형부는 그런 아내의 고충을 살피지 못했다. 뿐만 아니라 형부가 50세가 되기도 전에 생을 다하면서 언니에게는 남편이라는 바람막이마저 없어졌다. 남편도 없는 시댁에서 언니의 삶이 얼마나 신산했을까. 만약 내가 공군에 입대하지 않았다면 언니와 별반 다르지 않은 삶을 살았을 것이다. 그러다 화병이 나서 일찍 죽었을지도 모르겠다.

당시 여성의 삶이 그랬다. 선택권이 없었고 자신이 원하는 삶을 살기 위해선 그만큼 혹독한 대가를 치러야 했다. 솔직히 지금에 와서 '그때는 다 그랬지' 하며 그 시절을 추억하는 것은 불편기만 하다. 그렇다고 편견과 차별에 저항하지 못했던 여성들을 질책하고 싶지도 않다. 다만 여태껏 여성 차별의 역사를 가장 가까이에서 경험하고 견뎌낸 한 사람으로서 우리의 삶이 더 나은 방향으로 나아가고 있고, 그것을 위해 여전히 노력하고 있다는 데 위안 삼을 뿐이다.

혼란의 시대

남녀 차별이 심한 집안이었지만 아버지는 교육에서만큼은 차별을 두지 않으셨다. 아들딸 모두를 학교에 보내 공부시켰고, 강계를 떠난 이유도 자식들 교육 때문이었다. 아이들을 산골 무지렁이로 키울 수 없었던 아버지는 식솔들을 이끌고 강계에서 신의주로 이주하셨다. 이때는 이미 큰오빠, 작은오빠가 대처에 나가 하숙을 하며 공부하고 있을 때였다. 특히 나는 자식 하나쯤은 글로벌하게 키우고 싶다는 어머니의 뜻에 따라 만주에 있는 국제학교를 다녔다. 압록강을 건너야 갈 수 있는 중국 학교였다. 나는 그곳에서 중국옷을 입고 중국말을 배웠다.

신의주는 국경지대이다 보니 왕래하는 사람이 많았다. 이런데 눈이 밝았던 아버지는 중국을 오가는 사람들을 상대로 여관을 하며 재산을 꽤 모으셨다. 일제 치하였지만 우리 가족은 시절의 어려움을 겪지 못했다. 일본의 압제란 말도, 독립운동이란 말도 들어보지 못하고 소소한 삶을 이어갔을 뿐이다.

하지만 일본 제국주의의 광증이 극단으로 치닫던 1940년대에 이르러서는 그 조용하던 변방 지역까지도 창씨개명을 하라는 강요를 받았고, 그것만은 할 수 없다고 끝까지 버티던 아버지도 결국 무릎을 꿇어야만 했다. 성을 '가네하라'로 바꾸면서 많은 변화가 생겼다. 오빠들은 일본에 의해 강제 징용되었고, 나는 신의주에 있는 운정 국민학교로 전학을 가서 일본말로 공부를 해야 했다. 일본말을 못해서 매일 맞았고 변소 청소를 하기도 했다.

시간이 흐르고 흘러 일본 패망의 그림자가 짙게 드리웠던 1945년, 징용 간 사람들이 하나둘 돌아오고 오빠들도 멀쩡히 살아 돌아왔다. 꿈에 그리던 해방이 된 것이다. 천황이 만천하에 항복을 선언한 날 아침, 아무것도 모르고 학교에 갔더니 다시 집으로 돌아가라고 했다. 선생님을 비롯해 여관 종업원까지 일본인들은 어느새 자취를 감추었고, 길거리에서는 미처 도망가지 못한 일본인들이 매질을 당하는 광경을 쉽게 볼 수 있었다. 혼란스러운 시기였다.

그 와중에 변화와 위험의 기운을 가장 먼저 감지한 것은 아버지였다. 아버지는 북쪽에 주둔한 소련 군정이 지주나 자본가들을 처단한다는 소식을 접하고 그 길로 당장 짐을 쌌다. 그때가 1945년 10월 12일이었다. 우리는 간단한 옷가지와 금붙이만을 챙겨 남으로 내려왔다.

서울역에 처음 내렸을 때 내 눈을 사로잡은 것은 전차였다. 땡땡 종을 울리며 지나가는 전차를 보고 깜짝 놀라 울음을 터뜨리니, 아버지가 "앞으로 네가 무시로 타고 다닐 신문물이다"라며 나를 달래주던 기억이 난다.

서울에서 처음 자리 잡은 곳은 마포였다. 방 한 칸에 열 식구가 살았다. 그동안 나름 여유롭게 살았는데 서울에서는 부족한 게 많았다. 당장 끼니부터가 걱정이었다. 금붙이를 팔아 찬거리를 장만해도 역부족이었다. 밀가루 배급을 받으려고 깜깜한 새벽부터 줄을 섰고, 더 많은 밀가루를 받기 위해 돌아가신 할머니, 할아버지를 소환해서 유령 식구를 만들어야 했다. 열 명이던 식구가 스무 명으로 늘어났다. 심지어 내 나이는 95세로 등록되어 있었다. 당시 배급은 15세 이상에게만 가능했기 때문이다.

거리에는 피난민이 넘쳐났고, 다들 먹고살기 위해 장사를 하러 나섰다. 어머니도 이북식 김치를 만들어 파셨다. 그래서 나는 학교가 끝나면 동대문까지 김칫독을 이고 가서 어머니 옆에 앉아 함께 김치를 팔았다.

"김치 사시라요. 평양 김치 맛있어요."

열한 살짜리 아이가 나서서 도와도 우리 집 형편은 나아지지 않았다. 도시락을 싸가지고 갈 형편이 안 되어 학교에서 점심 대신 우물물로 배를 채우는 일이 허다했다.

그런 와중에 아버지가 사기를 당하셨다. 아버지가 서울 중앙청 앞에 있는 적산가옥을 한 채 마련했는데, 알고 보니 이중매매가 된 집이었다. 당시에는 이중매매, 삼중매매가 흔했는데, 연고가 없던 아버지는 상대편이 사주한 경찰한테 맞아 쫓겨났다. 억울해도 어쩔 수 없었다. 법은 멀고 주먹은 가깝던 시기였으니까. 그 후 안국동 종각 옆에 있던 인쇄소 집을 샀는데, 이것 역시 이중매매된 집이었다. 연이어 쫓겨난 우리는 을지로 4가에 있는 적산가옥에 자리를 잡았다.

이때부터 형편이 좀 나아지기 시작했다. 이 모든 것이 작은오빠 덕분이었다. 북에서 내려온 피난민들이 대부분 동대문에 나와서 억척스럽게 장사를 했기 때문에 경쟁이 치열했다. 고만고만한 아이템으로는 승부가 나지 않았다.

"이남 사람들이 먹어보지 못한 것을 팔아요."

오빠의 제안에 어머니는 평양식 빈대떡 장사를 시작하셨다. 집 앞에 커다란 솥뚜껑을 걸고 돼지기름을 둘러 먹음직스러운 빈대떡을 부쳐냈다. 지글지글 고소한 기름 냄새는 골목에 가득 퍼져 퇴근하던 아버지들의 발걸음을 돌려세웠고, 가게는 어느

새 입소문을 타고 맛집 대열에 올랐다. 저녁이면 부대 안에 지폐가 가득 찰 정도로 장사가 잘됐다. 그렇게 우리 가족은 빈대떡 장사를 시작한 지 1년이 채 안 되었을 때 왕십리에 새집을 지었다.

일제강점기의 암울했던 시간들을 지나 서울에서 자리 잡을 때까지, 지금 생각해보면 참으로 어려움이 많았던 시절이었다. 삶이 고되고 걱정이 가득했던 때였다. 하지만 그 시절 십 대 소녀인 나에게는 앞날에 대한 희망 또한 몽글몽글 여물고 있었다.

십 대 소녀의 소망

우리가 서울에 정착했을 때는 피난민이 많지 않았다. 그래서 나는 학교에서 놀림거리가 되기 일쑤였다. 마치 동물원 원숭이가 된 듯했다. 내 머리에 뿔이 달린 것도 아닌데, 단지 이북 출신이라는 이유로 아이들은 쉬는 시간마다 나를 구경하러 왔다. 일부러 나를 보면서 놀란 듯 눈을 까뒤집는 흉내를 내는 아이도 있었다.

무엇보다 나는 평안도 사투리 때문에 '이북데기'라는 놀림을 많이 받았다. 선생님조차 내 편을 들어주지 않았고 무시하거나 핀잔을 주곤 했다. 수학 문제를 냈을 때 내가 정답을 맞히면, 선생님이 "이북에서 와서 잘 먹지도 못하는데 수학은 잘하네"라며 창피를 주었다. 그러다 보니 아이들의 괴롭힘은 점점 더 강도가 심해졌다.

중학교 2학년 때는 이런 일도 있었다. 어떤 이유였는지는 모르지만, 반장 아이가 부러진 책상 다리를 가져와서 내 이마를 내려친 것이다. 그 순간 이마에서 무언가 흘러내렸다. 피였다. 책상 다리에 못이 박혀 있던 것이다. 나는 피를 보자마자 눈이 뒤집혔다. 그동안 삭여왔던 울분이 가슴 밑바닥부터 끓어올랐다. "쌍!" 하고 욕이 절로 튀어나왔다.

"북한 에미나이 뜨거운 맛 좀 보라우."

어느새 내 손엔 싸리 빗자루가 들려 있었고, 그렇게 반장을 먼지 나게 때렸다. 나는 그동안 받았던 서러움과 한을 담아 오랫동안 반장을 때렸다. 그래도 분이 다 풀리지 않았다. 결국 나는 교무실에 불려 가서 벌을 섰다. 이유를 설명했으나 이때도 선생님은 반장 편을 들었다. 무척 서러웠다. 그때 나는 다짐했다.

'이런 서러움에서 벗어나는 길은 이 학교의 명물이 되는 길밖에 없어. 감히 넘보지 못할 그런 존재가 되겠어.'

내가 출세할 수 있는 유일한 방법은 '공부'밖에 없었다. 그래서 당시 대학에 다니던 오빠들과 언니의 도움을 받아 열심히 공부를 했고, 덕분에 나는 수월하게 성적을 올릴 수 있었다. 특히 수학과 과학에서 높은 점수를 받았다. 성적이 오르자 나를 함부로 대하는 아이들도 줄어들었다.

중학교를 졸업할 무렵, 학제가 개편되면서 나는 고등 과정을 다시 들어야 했다. 당시 중고등학교 과정이 통합 4년이었는데 중학교 3년, 고등학교 3년 과정으로 나뉜 것이다. 내가 배정받은 고등학교는 돈암동에 있는 동덕고녀(현 동덕여자고등학교)로 전차를 타야만 갈 수 있는 학교였다. 그러나 전차비를 아끼기 위해 나는 우리 집이 있는 왕십리에서부터 돈암동까지 걸어 다녔다. 그렇게라도 학교에 갈 수 있다는 게 감사했다. 그래서 그 먼 길을 걸어 다녔음에도 다리 아픈 줄도 몰랐다.

고등학교 때 나는 정구로 유명했다. 공부보다 운동에 재능이 있었던 걸까. 학교 대표로 체육대전에 나갈 정도였으니 아무래도 소질이 있었던 것 같다.

당시에는 학교 대항으로 정구 대회를 했는데, 동대문 운동장에 들어설 때면 응원석 가득 메운 학생들의 함성에 학교 대표인 내가 자랑스러워 어깨가 으쓱했다. 반면 남고 응원석 앞을 지날 때는 모두 나만 보는 것 같아 얼굴이 벌게지면서 부끄러웠다. 사실 경기를 하러 가면 우승을 하는 것보다 응원하러 온 남학생들에게 온 신경이 쓰였다. 그래서 유니폼을 빳빳하게 다리고 외모를 꾸미는 데 더욱 정성을 들였다. 결승전에서 내가 공이라도 받아 칠 때 남학생들이 일제히 일어나 "동덕 잘한다!"라고 외치기라도 하면 열일곱 소녀의 가슴은 두방망이질 쳤다.

그러니 경기에 무슨 집중이 됐겠는가? 번번이 결승전에서 고배를 마셨다. 코치 선생님도 늘 의아해하셨다.

"아니, 실력이 부족하지도 않은데 왜 결승전에만 가면 지는 거냐?"

그 시절 나는 챔피언이 되지 못했다. 그래도 그때의 나는 참 행복했다. 세상의 모든 것이 내 중심으로 돌아갔고, 내가 세상에 이루지 못할 것은 없다고 여겼다. 퀴리부인 같은 물리학자가 되어 세상을 놀라게 할 연구 업적을 내놓고 싶기도 하고, 소설가가 되어 노벨상을 받는 꿈을 꾸기도 했다. 하루에도 수십 번씩 꿈이 바뀌었다. 하지만 단 한 가지 바뀌지 않는 게 있었다. 세상을 뒤집어놓을 만한 놀라운 일을 하고 싶다는 소망. 그 소망은 아주 오래도록 내 가슴 한편에 자리 잡아 나를 앞으로 이끌었다.

창문 넘어 도망친 소녀

1948년 고등학교 2학년 겨울이었다. 교장선생님의 호출을 받고 교장실에 갔더니, 다짜고짜 내게 내일 연필과 지우개만 들고 시험을 보러 가라고 하셨다. 하늘 같은 교장선생님 말씀인지라 무슨 시험인지 묻지도 따지지도 않고 다음 날 시험을 보러 갔다. 시험 장소인 화신 백화점 앞에 도착하니 내 또래의 여자가 수천 명 모여 있었다. 전차가 다니지 못할 만큼 인파가 몰려 기마병이 교통정리를 할 정도였다.

　예상보다 많은 학생이 한꺼번에 몰리니까 시험관은 지원자의 얼굴만 보고 심사를 했다. 그러다 보니 시골에서부터 힘들게 서울로 올라왔음에도 필기시험도 못 보고 돌아가는 아이들이 속출했다. 그리고 그렇게 예비 심사를 통과한 300명만이 필기시험에 응시할 수 있었다. 필기시험 과목은 국어, 수학, 역사, 물리였다. 수학과 물리에 자신 있던 나는 비교적 쉽게 문제를 풀었고 면접과 신체검사까지 무난하게 통과해 최종 합격자 15명 안에 들 수 있었다.

나는 최종 합격 통지서를 받던 날에야 그 시험이 무슨 시험인지 알게 되었다. 다름 아닌 제1기 공군 여자 조종사 후보생을 모집하는 것이었다. 1948년 대한민국 정부가 정식 출범을 하자, 이승만 대통령은 해방 후 미군정의 주도하에 만들어졌던 국방경비대를 해산하고 육해공군을 따로 독립시켜 창설하도록 지시했다. 그때 제1기 공군사관 생도를 뽑으면서 여자 항공대를 창설하고 여자 항공병도 함께 육성하도록 한 것이다. 그런데 이렇게 한 진짜 이유는 따로 있었다. 대한민국의 독립을 세계만방에 알릴 수 있는 홍보 수단으로 비행기만 한 게 없다고 판단한 것이다. 다시 말해 15명의 여자 생도가 대한민국의 독립을 알리기 위한 예비 홍보 사절단이었던 셈이다.

나는 몇백 대 1의 경쟁을 뚫고 공군에 최종 합격을 했지만 마냥 기뻐할 수가 없었다. 아버지가 반대할 것이 불 보듯 뻔했기 때문이다. 나는 입도 벙긋 못하고 전전긍긍하다 입대 날이 되어서야 아버지께 동의서를 내밀었다.

"여자가 군인이 되는 것은 집안 망신이다."

내 예상대로 아버지는 결사반대를 하셨고 심지어 호적에서 파버리겠다는 선언까지 하셨다. 아버지의 엄령에도 나는 군인이 되겠다는 뜻을 굽히지 않았다. 그러자 마침내는 나를 방에 가두고 밖에서 문을 잠가버렸다. 여기서 포기하면 나 김경오가 아니다. 나는 아버지의 동의를 받지 못한 빈 서류를 챙겨 들고 무작정 창문을 넘었다. 이제는 이전의 나로 영영 돌아갈 수 없는 루비콘강을 건넌 것이다.

1949년 2월 15일, 창문을 넘었던 그날의 선택은 내 인생의 첫 번째 터닝 포인트였고, 그동안 걸어온 방향과는 전혀 다른 새로운 길로 나를 이끌었다.

하늘에서 매서운 눈발이 날리던 그날, 집결지인 화신 백화점 앞에는 여섯 대의 트럭이 대기하고 있었다. 제1기 남자 공군사관 생도들과 여자 항공병 교육생을 태우기 위한 트럭이었다. 하지만 나는 트럭에 탈 수 없었다. 서류에 아버지의 도장이 찍히지 않았기 때문이다.

군대가 어떤 곳인지 몰라도 이렇게 집에 돌아간다는 것은 상상도 할 수 없는 일이었다. 별수 있겠는가, 애걸복걸 매달릴 수밖에.

"저는 절대 돌아갈 수 없어요. 집에서 쫓겨났는데 여기서도 안 받아주시면 저는 어떡합니까?"

하지만 이 또한 아무 소용이 없었다. 눈물이 펑펑 나왔다. 나는 '죽어도 군대에서 죽으리라' 하는 마음으로 물었다.

"아버지 대신 누구 도장을 받아 오면 됩니까?"

울며 매달리는 내 모습이 딱해 보였는지 인원 체크를 하던 분이 한곳을 가리켰다.

"저분 도장을 받아 오면 또 모르지."

그가 가리킨 곳에는 '한국 최초 공군 여자 조종사 후보생 모집'이라고 적힌 현수막이 걸려 있었다. 그리고 거기에는 여자 조종사 후보생 모집을 주관하는 위원장인 '신익희'라는 이름이 적혀 있었다.

"신익희 국회의장의 도장을 받아 오면 된다는 거죠?"

"그래. 저분이 신원 보증을 해준다면야 문제없지."

한 줄기 희망이 보이는 듯했다. 문제는 당장 어디로 가야 그분을 만날 수 있는지 모른다는 거였다.

"근데 어디에 가면 저분을 만날 수 있나요?"

그러자 인원 체크를 하던 그분이 기막히다는 듯 웃더니 신익희 국회의장의 관저를 알려주었다.

"제가 올 때까지 절대 출발하면 안 돼요. 절대로요!"

나는 몇 번이나 묻고 또 물어 확답을 받은 뒤에야 그곳을 떠났다.

관저로 가는 길은 위험천만했다. 도로 위에 쌓인 눈이 꽁꽁 얼어서 길이 미끄러웠다. 하지만 불가사의하게도 안국동 조계사, 한국일보 건물, 중앙청을 지나 마침내 삼청동 관저에 이를 때까지 한 번도 미끄러지지 않았다. 나의 간절함을 알고 하늘이 도왔던 게 아니었을까.

관저에 도착했을 때 그 앞에는 총을 맨 순경 두 명이 보초를 서고 있었다. 그러나 나는 그들에게 이곳에 온 이유를 설명할 겨를이 없었다. 필사적으로 그냥 냅다 출입문을 통과해 안으로 들어갔다. 그러자 순경이 "거기 서!" 하고 소리치며 뒤따라왔다. 그렇게 쫓고 쫓기는 달리기를 하다가 하마터면 출근하기 위해 문을 나서던 신익희 국회의장과 부딪힐 뻔했다. 경호원들이 일제히 내 앞을 막아섰다. 나는 숨을 헐떡이면서도 신익희 의장이 이 자리를 떠날까 저어되어 동의서부터 내밀며 도장을 찍어달라고 했다. 신익희 의장은 웃으면서 순순히 도장을 찍었다. 추운 날 땀범벅이 된 내 얼굴이 그만큼 간절해 보였으리라.

나는 도장을 받자마자 뒤돌아 뛰었다. 오직 트럭이 떠나기 전에 당도해야 한다는 생각뿐이었다. 그때 뒤에서 내 이름을 묻는 목소리가 들렸다. 나는 크게 외쳤다.

"저는 김경오입니다!"

그 후로 언젠가 그분을 만나면 감사 인사를 해야겠다고 생각했다. 그러나 몇 년 후 신익희 의장은 심장마비로 세상을 떠났고, 내 안에는 부치지 못한 편지처럼 감사한 마음만이 남아 있다.

바람같이 달려 도장을 받아왔건만 내가 집결지로 다시 왔을 때는 이미 트럭이 떠난 뒤였다. 그런데 궂은 날씨가 도움을 주었다. 꽁꽁 언 도로 때문에 트럭들이 멀리 가지 못하고 광화문에 멈춰 있었던 것이다.

나는 얼른 그곳까지 달려가 당당하게 동의서를 내밀었다. 그걸 보고 군인이 믿기지 않는다는 듯이 말했다.

"애 좀 봐, 진짜 갔다 왔네."

천신만고 끝에 겨우 트럭에 올라탔다. 뻥 뚫린 하늘에서는 하염없이 눈이 내리고 있었고, 15명의 여고생들은 아무 말도 하지 않은 채 트럭에 몸을 싣고 군대로 향했다. 그렇게 나는 입대를 했다.

트럭이 도착한 곳은 공군 기지가 있는 김포 비행장이었다. 우리는 얼떨떨한 얼굴로 서로의 눈치만 보고 있었다. 비록 스스로 시험을 보고 입대한 것이지만, 공군에 대한 아무런 정보가 없었기에 불안했다. 마치 낯선 세상에 던져진 것 같았다.

어깨가 팔꿈치까지 내려올 정도로 사이즈가 큰 군복을 대충 걸어 입을 때까지만 해도 실감이 나지 않았다. 그런데 머리가 짧아지는 걸 보고 있자니 군인이 되었다는 사실이 피부에 와닿았다. 긴 머리카락이 툭툭 잘려 나가자 한 아이가 후드득후드득 눈물을 쏟았다. 그러자 옆에 있던 아이도 따라 울었다. 눈물은 금방 전염되었다. 알 수 없는 미래에 대한 두려움은 눈물이 되어 터져 나왔고 그렇게 여학생들 모두가 펑펑 울기 시작했다.

'너도 두렵구나. 나도 그래.'

• 1949년 2월 15일, 공군 여자 조종사 후보생들과 함께

　그때의 울음은 공감의 언어였고 서로를 위로하는 토닥임이었다. 우리는 서로를 의지한 채 군대에서의 첫날을 보냈다. 그리고 그 밤, 우리는 또 한 번 숨죽여 울었다. 누군가는 떠나온 부모님을 생각하며, 누군가는 앞으로 닥쳐올 헤아릴 수 없는 고난을 예감하며 울었다. 막사 안의 어둠만큼이나 미래도 불투명했던 그런 시간이었다.

25년 전의 약속

입대 다음 날부터 바로 기초군사 훈련에 돌입했다. 여자라고 봐주지 않았다. 아니, 어쩌면 여자였기에 더 혹독했는지도 모른다. 대한민국 최초의 여군 창설, 더군다나 이승만 대통령의 특별 지시에 의해 만들어진 군대이다 보니 지켜보는 눈들이 많았다. 주목과 기대 속에서 훈련을 하는 사람이든, 훈련을 받는 사람이든 자신의 능력을 스스로 증명해야 했다. 그래서 훈련은 더 고되었고 가혹 행위도 수시로 일어났다. 잘못이 있든지 없든지 수도 없이 맞았다. 손바닥으로 맞고 몽둥이로도 맞았다. 너무 많이 맞아 고막이 나간 훈련생도 있었다. 군의관이 훈련 대장에게 전화해서 살살 좀 다루라고 할 정도였으니 그 가혹함이 어느 정도였는지 짐작이 가능할 것이다.

아무리 억울한 상황에 처해 있어도 우리는 항변하지 못했다. 우리가 할 수 있는 일은 그저 견디는 것뿐이었다. 참고 버티는 게 일상이었어도 남자 생도들 앞에서 매질을 당할 때면 쥐구멍에라도 숨고 싶었다. 거침없이 뺨을 맞을 땐 정말이지 너무 창피했다. 머리만 짧았지 당시 우리는 사춘기였으니까.

혈기 왕성한 남녀를 함께 훈련시키면서 아무 일도 일어나지 않을 거라 생각하는 것은 어불성설이 아닐까. "여기서 연애를 했다간 총살을 면치 못할 것이다"라고 아무리 교관들이 으름장을 놓아도 청춘 남녀의 춘정은 막을 길이 없었다. 잠시라도 마주치는 순간에 눈빛을 교환하기도 하고, 속으로 연정을 품으며 사랑을 키우는 일도 허다했다. 몰래 사귀어서 나중에 결혼까지 이어지는 경우도 있었다.

나도 마음에 둔 생도가 있었다. 사랑의 감정까지는 아니었을지도 모른다. 그저 수백 명의 생도 중에서 유독 눈에 들어오고 '쟤 참 괜찮다' 생각되는 정도였다. 말을 붙여보지도 못하고 그저 마음속으로 그 아이를 응원할 뿐이었다.

한번은 후프 훈련 중에 내가 낙오되는 일이 있었다. '후프 훈련'은 둥그런 후프에 묶여서 360도 빙글빙글 도는 훈련인데, 비행 중 어지럼증을 막기 위해 반드시 필요한 과정이었다. 그런데 열을 맞춰 돌다가 속도를 내는 바람에 내가 그만 운동장 옆 논두렁으로 굴러떨어진 것이다. 문제는 내가 없어진 것을 아무도

몰랐다는 것이다. 게다가 후프에 손발이 다 묶여 있어서 혼자서
는 도저히 풀고 일어날 수가 없었다. 모두 돌아간 뒤에도 나는
혼자 한참을 꼼짝도 못하고 누워 있었다.

그때 남자 생도, 그것도 하필 내가 눈여겨보고 있던 그가 나
타났다. 나를 발견한 그는 얼른 논두렁으로 내려와서 후프에 묶
여 있던 끈을 풀어주었다. 그러곤 흙투성이가 된 나를 보며 한
마디 했다.

"가시나, 대학 가서 공부나 하지 이런 험한 데 와서 헌 옷 입
고 웬 난리고."

걱정이 담긴 말투였다. 그러면서 주머니에서 손수건을 꺼내
내게 건넸다. 그런데 그 손수건으로는 도저히 얼굴을 닦을 수가
없었다. 솔직히 땀 냄새가 너무 심했다.

"이거 냄새나요. 도로 가져가세요."

그의 배려에 감사하지는 못할망정 냄새가 난다며 손수건을
돌려줬다. 지금 생각하면 그가 얼마나 민망했을까 싶다. 손수
건에서 냄새가 좀 나더라도 고맙다며 닦는 시늉이라도 하면 될
것을. 그때 그 아이에게 퉁명스럽게 대한 건 내 마음을 들키고
싶지 않은 방어기제였을지도 모르겠다. 그만큼 미숙했다.

그런데 그는 무안해하지 않고 오히려 약속을 했다.

"두고 보라. 25년 후에 내 꼭 참모총장이 될 기다. 그때 가서
너한테 실크로 군복을 만들어 주꾸마."

그 말이 나에게 한 약속이었는지, 스스로에게 한 다짐이었는지는 모르겠다. 하지만 그는 정확히 25년 후 그 약속을 지켰다. 실크로 군복을 만들어 주겠다던 약속은 제외하고. 그 사람이 바로 제15대 공군참모총장을 역임한 이희근 대장이다.

공군참모총장으로 공식 발령이 나기 하루 전, 그에게서 전화가 왔다. 25년 만에 걸려온 전화였다. 그 전화 한 통으로 25년의 세월을 단숨에 거슬러 올라 훈련병이던 그때를 기억했다. 그리고 시간이 지났어도 잊지 않고 옛 동기를 찾아준 그가 고마웠다. 반드시 참모총장이 되겠다는 꿈을 이룬 그가 대견했다. 비록 나는 일찍 제대를 해서 일반인으로 살고 있지만, 젊은 나이에 별 4개를 달고 참모총장에 오르기까지의 그 길이 얼마나 가시밭길이었을까 짐작되기에 그에게 진심 어린 박수를 보냈다.

가혹한 훈련 생활

15명의 여자 생도들은 최선을 다해 훈련을 받았다. 하루에 여덟 시간씩 남자도 픽픽 쓰러지는 훈련을 한 명의 낙오도 없이 통과했다. '여자가 뭘 하겠어?' 하는 비난을 듣고 싶지 않아서 더 이를 악물고 악착같이 해냈던 것 같다.

3개월의 훈련 과정을 마치고 경무대(현 청와대)에 갔을 때, 우리는 대통령 앞에서 선서를 외쳤다.

"우리는 대한민국의 여성으로서 국가가 위기에 처했을 때 나라의 영공을 지키기 위해 산화하는 것을 영광으로 알겠습니다! 선서!"

선서를 하자 마음 깊숙한 곳에서부터 어떤 뜨거움이 올라왔다. 우리는 나라를 위해 목숨을 바칠 각오가 되어 있었다. 이제 진짜 군인이 된 것이다. 그리고 이때 한 선서는 근간이 되어 내 삶의 방향을 결정하는 데 지대한 영향을 끼쳤다. 물론 지금도 나라에서 나를 필요로 한다면, 나는 누구보다 먼저 달려 나가 이 한목숨을 아낌없이 바칠 각오가 되어 있다.

훈련병 신세를 벗어나자 가족들의 면회가 허락되었다. 면회 날 피엑스는 북적북적했다. 테이블 위에는 떡과 과일 등 가족들이 싸가지고 온 음식들이 가득했다. 하지만 나는 그저 쓸쓸히 그 자리를 피해야 했다. 우리 가족 중에 나를 찾아오는 사람은 없었다. 아버지는 자신의 뜻을 꺾고 기어코 군인이 된 나를 끝까지 인정하지 않으셨고, 다른 가족들도 아버지의 눈치를 보느라 면회를 오지 못했다. 외박이나 외출에서도 나는 늘 빠졌다. 만날 가족도, 갈 곳도 없었기 때문이다. 끝까지 딸을 용서하지 않는 아버지에게 먼저 머리 숙이고 싶지 않았다.

그런데 나처럼 주말에 남아 있는 사람이 한 명 더 있었다. 당시 훈련 대장이던 이정희 중위다. 여자 항공대 대장인 이정희가 나를 훈련시키면서 인연을 맺게 되었지만, 내가 그녀를 처음 만난 것은 그보다 앞선 1948년이었다. 이정희는 일제강점기 때 다치카와 비행학교에서 훈련을 받고 2등비행사 자격증을 취득, 박경원과 함께 우리나라 1세대 여자 비행사로 꼽히는 사람이다. 당시 문교부(현 교육인적자원부)는 여학생들에게 애국심을 고취시키고 여성의 항공계 진출을 위한 방법을 모색 중이었다.

그 방법 중에 하나가 이정희 대장이 여자 고등학교들을 순회하면서 항공에 대한 강연을 하는 것이었다.

1948년 가을 이정희가 동덕고녀로 강연을 왔다. 그때 그녀가 한 말이 잊히지 않는다. "하얀 구름을 바가지로 퍼다가 이불처럼 덮고 잔다"는 그 말이. 비행사로서 하늘을 나는 실감나는 묘사에 학생들은 매료되었고, 나 역시 하얀 구름을 아랫목에 깔고 자는 상상의 나래를 펼쳤다. 솔직히 이때만 해도 내가 비행사가 될 거라고는 상상하지도 못했다. 그저 막연한 동경이었다. 하지만 어느새 마음 깊은 곳에서는 세상이 깜짝 놀랄 만한 일을 하고 싶다는 꿈이 무르익고 있었나 보다.

이정희는 나에게 비행사에 대한 동경을 심어준 사람이기도 하지만, 반대로 상처를 준 사람이기도 하다. 군대 상관이던 이정희는 순회강연 때와 사뭇 달랐다. 하얀 구름을 이불로 삼는다던 그 풍부한 감성의 소유자는 온데간데없고, 자기 기분에 따라 히스테릭하게 부하들을 다루었다. 대장의 심기를 건드리기라도 하면 가차 없이 손찌검을 했다.

대장은 유독 나한테 가혹하게 대했다. 부모님이 면회를 오지 않으니 더 그랬던 듯싶다. 단둘이 부대에 있을 때면 나는 종일 안마는 물론이고 시중을 들어야 했다. 한번은 이런 일이 있었다. 단둘이 남게 된 주말, 당연한 수순처럼 대장의 허리를 지르밟아 안마를 해드리고 점심을 대령했다. 그런데 그 순간 국그릇이 나를 향해 날아왔다.

"어떻게 이렇게 무성의하게 국을 담아 오지? 나를 무시하는 거 아냐?"

그날의 메뉴는 콩나물국이었다. 그런데 국그릇 바깥으로 콩나물 뿌리가 튀어나와 대장의 비위를 거슬렀던 것이다.

뜨거운 국물이 내 가슴팍을 적시고 콩나물 건더기가 사방으로 흩어졌다. 가슴에 화기가 느껴졌지만 뜨겁지 않았다. 오히려 얼굴이 더 화끈거렸다. 이런 상황이 수치스러워 옆에 총이라도 있으면 앞뒤 가리지 않고 대장을 쏴버리고 싶었다.

그러나 나는 마음을 억눌렀다. 그 순간 대장이 너무나 작고 초라해 보였기 때문이다. 권위에 기대어 아랫사람을 억누를 수밖에 없는 사람, 대장이라는 이름 외에는 아무것도 내세울 것이 없는 사람, 자기 존재의 가치를 약자를 괴롭히는 것에서 찾아야 할 만큼 나약한 사람이라고 느껴졌다. 이정희 대장이 이토록 아무것도 아닌 일에 분노한다는 것은 지휘관으로서 능력도 여유도 없었기 때문이니까.

그때 나는 다짐했다.

'언젠가 내가 당신의 자리에 오르게 되면 절대 당신처럼 부하를 대하진 않을 거야! 난 너그러운 대장이 될 거야!'

그렇게 생각하니까 오히려 마음이 편했다. 더는 그녀가 내게 의미 있는 존재가 아니며, 그렇기 때문에 그런 사람에게 분노할 이유가 전혀 없다고 느껴졌기 때문이다.

조선 최초의 여자 비행사라는 타이틀을 가지고 있는 이정희 대장. 세상에는 멋진 여자 비행사로 남아 있지만, 내 마음에는 그저 안쓰러운 대상으로 남아 있다. 안쓰러운 사람이라는 걸 깨달은 순간, 그 사람을 두려워할 필요도 없어졌다. 그저 내가 보듬어야 할 대상이었던 것이다. 이정희는 나에게 그 이상도 그 이하도 아니었다.

삶의 또 다른 얼굴

내 인생에서 감옥에 갇힐 일이 생길 줄은 정말로 몰랐다. 단 하루뿐이었지만 거기까지 가는 과정에는 형언할 수 없는 숱한 고난이 있었다.

1949년 10월, 50명의 여자 항공병 제2기생이 입대를 했다. 그리고 이들의 교육을 제1기생 중에 우수자였던 정광모와 내가 담당하게 됐다. 잠시 정광모에 대해 언급하자면, 당시 그는 내 경쟁심을 자극할 만큼 아주 뛰어난 군인이었으며 훗날에는 한국소비자연맹을 이끌며 씩씩한 면모를 유감없이 발휘하기도 한다.

후배들을 교육시키는 데 있어서 내 최우선의 기준은 '군율'이었다. 부당하게 대하지는 않았지만 군율을 어기면 가차 없었다.

제2기생 중에 간호사를 하다가 온 김 모 생도는 나보다 두 살 위였는데, 번번이 문제를 일으켰다. 훈련에도 불성실했고 군율도 자주 위반했다. 수없이 지적을 당하고 개머리판으로 맞아도 소용없었다. 나중에 알고 보니 이 생도가 안하무인에 무법자가 된 것은 다 이유가 있었다. 나는 새도 떨어뜨린다는 인사국장이라는 든든한 뒷배가 있었기 때문이었다. 그녀는 유부남에 아이까지 딸린 인사국장과 부적절한 관계를 맺고 있었다. 이는 부대에서 공공연한 비밀이었다.

나는 결국 인사국장의 숙소를 찾아갔다. 그런데 김 모 생도는 부끄러워하기는커녕 당당했다. 오히려 내가 개머리판으로 자기를 때렸다며 인사국장에게 일러바쳤다. 다음 날부터 나는 이유도 없이 인사국장실에 불려가 하루 종일 서 있어야 했다. 식사를 하지도 화장실에 가지도 못한 채 업무가 끝나는 다섯 시까지 부동자세로 서 있었다. 그렇게 종일 서 있으면 피가 아래로 쏠려서 손발이 퉁퉁 부어오른다. 차라리 군장을 메고 행군을 하거나 운동장을 도는 게 낫지, 움직이지 못하고 열 시간 이상 서 있는 것은 정말 고통이었다.

내가 기합을 받는 이유는 정확히 알 수 없었다. 다만 어느 정도는 짐작할 수 있었다. 김 모 생도의 베갯머리송사의 결과였고, 정당한 내 훈련에 대한 보복이 아니었을까. 나를 군대에서 내쫓으려는 의도도 있었으리라. 나는 떳떳했고 이렇게 군대에서 나갈 이유가 없다고 생각했다. 그래서 한 달이 넘도록 무언의 압력을 받았지만 끄떡도 하지 않았다. 매일 밤 손발이 퉁퉁 부어 돌아오던 나를 보다 못해 동기생 정숙자가 참모총장에게 이 사실을 보고했다.

참모총장은 부하를 시켜 인사국장에게 그만하라는 언질을 주었다. 하지만 그게 오히려 인사국장을 자극했는지 이번엔 나를 영창에 가두어버렸다. 이유가 없기는 마찬가지였다. 나는 조그만 창살만 하나 있는 지하 감방에 갇혀 있었다. 안에서는 밖이 내다보여도 바깥에서는 안을 볼 수 없는 곳이었다.

'내가 부당하게 감방에 갇혀 있다는 것을 알려야 하는데……'

하지만 주변엔 오가는 사람도 없었고, 설령 누군가 지나가도 감방 쪽으로는 아무도 관심을 기울이지 않았다. 바로 그때 점심시간을 이용해 배구를 하러 나온 2기생들이 보였다. 나는 여기좀 봐달라고 소리소리 질렀지만 내 목소리는 허공을 맴돌 뿐이었다. 그 순간 내가 있던 감방으로 배구공이 대굴대굴 굴러왔다. 천우신조가 아닐 수 없었다.

조영숙이 공을 가지러 왔다가 나를 발견했다. 나는 재빨리 늘 주머니에 가지고 다니던 메모지와 볼펜을 꺼내 지금의 상황을 알렸다. 조영숙은 곧바로 참모총장실로 향했다. 그리고 참모총장에게 김경오 대장이 갇혀서 다 죽어간다고 조금의 과장을 보태어 보고했고 곧바로 나는 풀려날 수 있었다.

이 일로 인사국장은 좌천이 됐고 김 모 생도는 불명예제대를 했다. 나중에 좌천된 인사국장이 불국사에 들어가 중이 됐다는 소식이 들리더니 그다음에는 스스로 목숨을 끊었다는 풍문도 날아왔다. 김 모 생도 역시 오래 살지 못하고 사고로 목숨을 잃었다고 한다.

누구나 한 번 태어나면 죽는다지만, 이 둘의 파란만장한 생과 명예스럽지 못한 죽음을 보면서 '죽음'은 '삶'의 또 다른 얼굴이라는 생각이 들었다. 한 사람의 삶이 오욕과 추함으로 얼룩져 있는데 어찌 그의 죽음이 깨끗하고 영광스러울 수 있겠는가. 잘 죽으려면 잘 살아야 하는 법이다. 이것이 살아갈 날보다 죽음에 가까운 나이에 이르러 있는 지금의 내가 오늘을 경계하는 이유다.

6.25전쟁과 역사에 남지 못한 사람

전쟁은 예고 없이 일어났다. 6.25전쟁이 일어난 날, 부대에는 아무도 없었다. 생도들은 모두 휴가를 간 상태였고, 나 역시 온양 시내에서 언니와 함께 영화를 보고 있었다. 한참 영화를 보는데 갑자기 화면이 꺼지더니 속보가 떴다.

'비상! 군인들은 즉시 부대로 돌아가라!'

그 즉시 기차를 타고 부랴부랴 김포 공군기지로 향했다. 그런데 내가 도착했을 때는 이미 부대가 폭격을 당해 아수라장이 되어 있었다. 그제야 알았다. 전쟁이 일어났다는 것을.

내 눈앞에서 폭탄이 터졌다. 도망갈 엄두가 나지 않아 나는 그 자리에 얼어붙어 있었다. 지휘부도 정신이 없었던 것은 마찬가지였다. 전열을 정비해서 싸움을 준비해야 하는 지휘부가 먼저 내뺐다. 곧 해산 명령이 떨어졌다. 이정희 대장은 자신을 보좌하던 부관을 데리고 자기 집으로 도망갔다. 그 부관이 나와 끝까지 전우애를 나눈 정숙자이다. 나는 그를 통해 이정희 대장의 행적을 알게 되었고, 중앙고녀 교장을 역임한 황순덕 선생을 통해서도 대장의 이야기를 전해 들을 수 있었다. 지금부터는 그 이야기를 하려고 한다.

이정희 대장은 자기 휘하의 군대를 해산시킨 뒤 부관을 데리고 정릉에 있는 집으로 갔다. 정숙자 부관은 대장 집에 가자마자 입을 다물지 못했다고 한다. 원래는 훈련병한테 지급되어야할 담배, 통조림, 군복, 장갑, 양말 등 포장지를 뜯지도 않은 물품들이 방 하나를 가득 채우고 있었기 때문이다. 병사들의 사정은 열악했는데 대장이라는 사람이 배급 물품을 가로채 자기 집안에 차곡차곡 쌓아놓고 있었다니, 이 얼마나 기막힐 노릇이란 말인가.

이정희 대장은 부관에게 군복을 벗고 평복으로 갈아입으라며 다짜고짜 명령했다. 그렇게 둘은 허름한 시골 아낙처럼 꾸미고 피난길에 나설 채비를 했다. 집 안 가득 쌓아놓은 물건은 결국 하나도 챙기지 못했다. 그 정도로 다급한 상황이었다. 막 대문을 나서던 두 사람은 붉은 완장을 차고 있는 한 무리의 남성들과 맞닥뜨렸다. 신고를 받고 이정희 대장을 잡으러 온 내

무서원*들이었다.

6.25전쟁 발발 직후 북한은 부족한 인텔리 문제를 해결하라는 김일성의 특별 지령에 따라 남한의 지식인들을 납치해 갔다. 군인이었던 이정희는 납북 대상 1호였다. 부대에서 바로 피난을 떠났으면 강제 납북은 면했을 텐데, 집으로 가는 길이 죽으러 가는 길인지도 모르고 들른 것이다. 총부리를 들이대는 내무서원들의 서슬에 이정희 대장과 부관 정숙자는 꼼짝도 못 하고 북쪽으로 끌려갔다. 납북된 사람들은 둘만이 아니었다. 공무원, 군인, 경찰, 교사, 의사, 다양한 직업군의 사람들이 있었다. 그렇게 수많은 사람이 이유도 목적지도 모른 채 굴비 엮이듯 차례로 끌려갔다.

납북자들은 공포에 질렸다. 자신들이 곧 고문당하거나 처형, 학살될 거라는 얘기가 들려왔기 때문이다. 인민재판도 없이 즉결 처형당할 수도 있다는 말도 있었다.

'이대로 있다간 죽겠구나.'

정숙자는 이런 생각이 들어 이정희 대장에게 미군의 공습을 틈타 도망가자고 제안했다. 하지만 겁에 질린 이정희는 절대 안 된다며 정숙자의 손을 더욱 꼭 부여잡았다.

한나절이 지나고 밤이 깊어도 사람들은 쉬이 잠들지 못했다.

---

* 시, 군 같은 사회 안전 기관이었던 내무서에서 근무하는 사회 안전원을 말한다.

정숙자도 마찬가지였다. 그때 납북자들을 인솔하던 내무서원 한 명이 정숙자에게 몇 살이냐고 물었다.

"스무 살입니다."

그 말에 내무서원은 고향에 두고 온 여동생이 생각났는지 눈물을 훔쳤다. 그러고는 뜻밖의 제안을 한다. 이대로 가다가는 죽음을 면치 못할 것이라면서 자기가 돌아서 있을 때 당장 도망가라는 것이다. 그 말을 듣자마자 정숙자는 곧장 앞을 향해 뛰었다. 그렇게 정신없이 달리다 보니 어느새 날이 밝아왔다.

가까스로 목숨을 건지긴 했지만 정숙자는 갈 곳이 없었다. 결국 서울 땅에서 유일하게 아는 곳인 이정희 대장의 집으로 갔다. 하지만 이내 희망이 사라졌다. 곳간이 다 털린 것이다. 피난을 가려면 요기도 하고 돈이라도 챙겨야 하는데 대장의 집은 텅 비어 있었다.

그때 정숙자의 머리에 떠오르는 장면이 있었다. 이정희를 보좌하면서 종종 대장의 집에 머물곤 했는데, 밤이 되면 이정희가 마당을 팠던 게 기억난 것이다. 정숙자는 혹시나 하는 마음에 나무 아래를 팠다. 그런데 아니나 다를까, 신문지에 싸인 돈다발이 나왔다. 정숙자는 그 돈을 자루에 담아 남으로 내려왔다.

납북된 이정희는 그 후에 어떻게 됐을까? 그에 대한 증언은 이정희 대장과 함께 납북 대열에 있던 황순덕 선생을 통해 들을 수 있었다. 이정희를 포함한 납북 일행은 개성을 거쳐 평양으로 끌려갔다. 그리고 600명 남짓한 사람들이 큰 강당에서 차례로 처형당하기 시작했다. 한 번에 스무 명씩 끌려 나갔다. 하늘에서 미국의 폭격이 이어지고 있을 때도 처형은 계속됐다. 폭격과 폭격 사이, 잠시 틈이 나는 두 시간 안에 앉아 있는 순서대로 진행되고 있었다.

황순덕 선생과 이정희 대장이 자신의 차례를 눈앞에 두고 있을 때였다. 이대로 죽을 순서만 기다릴 수 없었던 황순덕 선생에게 묘안이 떠올랐다. 강당 구석에 임시 화장실로 쓰라고 파놓은 구멍이 눈에 들어온 것이다. 그 구멍으로 나가면 탈출할 수 있을 것 같았다.

'폭격이 시작되면 감시가 소홀해질 것이다. 그 틈을 타서 도망을 가야지.'

황순덕 선생은 이정희 대장에게 같이 가자고 제안했다. 그러나 이번에도 이정희 대장은 거절했다. 마침내 황순덕 선생은 혼자 그 더러운 똥구덩이를 통과해 탈출에 성공했고, 뒤돌아봤을 때 이정희 대장이 "김일성 장군 만세!"를 외치고 있었다고 한다. 하지만 결국 이정희는 천년만년 부귀영화를 누리며 살 것처럼 제집 가득 쌓아 놓았던 물건들은 하나도 써보지 못하고 총살을 당했다.

이정희는 왜 두 번의 탈출 기회가 있었음에도 거절했을까?

누가 시킨 것도 아닌데 왜 앞장서서 북한을 찬양하고 만세까지 불렀을까? 죽음에 대한 공포 때문이었을까? 일제 치하에서 터득한 생존 본능 때문이었을까? 군인인 이정희가 왜 그렇게까지 했는지는 아직도 잘 모르겠다. 다만 나에게 그녀는 원수 같은 존재이긴 해도, 죽음을 앞둔 그녀의 모습을 생각하면 그저 안쓰럽게만 느껴진다. 그녀는 가난하고 힘없는 식민지 국가에서 태어나 자신의 존재 가치를 증명하려고 부단히 애썼던 가련한 백성이었으니까. 동족상잔의 비극적 전쟁에서 비굴하게 목숨을 구걸해야 했던 나약한 인간일 뿐이니까.

이정희는 끝까지 군인의 명예를 지키지 못했다. 역사에 기억되지도 못할 것이다. 그리고 나는 그저 불쌍하고 비겁했던 한 사람의 죽음을 애도할 뿐이다.

2년 만의 해후

북한은 총공격을 퍼부었다. '북한과 한판 붙게 되면 점심은 평양에서, 저녁은 신의주에서 먹게 될 것'이라고 호언장담했던 신성모 국방부장관의 말이 무색하게도 우리 전선은 맥없이 무너졌다. 6.25전쟁 발발 사흘 만에 인민군은 서울을 접수했다. 그 정도로 우리 군은 준비가 되어 있지 않았고 무능했다.

앞서 말했듯 우리 부대는 해산되었다. 지휘관이 모두 도망가는 바람에 부하 장병들 역시 다른 선택지가 없었다. 각자도생하는 길뿐이었다. 나는 모포를 둘둘 말아 어깨에 메고 피난길에 올랐다. 민가에서 치마와 블라우스를 얻어 입고 짧은 머리를 감추기 위해 머리에 수건을 둘러썼다. 군인이라는 걸 들키면 즉결처분을 당할 게 분명했으니까.

피난 가는 길에 수도 없이 폭격을 맞았다. 그럴 때면 정신없이 숨었다. 다리 밑이든 논두렁이든 몸을 가릴 수만 있으면 얼른 가서 납작 엎드리고 폭격이 끝나기를 기다렸다. 그러다 전투기가 사라지면 그제야 몸을 일으키고 다시 길을 떠났다. 그 과정에서 15명의 동기들은 뿔뿔이 흩어졌다.

낮에 움직이는 것은 위험천만했다. 그래서 낮에는 민가에 숨어 있다가 밤에 이동했다. 가는 길마다 피난민들이 넘쳐났다. 사람들의 행색은 남루하고 표정은 어두웠다. 굶어 죽은 사람, 총에 맞아 죽은 사람, 병에 걸려 죽은 사람 등등 시체들은 또 어찌나 많은지, 피난길 내내 가족들의 안부가 걱정스러웠다. 그러나 그때 내가 할 수 있는 일이라고는 아무것도 없었다. 그저 가족들이 무사하기만을 바랄 뿐이었다.

나는 계속 남쪽을 향해 걸었다. 그렇게 며칠을 걷고 또 걸어 대구에 도착하자 거리에서 우리 공군을 볼 수 있었다. 그때서야 '이제 살았구나' 싶었다. 나는 물어물어 대구 칠성국민학교에 꾸려진 임시 공군 본부를 찾아갔다. 그곳에는 먼저 도착해 있던 동기들이 있었다. 그런데 나를 포함한 15명의 동기 중 12명뿐이었다. 한 명은 대전에서 폭격을 맞아 죽었고, 두 명은 자진 월북했다고 한다.

대구에서 처음으로 가족의 생사를 알 수 있었다. 어머니와 막내 여동생이 나를 찾아온 것이다. 창문 넘어 집을 나온 이후 2년 만에 만난 가족. 그 모습은 처참했다. 옷에는 땟물이 흐르고 며칠을 굶었는지 눈은 퀭했다. 동생은 한쪽 발에만 신발을 신고 다른 쪽 발은 붕대로 대충 칭칭 감은 채로 서 있었다. 다른 가족들은 피난을 오면서 헤어졌고, 어머니는 내가 공군에 입대했다는 기억만으로 무작정 부대를 찾아온 것이었다. 그때가 1.4후퇴 때였다.

그 후 다른 가족들도 부대로 나를 찾아왔다. 넓다면 넓은 대구에서도 '여자 공군 김경오'를 찾는 것은 어려운 일이 아니었다. 그렇게 나를 중심으로 가족들이 다시 모였다. 만약 내가 군대에 있지 않았다면 1983년 온 국민의 가슴을 뜨겁게 울렸던 〈이산가족을 찾습니다〉 프로그램에 나가야 했을지도 모를 일이다.

아버지를 마지막으로 온 가족이 모였지만 한 사람, 둘째 오빠만 행방이 묘연했다. 필경 군인으로 징집됐을 테지만, 전쟁 중에 길거리에서 개죽음을 당했을지 누가 안단 말인가. 하루하루 지날 때마다 어머니의 한숨이 길어졌다. 오로지 아들 걱정뿐이었다. 아들의 생사가 걱정되어 곡기까지 끊었다. 그런 어머니를 보며 안쓰러웠지만 한편으로는 야속하게 느껴졌다. 딸이 군대 갈 때는 내다보지도 않고 면회 한 번 오지 않았기 때문이다. 그래도 어쩌랴. 내 오빠이고 핏줄인 것을.

이리저리 수소문해본 끝에 경상도 구포에서 2주간의 간단한 기초 훈련을 마친 신병들이 육군 본부 광장에 집결한다는 소식을 전해 들을 수 있었다. 나는 한 줄기 희망을 갖고 경상도 구포로 갔다. 혹시나 이곳에 오빠가 있을까 싶어서 아침나절부터 신병이 도착하기만을 기다렸다.

오후 세 시쯤 신병들이 탄 트럭이 도착했다. 트럭에서 신병들이 끝도 없이 내렸다. 2주간 총 쏘는 것만 겨우 배우고 전장에서 총알받이가 될 군인들이었다. 그래서 군에 조금이라도 연줄이 있는 사람들은 자식을 징집 대상에서 빼내려고 애썼다. 오죽하면 '백 없으면 뺵 하고 죽는다'라는 말이 있었을까. 나는 군인들을 한 명 한 명 살폈다. 하지만 그중에 오빠가 있는지는 전혀 알 수가 없었다. 모두 군복을 입고 있었고, 오빠를 못 본 지 2년이 넘었기 때문에 변한 모습조차 가늠이 되지 않았다. 결국 그날 나는 아는 분께 오빠 이름이 명단에 있는지 확인을 부탁하고 그대로 돌아와야만 했다.

곧 반가운 소식을 들을 수 있었다. 예상대로 오빠가 그곳에 있었던 것이다. 마침내 오빠를 만났다. 내일이면 전선으로 떠나야 할 오빠는 날 보며 눈물을 글썽였다. 하지만 내가 해줄 수 있는 건 없었다. 나에겐 백이 없었다. 물론 백이 있었다 해도 부탁하는 일은 없었을 것이다. 나는 물론이거니와 오빠 역시 군인이 된 이상 나라를 위해 목숨을 바치는 건 당연하다고 여겼으니까.

오빠는 강원도 철원으로 배치를 받았다. 최전방이었다. 나는 어머니에게 그 사실을 알릴 수 없었다. 오빠가 돌아올 때까지 몇 날 며칠 걱정할 것이 분명했기 때문이다. 전장에 나갔어도 다 죽는 것은 아니었다. 다행히 휴전 후 오빠가 돌아왔다. 그때 오빠는 늠름한 대한민국의 육군 소령이 되어 있었다.

총성보다 무서운 것

대구 비행장에서의 시간은 기다림의 연속이었다. 소위로 임관되기를 기다렸고, 비행기를 탈 날을 기다렸고, 전투기를 타고 가서 적의 심장에 폭탄을 떨어뜨릴 날을 기다렸다. 하지만 그 어느 것 하나 얻을 수 없었다. 단지 '여자'라는 이유 때문이었다. 남아 있는 12명의 여자 항공대 1기생들이 소위 임관을 앞두고 있었으나 진급될 기미는 보이지 않았다. 아무리 전쟁 중이라해도 남자 동기들과 비교해보면 확연히 차이가 났다. 당시 남자 동기들 중에는 이미 소령까지 진급한 사람도 있었는데, 여자에게는 전장에 나가 싸울 기회조차 주어지지 않았다.

그러다 느닷없이 나와 정숙자만 소위 계급장을 달게 되었다. 하지만 하나도 기쁘지 않았다. 진급하지 못해서 비통해하며 우는 동기들을 보자니 미안하기만 했다. 결국 그들은 제대를 신청했다. 대학을 간다거나 시집을 간다는 이유였지만, 사실 더는 군대에서 희망을 찾을 수 없었을 것이다. 군 당국은 이들의 제대를 반겼다. 어쩌면 이들이 스스로 관두길 바랐던 건지도 모르겠다.

군대에는 정숙자와 나, 이렇게 둘만 남게 되었다. 동기들을 모두 떠나보냈지만, 비행기를 탈 가능성은 높아졌다고 생각했다. 하지만 그건 착각이었다. 우리는 조종 훈련에서 언제나 제외되었다. 정비, 통신, 기상, 역학 등 지상 훈련을 완벽하게 마쳤는데도 기회는 좀처럼 찾아오지 않았고, 오히려 제대하라는 무언의 압박만 있을 뿐이었다. 남자들 틈에 여자 둘이 끼어 있으면 통솔하기 힘들 뿐 아니라 여자를 위한 시설을 따로 만들어야 하는 건 물론이고, 여자 숙소 앞에는 보초병까지 배치해야 하는 부담감이 있었기 때문이다. 그렇다고 대놓고 우리보고 나가라고 할 수도 없으니 직무에서 배제하는 식으로 압박을 가했던 것이다.

우리를 얼마나 모질게 대하던지 하루에도 몇 번씩 '그만둘까?' 하는 생각이 들었다. 그럼에도 결론은 언제나 '끝까지 버티자'였다. 그나마 정숙자가 있어서 덜 외로웠다. 부대의 냉대 속에서 우리는 서로에게 온기가 되어주었다. 하지만 둘만의 공조도 오래가지 못했다. 정숙자가 덜컥 임신을 한 것이다. 상대는 윤일균 공군 대위로, 훗날 박정희 정권하에서 중앙정보부

제1차장까지 올라간 인물이다. 정숙자의 임신은 나에게 청천 벽력 같은 일이었지만 축하해줄 일이었다. 두 사람은 대구 통 도사에 가서 결혼식을 올렸고 나는 들러리를 섰다. 정숙자는 제대를 하고 두 달 후 아이를 낳았다. 죽음의 문턱을 넘나드는 전쟁 중에도 이렇듯 누군가는 사랑을 나누고, 결혼을 하고, 아 이들을 낳았다. 그렇게 사람들은 일상을 이어갔다.

이제 부대에서 여자라고는 나 혼자였다. 그야말로 고립무원 이었다. 부대 내 멸시와 차별은 더욱 심해졌다. 일개 병사가 소 위인 내게 대놓고 경례를 붙이지 않는 것은 애교로 봐줘야 할 정도였다. 내 면전에 대고 "여자가 비행기 앞을 지나가면 재수 가 없다"라고 말하거나 침을 뱉고 야유를 보내는 일도 허다했 다. 부하보다 상사들의 차별은 더 교묘했다. 상사가 하루 종일 사무실에 세워놓고 '차려, 열중쉬어'를 반복해서 시켰다. 얼차 려는 오히려 참을 만했다. 나를 보며 자기들끼리 낄낄대며 비웃 을 때는 정말이지 치욕스러웠다. 그들에게 나는 조롱거리이자 살아 있는 장난감이었다. 고위급 대장들이라고 다르지 않았다.

"김 소위는 대학 공부를 더 해볼 생각이 없는가?"

처음엔 이렇게 은근슬쩍 물어보는 것으로 시작했으나 나중엔 대놓고 그만두라며 압박해왔다. 참모총장은 하루에도 몇 번씩 나를 불러서 물었다.

"도대체 언제 그만둘 건가? 자네 하나 때문에 얼마나 곤란한

● 1950년 전우들과 함께

줄 아나?"

나는 마치 군대에서 도려내야 하는 불순물 같았다. 총장실에 불려갈 생각을 하면 아침마다 출근하는 게 두려웠다. 그래도 버텼다. 솔직히 돌아갈 집도 없었고 대학 갈 형편도 안 됐다. 떠밀리듯 결혼하는 것은 더더욱 싫었다. 그리고 나에겐 꼭 비행기를 몰아야겠다는 확실한 목표가 있었다.

전장에서 터지는 포탄 소리, 밤하늘을 가르는 총소리보다 사람이 더 무서웠던 시절이었다. 그 모진 시간을 무슨 힘으로 견뎠는지 모르겠다. 그저 군대에서 뼈를 묻겠다는 심정으로 하루하루를 보냈다. 혹여 강제 제대의 빌미라도 줄까 봐 더 철저하게 생활했다. 나 자신에게 엄격할 수밖에 없었다.

여자는 애국하면 안 됩니까?

오래도록 참고 참았다. 그러나 그게 능사는 아니었다. 가만히 있다가는 무시와 조롱만 받다가 군 생활이 끝날 것 같았다. 그렇다고 상관한테 대들 수는 없었다. 상명하복을 목숨같이 여기는 군대에서 상관의 명령에 반기를 드는 것은 하극상이나 마찬가지였다. 하극상은 총살감이었다. 가족들과 연까지 끊으면서 들어온 군대인데 이렇게 아무것도 하지 않고 집으로 돌아갈 수는 없었다. 공군이라면 마땅히 전투기를 몰아야 하지 않겠는가. 더군다나 지금은 전쟁 중인데 말이다. 나에게 맡겨만 주면 남자들 못지않게, 아니 그들보다 더 뛰어난 활약을 할 수 있을 것 같았다.

어느 날 이승만 대통령이 공군을 방문한다는 소식이 들려왔다.

'이건 하늘이 주신 기회다.'

문득 최고결정권자인 대통령 앞에서 내 사정을 호소하면 들어줄지도 모른다는 생각이 들었다. 그 순간 가슴이 뛰었다. 실낱같은 희망이 생긴 것 같았다. 반면 겁도 났다. 대통령 앞에서 발언하는 것 자체가 영창으로 직행하는 일이었기 때문이다. 자칫하면 총살을 당할 수도 있었다. 여기까지 생각이 이르자 '이래 죽으나 저래 죽으나 마찬가지'라는 결론이 났다. 그때 나에게는 비장한 각오가 필요했다. 그리고 그날 밤 유서를 작성했다.

다음 날 정복을 더욱 정갈하게 다려 입었다. 이승만 대통령이 도착하고 참모총장 이하 장병들이 운동장에 도열했다. 나는 남자 장병들 틈에 끼어 두근거리는 마음을 진정시키면서 대통령 앞에 나서야 할 적당한 때를 기다리고 있었다. 하지만 행사가 거의 끝나가는데도 기회는 좀처럼 찾아오지 않았다. 이렇게 주저하다가는 대통령이 그냥 가버릴 것만 같았다. 대통령과의 거리는 겨우 10미터 정도였다. 나는 모든 용기를 끌어 모아 대통령 앞으로 나갔다. 헌병들이 말릴 틈도 없었다.

"경례! 공군 소위 김경오입니다. 각하, 저는 1949년 대통령 뜻에 따라 공군에 들어온 사람입니다."

다행히 대통령이 여자 항공대를 기억하고 있었다.

"아, 기억나요. 잘하고 있습니까?"

"네, 각하! 그런데 제가 여자라는 이유로 조종을 안 시켜줘서 못 하고 있습니다. 경례!"

내 할 말만 하고는 자리로 돌아왔다. 모든 군인의 따가운 시선이 느껴졌다. 이미 일은 벌어졌고 막사로 돌아왔을 땐 '난 이제 죽었구나' 하는 심정이었다. 헌병들이 날 잡으러 오겠거니 싶었다. 그런데 그날 밤 아무 일도 일어나지 않았다. 참모총장의 호출도 없었고 헌병들도 오지 않았다.

그 밤을 꼬박 새고 다음 날이 됐을 때, 참모총장이 나를 불렀다. '드디어 올 것이 왔구나' 하는 마음으로 총장실에 들어갔다.

"자네, 꼭 조종을 해야겠는가?"

"네, 죽어서 나가면 모를까 살아 있을 때는 꼭 조종을 해야겠습니다."

밤새 긴장해서였을까? 늘 듣던 말이었는데 그 순간에는 눈물부터 왈칵 쏟아져 나왔다. 그리고 '어차피 죽을 거 할 말은 해야겠다'는 생각이 퍼뜩 들었다.

"각하, 여자는 애국하면 안 되는 겁니까? 왜 여자라서 안 된다고만 하십니까?"

내 말에 참모총장이 당황하는 듯했다. 사실 그때는 '대통령한테 한 호소도 물 건너갔구나' 싶고, 그래서 자포자기하는 심정으로 말한 것이었다. 그런데 다음 날 뜻밖의 낭보가 날아왔다.

"공군소위 김경오 명(命) 비행 훈련, 사천 훈련장."

참모총장의 특명 제1호였다. 공군에 들어온 지 3년 만에 얻은
성취였다.

구름 위를 날다

드디어 사천 훈련장에서의 비행 훈련이 시작되었다. 그러나 비행 훈련은 생각처럼 만만한 것이 아니었다. 내 몸무게를 훌쩍 넘는 낙하산을 멘 다음 비행모와 안경까지 끼면, 외부에서 내리누르는 무게만으로도 압사할 것 같았다. 그 상태에서 훈련을 하려니 장비에 내 몸이 끌려다녔다. 얼마나 힘든지 그만두겠다는 말이 목구멍까지 올라왔다. 그럴 때마다 그동안 받은 수모를 생각했다.

'어떻게 여기까지 왔는데.'

지금 포기하면 내 자신이 용서가 안 될 것 같았다. 죽어도 이것만은 성공하리라 마음을 다잡았다. 그렇게 두 달을 버텼다. 오히려 견디지 못한 것은 훈련 교관이었다. 이러다 장교 하나 죽이겠다 싶었는지 참모총장한테 보고를 한 모양이었다. 참으로 난감한 상황이었을 것이다. 대통령의 특명이 있었으니 조종은 시켜야겠고, 그냥 두었다가는 비행은커녕 사람 목숨 먼저 빼앗길 판이니 말이다.

결국 내게 대구 비행장 복귀 명령이 떨어졌다. 눈물을 머금고 나의 한계를 인정해야만 했다. 그렇다고 해서 비행기 조종을 포기할 수는 없었다. 군 내부에서도 나에게 기회를 줘야 한다고 목소리를 내는 사람이 있었기 때문이다. 그중 한 사람이 김구 선생의 아들인 김신 장군이다. 나중에 알게 된 사실이지만, 김신 장군은 이승만 대통령의 특명이 있기 전부터 내게 기회를 줘야 한다고 줄기차게 외쳐왔다고 한다.

"다른 나라를 보세요. 세계대전 때 여자 조종사들이 얼마나 많은 활약을 했는지 아십니까? 여자라고 못 할 게 뭐 있나요. 시켜나 보고 못 한다고 하세요."

김신 장군은 여자라는 이유로 아까운 인재를 썩히는 것은 국가적 낭비라고 생각했다. 훗날 내가 단독 비행에 성공했을 때 내게 윙을 달아주기도 했다. 참으로 고마운 분이다.

그러고 보면 고마운 분들이 많다. 내게 힘을 보태준 분들 중에 김두만 장군이 있다. 김두만 장군은 일제강점기 일본 육군 소년비행학교에서 비행 교육을 받은 대한민국 항공인 1세대이며 제11대 공군참모총장을 역임한 분이다. 현재도 건강을 유지하며 젊은이 못지않은 왕성한 활동을 이어가고 있다. 6.25전쟁 중에는 대한민국 공군 최초로 100회 출격을 달성했고, 김신 장군과 함께 승호리 철교 폭파 작전에도 참가했다.

당시 이제 막 소위로 임관한 내게 김두만 장군은 감히 쳐다볼 수도 없는 하늘같은 존재였고 롤 모델이었다. 전쟁 중에 전투기가 없는데도 훈련용 비행기를 타고 맨손 투하로 적진을 폭파했던 모습은 내 마음을 울렁거리게 했다. 그런데 마음속으로 존경했던 그분이 여자 조종사에게도 기회를 줘야 한다고, 전쟁에 남녀가 따로 있지 않다고 역설했다는 소리를 듣고 얼마나 감사한 마음이 들었는지 모른다.

나는 훈련에 지쳐 주저앉아 있을 때마다 그분들을 생각했다. 따뜻한 오라비처럼 주먹을 불끈 쥐며 힘내라고 응원해주던 김두만 장군과 김신 장군을. 그분들을 생각하면 다시금 힘이 났다. 어쩌면 이분들이 있어서 내가 비행의 꿈을 놓지 못했던 건지도 모른다.

우여곡절 끝에 참모총장의 전용기가 내게 배정되었다. L-19 정찰기. 이 비행기로 비행 연습은 물론 나중에 수송 업무를 하기도 했다. 내 훈련은 참모총장 전용기를 몰았던 유대식 대위가 맡았다.

지상에서는 당장이라도 하늘에 올라가면 완벽하게 해낼 것 같았는데, 막상 하늘에서 조종을 하면 뜻대로 되지 않았다.

"앞에 구름 세 개가 보이나?"

"네, 보입니다."

"가운데 구름을 향해서 간다."

그 말에 분명 구름만 보면서 갔는데, 어느새 뒤에서 몽둥이 세례가 날아왔다.

"김 소위, 지도를 봐라. 제대로 왔나?"

지도를 보니 좌측으로 10도나 내려와 있었다. 그때는 구름이 움직인다는 생각을 미처 하지 못했다. 실수를 할 때마다 야단을 맞는 것은 당연하다고 생각했으므로 서운하지 않았다. 그런데 마음을 쓰리게 하는 말이 있었다.

"에이씨, 내가 무슨 팔자가 사나워서 여자를 교육시키면서 이 고생을 하나?"

혼잣말처럼 뇌까렸지만 내 가슴을 후벼 팠다. 그뿐인가. 훈련이 미흡했다 생각된 날이면 교관은 어김없이 훈련이 끝나고 비행기 바퀴를 발로 차며 화풀이를 했다. 그럴 때 나는 가슴이 덜컹했다.

'저러다가 나를 못 가르치겠다고 하면 어쩌지? 그럼 조종사가 되겠다는 꿈은 영영 물 건너가는 건데……'

다른 건 상관없었다. 비행을 못 하게 될까 봐, 그게 제일 두려웠다. 나는 교관이 화풀이를 다 하고 기분이 나아질 때까지 기다렸다. 그리고 이렇게 말했다.

"내일부터 잘하겠습니다."

그 이상의 무슨 다짐이 필요했겠는가?

나의 첫 단독 비행

나의 훈련을 맡은 유대식 대위가 나를 믿고 있다는 것을 확인하게 된 날이 있었다. 그날은 사천에서 출발해서 서울을 거쳐 속초까지 가기로 한 날이었다. 하늘에 오르기 전 비행사는 지도를 완전히 숙지해서 가는 길까지의 모든 지형물과 그 특징을 머릿속으로 그릴 수 있어야 한다. 그러니 비행에 있어서 가장 중요한 물건은 지도라고 해도 과언이 아닐 것이다. 특히 속초는 높은 산으로 둘러싸여 있어서 더 많이 주의가 필요한 곳이었다.

나는 철저하게 준비를 하고 목적지를 향해 가고 있었다. 그런데 양수리에서 갈림길이 나와 지도를 펼치려고 보니 아뿔싸, 지도를 놓고 온 것이 아닌가. 비행사로서 저질러선 안 되는 실수를 하고 만 것이다. 나는 욕먹을 각오로 유 교관에게 이실직

고했다.

"교관님, 제가 지도를 깜빡하고 못 가져왔습니다."

교관이 기가 막혔는지 한참 뜸을 들이더니 내게 물었다.

"여기 몇 번 와봤나?"

"지금까지 두 번 와봤습니다."

"그럼 기억하고 있지?"

"네, 기억합니다."

"좋아. 가!"

기억에 의지해서 조종을 하고, 서울을 거쳐 속초에 무사히 잘 도착할 수 있었다. 그런데 문제는 다시 되돌아가는 것이었다. 속초에서 서울을 거쳐 사천까지, 왔던 항로를 되짚어 가면 된다고 생각했는데, 갑자기 교관이 서울에 들르지 말고 곧바로 사천으로 가라고 명령했기 때문이다. 무척이나 난감했다.

"여기서 사천으로 곧바로 가본 적이 없습니다."

"각도를 ○○도로 잡고 가!"

초행길이라 긴장을 잔뜩 하고 조종간을 꽉 붙잡았다. 그런데 뒤에 앉은 교관은 태평하게 노래를 부르기 시작했다.

"사랑해선 안 될 사람을 사랑하는 죄이라서……."

그동안의 경험상 교관이 노래를 부른다는 것은 그의 기분이 좋다는 뜻이고, 내 비행에 만족한다는 의미였다. 내가 훈련을 잘할 때마다 그가 뒤에서 노래를 불렀기 때문이다. 다행히 그날 나는 교관의 흐뭇한 노래를 들으며 비행을 마칠 수 있었다.

"오늘 감평은 없다. 김 소위, 잘했다."

그렇게 훈련이 거듭되고 시간이 지날수록 여자라서 조종을 못한다는 선입견은 조금씩 깨졌다. 나를 훈련시키던 유 교관도 내 조종 실력을 완전히 인정해주었다. 하지만 비행 실력을 갖추었어도 단독 비행 허가는 좀처럼 나지 않았다.

보통 20~25시간을 훈련하면 단독 비행의 기회가 주어진다. 그런데 20시간을 훌쩍 넘겼건만 단독 비행 날짜는 자꾸만 미뤄졌다. 그 이유는 단 하나, 내가 여자이기 때문이었다. 결국 나는 남자보다 2배나 훈련을 하고 50시간의 비행을 한 끝에 단독 비행의 기회를 얻을 수 있었다.

1952년 5월 12일은 지금도 잊히지가 않는다. 그날 아침, 나는 손발톱을 깎아 깨끗한 종이에 싼 다음 유서와 함께 어머니께 드렸다. 단독 비행을 하다가 죽을 수도 있기 때문이었다. 실제로 단독 비행 중에 목숨을 잃는 경우가 종종 있었다.

나는 만반의 준비를 하고 대구 동명 비행장에 갔다. 비행장에는 내외신 기자를 포함해 수많은 인파가 밀집해 있었다. 대한민국의 첫 여자 비행사 탄생의 순간을 함께하고 싶은 사람들이었다. 그들의 기대에 부응해야 한다는 책임감과 실수를 해서는 안 된다는 압박감이 몰려와 몸이 굳었다. 너무 긴장을 한 탓이었을

● 어머니와 함께 한국 최초 여자 비행사의 탄생을 축하하며

까. 활주로에서 속도를 높이고 이륙을 하려는데 비행기가 뜨지 않았다. 활주로 끝이 보였지만 무엇이 잘못되었는지 몰랐다. 그러다 겨우 잘못을 바로잡고 비행기를 이륙시켰는데, 너무 당황한 나머지 그 후에 내가 어떻게 비행을 했는지 기억이 흐릿하다. 사람들의 말로는 1,000피트 고도에서 올라갔다 내려갔다 하며 38분간이나 묘기를 펼쳤다고 한다. 그런데 나는 하나도 기억나지 않았다. 착륙을 하고 보니 어느새 기자들이 나를 향해 몰려와 있었고 그때 퍼뜩 정신이 들며 안도했다.

'아, 내가 해냈구나.'

하지만 여전히 손은 떨리고 목소리는 나오지 않았다. 기자의 질문에도 똑 부러지게 대답하지 못했다. 그래도 사람들은 열광

했다. 먹을 것이 없어 굶어 죽고 전장에서 총 맞아 죽는 사람이 부지기수인 상황에서 이 무슨 한가한 놀음이냐고, 여자가 비행하는 게 뭐 대수냐고 비난할 수도 있었다. 그런데 사람들은 자기 일인 양 기뻐해주었다. 나를 통해 희망을 보았다고 했다. 시쳇말로 '국민 여동생'으로 등극한 것이다.

나 김경오는 아무도 함부로 건드릴 수 없는 존재가 되었다. 모든 국민이 나의 든든한 뒷배가 되어주었기 때문이다. 연예인 못지않은 사랑을 받게 되자 군대에서 나를 대하는 태도가 달라졌다. 후배들은 깍듯하게 경례를 붙였고, 같은 기수들도 동기로 대우해줬다. 제대하라는 말도 쏙 들어갔다. 그러나 그것은 표면상의 변화였을 뿐, 훗날 나를 향한 괴롭힘은 좀 더 은밀하고 교묘하게 이루어졌다.

돌아오지 않는 전우들

남자 동기들은 나를 어떻게 생각했는지 모르지만, 나는 그들을 전우라고 생각했다. 비록 내가 그들처럼 전투기를 몰고 그들과 함께 사선(死線)을 넘나들지는 못했어도, 아니 그럴 기회가 내게는 주어지지 않았지만 그들을 향한 내 전우애는 그 누구보다 뜨거웠다고 밝힐 수 있다.

전쟁 중이었기 때문에 조종사들은 언제나 비상대기 상태였다. 하루에도 몇 번씩 출격 명령이 떨어졌고, 출격 명령이 떨어지면 5분 안에 만반의 준비를 갖추고 기다려야 했다. 나는 비록 전투기 조종사는 아니었지만 출격 대기를 할 때는 그들과 함께했다. 대부분 나와 비슷한 또래의 젊은이들이었다. 조국을 위해서 기꺼이 목숨을 바치겠다는 사명감으로 똘똘 뭉친 청춘이었다. 아무리 군인이라 해도 죽음을 목전에 두고서 어찌 두렵지 않았겠는가. 매일매일 적의 대공포 공격에 날개가 꺾이고 산화하는 전우들의 모습을 지켜보면서 자신도 오늘이 마지막이 될 수 있다는 생각을 했을 것이다. 어쩌면 전투에 참여할 때보다 출격 명령을 기다리고 있을 때 더 두려웠을지도 모른다.

우리는 출격 명령을 기다리면서 어깨동무를 하고 군가를 부르며 전의를 다졌다.

"빨간 마후라는 하늘의 사나이~"

두려움이 클수록 군가를 부르는 목소리에는 힘이 들어갔다. 목청껏 군가를 부르는 이때만큼은 남녀를 떠나서 끈끈하고 뜨거운 전우애가 온몸을 감쌌고, 그렇게 우리는 서로에게 용기를 북돋워주었다. 애써 두려운 마음을 떨치고자 누군가는 농담을 하기도 했다.

"김 소위. 나 말이야, 얼른 가서 폭탄 다 떨어뜨리고 올 테니까 저녁에 장교 클럽에서 춤 한번 춰줘야 해."

"문제없어."

이 한마디만 하고 '살아만 돌아오라!'는 말은 속으로 삼켜야 했다. 그때 심정이 그랬다. 살아만 오면 춤 한번 추는 게 대수겠는가? 솔직히 말하면, 당시 나는 목숨 걸고 전장에 나가는 그들이 부러웠다. 여자라는 이유로 내게는 영예롭게 죽을 기회조차 주어지지 않는 현실이 씁쓸했다. 출격 명령에 따라 전투기를 타고 북쪽 하늘을 향해 떠나는 그들을 바라보며 '언젠가 나도 저들처럼 전투기를 탈 수 있겠지' 하는 실낱같은 희망을 품었다.

부러움은 마음 한편에 밀어둔 채 그들이 떠난 텅 빈 활주로에서 내가 바란 것은 오직 하나뿐이었다. 그들의 무사귀환. 그래서 나는 언제나 활주로에 서서 돌아오는 전투기의 수를 세어보고는 했다. 전투기의 수로 그날의 희생을 가늠할 수 있었다. 보통 4대의 전투기가 한 편대를 구성해서 날아가는데, 4대가 모두 돌아오면 믿지도 않는 신에게 감사의 기도를 드렸다.

하지만 한 편대가 멀쩡히 다 돌아오는 날은 많지 않았다. 임무를 수행하고 돌아와서 춤 한번 추자는 동기생과 약속을 했던 그날도 그랬다. 활주로에서 그가 무사히 돌아오길 빌며 전투기의 수를 셌다. 그런데 멀리 보이는 전투기의 수는 3대뿐이었다.

'아, 그가 죽었구나.'

이상하게도 단번에 그가 희생되었다는 예감이 들었고, 불행하게도 그 예감은 맞아떨어졌다. 그날 그는 하늘의 별이 되었다. 장교 클럽에서 춤을 추자는 약속도 영원히 지킬 수 없게 되었다. 그의 나이 겨우 스물둘이었다.

임무 수행 중에 죽는 전우가 어디 그뿐이었겠는가? 북의 보급로를 끊기 위해서 전투기를 타고 보급품을 실은 기차를 향해 몸을 던진 이도 있었다. 또 적의 대공포 공격으로 한쪽 날개를 잃은 전투기에 탈출하라는 명령이 떨어졌지만 이를 어기고 적진에 돌진해 장렬히 전사한 사람도 있었다. 당시 수많은 청춘이 북의 하늘에서 목숨을 잃었다. 그들은 죽음을 두려워했지만 결코 비겁하지 않았고, 그랬기에 자신을 필요로 하는 순간에 주저하지 않고 하나뿐인 목숨을 던졌다.

그 시절 나는 그들과 같은 마음이었다. 비록 전투에 참가할 수 없었지만 기회만 주어진다면 후회 없이 싸울 수 있을 것 같았다. 나는 후방에서 주로 비밀문서를 전달하는 수송 업무를 맡았다. 그래서 혹자는 "전투에 참여하지 않았으니 참혹한 전쟁을 경험한 건 아니지 않느냐?", "넌 후방에서 있었으니 안전하지 않았느냐?"라는 비난 섞인 말을 하기도 한다. 후방에서 수송기를 몰았던 것을 폄하하고 내 전공을 깎아내리려는 의도를 가진 자들이 주로 하는 말이다.

수송기를 몰았다고 해서 죽음이 가까이 있지 않은 건 아니었다. 날마다 전우의 죽음을 목도해야 했고, 나 또한 언제라도 적의 대공포에 희생당할 수 있는 상황이었다. 전쟁에서 죽음은 우열을 가리지 않는다. 희생된 이에게도 살아남은 자에게도 전쟁은 아픈 역사다. 살아남은 자들에게 필요한 것은 이 아픔이 되풀이되지 않도록 그들의 죽음을 기억하는 일일 것이다. 하지만 이제 전쟁의 참혹함을 기억하는 사람들도 얼마 남지 않았다. 그게 안타까울 따름이다.

보이지 않는 싸움

나는 공군을 사랑하는 만큼 증오하기도 한다. 공군은 내가 비행사가 될 수 있도록 발판을 마련해준 '내 삶의 뿌리'이기도 하지만, 나에게 무한한 수치심과 무력감을 선사해준 곳이기 때문이다. 그러다 보니 애증의 마음이 생긴 것 같다.

단독 비행에 성공하고 수송 업무를 맡게 되면서 내게 대놓고 무시하는 언사를 하는 사람은 없어졌다. 대신 좀 더 치졸하고 교묘한 방법으로 사람을 차별했다. 여자가 감히 주제도 모르고 수컷들의 세계에 발을 들였다는 것을 죄목으로 여겼다. 그리고 이 괘씸죄에 대한 처벌은 비행 기록을 일부러 누락시키는 것으로 행해졌다.

비행사에게 비행 기록이 없다는 것은 비행사로서의 존재 자체를 부정당하는 일이다. 그런데 군대에 있는 동안 내게는 그런 일들이 버젓이 그리고 조직적으로 이루어졌다. 비행을 마치고 내려오면 바로 비행 기록보에 기록을 해주는 것이 원칙이다. 그런데 내게 그런 원칙은 적용되지 않았다. 다른 사람의 비행 기록은 꼼꼼히 적어주었지만 내 비행 기록은 늘 패스했다. 하루는 기록을 담당하는 비행 대장에게 따져 물었다.

"왜 저는 기록을 안 해주는 겁니까?"

그런데 그 대답이 가관이었다.

"김 소위는 대통령 지시로 특별히 비행사가 된 사람인데, 이런 비행 기록 따위가 무슨 소용이 있겠나?"

이는 이중으로 나를 무시하는 대답이었다. 단순히 대통령 덕분에 내가 비행사가 되었다고, 그동안의 내 노력을 보잘것없는 것으로 깎아내리는 처사였다. 남자들의 울타리 안에 나를 끼어줄 수 없다는 일종의 선언이었다.

그 순간 다시 한번 이를 악물었다.

'내 존재의 증명은 기록이 아니라 내 자신으로 보여주겠다.'

비행사가 된 후로 힘든 일이 많이 있었지만, 무엇보다 남자들의 은밀한 눈길을 견디는 것은 무척 힘든 일이었다. 남자들에게 나는 금단의 열매처럼 취하거나 가질 수 없기에 더욱 욕망하는 그런 대상이 되어 있었다. 차라리 얼차려를 주거나 제대를 하라고 겁박하고 매질하던 시절이 그리워질 정도로 남자들의 눈길은 끈질기고 역겨웠다. 못 가질 바에야 망가뜨리는 게 낫다고 생각했는지 근거 없는 소문을 만들어내고 퍼뜨리는 사람도 있었다. 소문의 진원지는 알 수 없었지만 대략의 내용은 이랬다. '김 소위가 누구와 사귄다'고 하거나 '김 소위가 누구와 살림을 차렸다'는 등 주로 문란한 사생활을 강조하는 것들이었다. 심지어는 '김 소위가 임신을 해서 부산 육군 병원에서 임신중절 수술을 받고 있다더라'라는 소문까지 돌았다.

하루는 훈련이 막 끝났을 때 참모총장이 나를 부른 적이 있었다. 나는 온몸이 땀으로 범벅된 채로 참모총장에게 갔다. 그런데 그가 나를 위아래로 훑더니 아무것도 묻지 않고 바로 "나가봐!" 하는 것이다. '사람을 불러놓고 그냥 나가라는 건 뭐지?' 싶었는데, 알고 봤더니 내가 임신했다는 소문 때문에 그 진위를 확인하려던 것이었다. 결국 훈련 중 흘린 땀이 그것이 헛소문이라는 것을 증명한 셈이다. 그리고 그 소문을 낸 사람은 3개월 영창을 살았다고 한다.

시간이 지나도 나에 대한 추문은 계속되었다. 근거 없는 소문들이 꼬리에 꼬리를 물었고, 남자들의 관심에 비례해서 소문의 강도도 세졌다. 하지만 이런 추문들은 내게 아무것도 아니었다.

비행사가 된 후 수송 업무를 주로 했지만, 가끔은 고위급 장교를 태우기도 했다. 여자 조종사가 모는 비행기를 한번 타보고 싶다는 이유에서였다. 그날도 그런 이유로 내 비행기에 고위급 장교가 탔다.

"김 소위가 모는 비행기 한번 타볼까?"

그날 나는 별 의심 없이 그를 태웠다. 하늘같이 높은 상관이라 긴장도 되었다. 그런데 하늘에 올라 어느 정도 안정 궤도에 진입했을 때, 그가 갑자기 자신의 낙하산을 풀었다. 그러고는 뒤에서 나를 와락 끌어안더니 군복을 벗기려고 했다. 낙하산 버클 때문에 벗겨지지 않자 내 낙하산 버클을 풀려고 시도했다.

'도대체 하늘에서 어쩌자는 걸까? 같이 죽자는 걸까?' 하는 생각이 들었다. 마음 같아선 땅으로 추락해서 이 모멸적인 상황을 끝내고 싶었다. 순간 당황스러운 나머지 휘청했지만 그럼에도 조종간을 놓을 수가 없었다. 조종간을 놓는 동시에 비행기는 추락하고, 그럼 둘 다 죽은 목숨이니까.

지금 생각해보면 그때만큼 무력했던 적이 있었나 싶다. 아무것도 할 수 없다는 자괴감, 사방이 벽에 막혀 있다는 답답함이 가득했고, 아무도 내 이야기를 들어주지 않고 억울함을 호소해도 돌아오는 것은 '여자인 네가 먼저 꼬리 쳤겠지'라는 말이나 '아니 땐 굴뚝에 연기 날 리 없다'는 비난 섞인 말들을 들을 게 뻔했다. 내가 말해봤자 아무것도 바뀌지 않을 거라는 생각이 들었다. 결국 나만 다칠 게 분명해 보였기에 그날 하늘에서의 일은 영원한 비밀로 묻기로 했다. 그런데 그날의 일이 나에겐 평생 잊히지 않은 트라우마가 되었다.

최근 군대 내 성희롱 때문에 극단적 선택을 한 부사관의 소식을 들으면서 그때를 떠올리게 됐다. 아마 그때의 나와 같은 마음이었겠지 싶었다. 내가 성추행을 당한 때가 1952년이다. 그로부터 70년이 흐른 2021년, 군 상관의 성추행으로 고통받던 부사관이 스스로 목숨을 끊었다. 강산이 일곱 번이나 바뀌는 동안 공군은 한 걸음도 앞으로 못 나가고 제자리걸음이었다는 것에, 자기의 억울함을 알리기 위해 죽음을 선택해야만 하는 이 폐쇄적인 군사 시스템에 분노가 일었다.

앞서 밝혔지만 나는 공군을 사랑한다. 내가 사랑하는 공군이 자랑스러운 조직으로 남기를 바라 마지않는다. 그러기 위해서는 사건을 축소시키고 은폐하려고만 하지 말고 앞장서서 모든 진상을 투명하게 밝혀야만 한다. 가해자와 관계자에 대해서는 확실하고 강력한 처벌을 내려서 다시는 이런 일이 일어나지 않도록 해야 할 것이다. 너무 뻔한 말 같지만, 언제나 상식 속에 답이 있기 마련이다.

그녀들의 저주

"김 소위님, 그동안 얼마나 고생이 많으셨어요. 저희 부인회에서 저녁을 대접하려고 해요. 이따가 저희 집으로 오세요."

1952년 겨울, 대령 부인의 집으로 초대를 받았다. 남자들만 득실대던 곳에서 외로움을 느끼고 있었기에 부인의 격려 전화가 무척이나 반가웠다. 내가 감히 쳐다보지도 못할 고위급의 사모들이었지만 같은 여자로서 느끼는 고충을 털어놓을 수도 있을 것 같았다. 나는 은근히 기대를 하며 초대받은 집으로 갔다.

그 집에는 다섯 명의 사모가 모여 있었다. 모두 장성급 이상의 사모들이었다. 그런데 어쩐지 분위기가 이상했다. 분명 저녁을 대접한다고 했는데 음식 냄새가 나기는커녕 거실에는 화롯불만 붉게 타고 있었다. 그 안에는 시뻘겋게 달궈진 인두도 보였다. 상황이 심상치 않음을 깨달은 그 순간, 내 머리 위로 홑이 불이 씌워졌다. 그와 동시에 입에 담지도 못할 욕설과 발길질이 날아왔다.

"너 같은 년이 우리 공군에 들어와서 남편을 맘 놓고 보낼 수가 없어."

"네가 무슨 조종사야. 누굴 꼬시려고 그래?"

"이런 년은 조종을 못 하게 인두로 눈알을 파내야 해."

뜨거운 인두가 가까이 오는 게 느껴졌다. 생명의 위협을 느꼈다. 고위급 부인들에게 사람 하나 죽이고 은폐하는 것은 식은 죽 먹기일 터였다. 내 죽음은 사고사로 처리될 것이고, 우리 부모님께는 곱게 갈린 유골만 전해질 것이다. 그 순간 '나 하나 죽는다고 누가 알아줄까?' 하는 자포자기 심정과 '대체 내가 무슨 잘못을 했다고 이런 취급까지 당한다는 말인가?' 하는 억울함이 일었다.

다섯 명이 한꺼번에 때려서 나는 도망가지도 못하고 그 모진 매질을 다 받아내야 했다. 구타는 계속됐다. 몇십 분간이었겠지만 나에게 그 시간은 영원처럼 길게 느껴졌다. 그때 전화벨이 울렸다. 발길질이 일시적으로 멈추고 모두의 시선이 전화로 향해 있는 게 느껴졌다. 이때다 싶었다. 나는 기회를 놓치지 않고 이불을 획 걷었다. 그리고 쏜살같이 달아났다. 군화를 신을 새도 없이 앞으로 달려가 내 키보다 높은 담장을 훌쩍 뛰어넘었다. 지금 생각해보면 초인적인 힘이 발휘되었던 것 같다.

밖은 이미 어두워져 있었다. 바람마저 매서웠다. 머리는 헝클어지고, 옷은 찢어지고, 신발도 없이 맨발로 걷는 내 모습에 실소가 났다. 남자들에게 당할 때보다 더 심한 배신감이 들었다. 대명천지에 대통령이 준 계급장을 당당히 달고 있는 사람에게 어떻게 이런 일이 일어날 수 있을까. 세상에 이 억울함을 알리고 싶었다. 마침 가까운 곳에 대구 매일신문사가 있어서 고발해버릴까 잠시 고민하기도 했다.

그러나 나는 실행하지 못했다. 지금까지 인내했던 것처럼 한 번만 더 꾹 참기로 했다. 나는 15명 여자 생도 중에 혼자 남아 공군 여자 장교의 명맥을 간신히 유지하고 있었다. 그런데 고발하려면 내 모든 걸 걸어야 했다. 여기서 끝내면 후배들에겐 영영 기회가 주어지지 않을 거라는 생각이 들었다. 여자 후배들에게 길이 되어주고 싶은 마음이 컸다. 그들에게는 여자라는 편견과 차별이 없는 편한 길을 내어주고 싶었다.

부대로 돌아왔을 때 그제야 내 몸에 상처가 났다는 걸 알았다. 담장을 넘다가 그 위에 놓아둔 유리병 조각에 살이 찢겨 피가 줄줄 흐르는지도 모르고 뛴 것이다. 의무실에 가서 간단한 치료만 받고 새 옷을 받아 숙소로 돌아왔다. 그날 밤 나는 새로운 의지를 다졌다. 더 강해져야 한다고 스스로를 다독였다.

따지고 보면 그들은 아무것도 아니었다. 그들은 일개 평범한 부인네들이었고, 나는 대한민국의 군인이었다. 스스로 노력해서 얻어낸 계급장을 달고 있는 당당한 군인이었다. 반면 그녀들은 자신의 손으로 쟁취한 것이 아무것도 없는 사람들이었다. 나를 때린 것은 그만큼 나한테 열등감을 느낀다는 방증이었다. 얼마나 자신이 없고 내세울 것이 없으면 남편의 위세에 기대어, 그것도 단체로 한 사람을 짓밟으려 한단 말인가?

그 후에 나는 그 사모들을 만날 기회가 있었다. 그러나 나는 그들에게 거리낄 것이 없었기에 늘 당당했다. 오히려 내 눈길을 피하는 것은 그녀들이었다. 그들은 가끔 내가 비행할 때 구경하러 오기도 했는데, 그들이 집요한 눈빛으로 내 비행 모습을 쳐다볼 때는 오싹하기도 했다. 마치 떨어져 죽으라고 기도하는 것처럼 보여서.

그들이 정말 속으로 내가 죽기를 바랐는지는 모르지만, 아니 분명 그랬을 거라고 짐작이 가지만 나는 그들의 바람과 달리 잘 살아 있다. 그리고 그즈음 그녀들은 나에게 하등의 관심사도 못 됐다는 것을 밝혀두고 싶다.

전쟁과 희망

사람들은 전쟁을 겪으며 더 곤궁해졌다. 하루하루 먹을 것을 찾아 길바닥을 헤매고 다녔고, 며칠을 굶어 누렇게 뜬 얼굴로 모든 것을 포기한 듯 길거리에 나앉은 사람도 많았다. 그러나 어둡고 막막한 이런 상황에서도 애써 희망을 찾았다. 언젠가 이 지긋지긋한 전쟁이 끝날 거라는, 그래서 다시 가족이 둘러앉아 따뜻한 저녁밥을 나눌 수 있을 거라는 소박한 희망.

그런 의미에서 군대는 한 줄기 빛이었다. 적의 공격으로부터 목숨을 지켜주는 것은 물론, 끔찍한 전쟁을 끝내고 마침내 평화를 가져다줄 거라는 희망을 품을 수 있게 해주는 곳이 군대였으니까. 그래서였을까? 내가 복무했던 대구 동명 비행장에는 비행기가 뜨고 내리는 모습을 지켜보는 사람들이 많았다. 바쁘

게 오르내리는 비행기를 보면서 사람들은 어서 전쟁이 끝나기를 빌고 승리의 소식을 기다렸을지도 모르겠다.

나는 정찰기를 띄울 때마다 작은 다짐을 했다. 그들에게 내가 희망이 되기를, 우리 공군이 그들에게 한 줄기 빛이 되기를 바랐다. 무기력한 그들의 얼굴에 웃음꽃이 피어나는 날이 오기를 간절히 바랐다.

군대는 사람들에게 생계 수단이 되기도 했다. 전쟁 중에는 그나마 물자가 넉넉한 곳이 군대였기에 많은 사람이 군대에 기대어 살았다. 특히 미군부대 주변으로 사람들이 몰려들었다. 사람들은 군부대에서 나온 물품을 팔아 생계를 이어갔고, 아이들은 미군 지프차를 뒤쫓으며 "기브 미 초콜릿!"을 외쳤다. 배가 곯고 헐벗은 사람들에게 미군부대는 그야말로 화수분 같은 존재였다. 취업 청탁도 심심찮게 일어났다. 여자들은 타이피스트*로, 남자들은 하우스보이**로 취직을 하려고 온갖 연줄을 댔다.

군대에서 일하는 건 문인도 예외가 아니었다. 당시 육해공군은 문화예술 활동을 통해 군인 정신을 고취하고 자유주의 이념을 무장시키기 위해 정훈감실을 운영했다. 공군 정훈감실에는 박목월, 정비석, 백철, 박계주 등 쟁쟁한 문인들이 포진되어

---

* 타이핑을 하여 문서를 작성하는 직업이다.
** 군부대에서 허드렛일을 하는 남자아이를 가리킨다.

● 전쟁 중 공군 대위 시절에

있었다. 또한 정훈감실에서는 《코메트*》라는 기관지를 발행했
는데, 기사 수준이 높아 군장병들에게 인기가 높았다. 한국군
유일한 여성 조종사였던 나는 《코메트》의 단골 소재였고, 인터
뷰를 위해 자주 만나다 보니 문인들과 자연스럽게 친분이 쌓
였다.

"김 소위는 우리 공군의 자랑인 거 알지?"

"김 소위 투지는 알아줘야 해."

"김 소위 보면서 사람들이 왜 행복해하는 줄 알아? 그건 자신
도 할 수 있다는 희망을 주기 때문이야."

---

* Comet, '혜성'이라는 의미이며, 1952~1961년에 발행된 공군의 기관지이다.

이런 말을 들으면 자부심에 어깨가 으쓱해지기도 했지만, 한 편으로는 나를 희망으로 아는 사람들을 실망시키지 말아야 한다는 책임감에 어깨가 무거워지기도 했다.

공군 정훈감실에 있던 문인들에게는 종종 비행기 시승의 특전이 주어지기도 했다. 하루는 소설가 박계주 선생이 오더니 내게 부탁을 했다.

"내가 하늘을 소재로 한 소설을 하나 구상하고 있는데 말이야, 김 소위가 나 한번 비행기를 태워줄 수 있을까?"

민간인을 정찰기에 태우는 것은 군법에 위배되는 것이었지만, 당시 나는 그 정도 융통성을 발휘할 정도는 되었기에 흔쾌히 승낙했다. 나는 몰래 박계주 선생을 태우고 하늘로 날아올랐다. 하늘을 소재로 소설을 쓴다고 하니 더 많은 것을 보여주고 싶었고, 더 많은 영감을 받았으면 하는 마음에 곡예비행도 마다하지 않았다.

"선생님 저 구름이 보이시나요? 왼쪽에 보이는 것은 동해바다입니다."

그러나 아무리 외쳐도 대답이 없었다. 룸미러로 뒤를 봤지만 박계주 선생의 모습은 보이지 않았다. 그 대신 역겨운 냄새가 풍겨 왔다. 토사물의 냄새. 박계주 선생이 비행기 멀미를 하고 있던 것이다. 나는 급히 비행기를 선회해 착륙했다. 땅을 밟자 박계주 선생은 아무 일도 없었다는 듯 시치미를 뗐고 나도 모른 척했다. 멀미 때문에 하늘에서 아무것도 못 봤을 테지만, 나는 박계주 선생이 이 경험을 살려 멋진 글을 써내리라 믿었다.

당시 군대에 있던 모든 사람이 사명감을 갖고 일했다. 무엇보다 이 몸서리치는 전쟁을 빨리 끝내야 한다는 일념이 있었다. 정훈감실의 문인들은 국가를 위해서라면 자신의 재능을 아낌없이 바쳤고, 육군 정훈감들은 종종 위험을 무릅쓰고 종군을 지원하기도 했다. 그 저변에 전쟁으로 고통받는 피난민에 대한 안타까운 마음이 있었기 때문이다.

앞서 말했지만 부대에서는 물자가 풍부한 편이었다. 배를 곯고 있는 바깥사람들을 생각하면 끼니를 모두 챙겨 먹는 것도 미안할 정도였다. 부대에서는 간식이며 여러 비품들이 남아돌았다. 그러나 부대에 있는 누구도 남는 물품에 욕심내지 않았다. 정훈감실 문인들은 여분의 배급 쌀이 있으면 피난민들과 나눴고, 나 역시 간식으로 나오는 건빵을 모았다가 비행장 한편에서 비행기가 뜨고 내리는 모습을 지켜보던 사람들에게 나누어주었다. 사람들은 건빵을 받으며 고마워했지만 나는 도리어 미안했다. 군인으로서 아직도 전쟁을 끝내지 못했다는 자책감이 들어 괴로웠다.

나는 비행장에 모여든 사람들의 얼굴을 보면서 곧 전쟁을 끝낼 거라는 의지를 다졌고, 평화로운 일상을 그들에게 돌려줄 수

있을 거라는 희망을 품었다. 그리고 나의 비행을 보며 사람들도
희망을 품기를 바랐다.

인생은 새옹지마

1953년 7월 27일, 마침내 많은 사람의 염원대로 길고 지난한 협상 끝에 휴전이 선포되었다. 나는 전투기가 더 이상 출격하지 않는 걸 보며 전쟁이 끝났음을 알았다. 1945년 해방이 그랬듯, 휴전도 도둑처럼 조용히 찾아왔다. 조금은 허무했지만 너무나 감사했다.

그 후 나는 군에 뼈를 묻을 생각으로 열심히 군 생활을 했다. 하지만 인생이 어디 뜻대로만 흘러가던가. 성공을 눈앞에 둔 순간 뜻하지 않게 사고를 당할 수도 있고, 모든 걸 포기하려는 순간 새로운 기회를 얻는 경험을 하게 되는 게 인생이리라.

내 인생도 계획대로만 흘러가지 않았다. 당시 나는 군대에서 경험을 많이 쌓아서 여성 최초로 참모총장 자리까지 올라가보자는 야무진 꿈을 꾸고 있었다. 그런데 전쟁이 끝난 후 운명의 여신은 전혀 예상하지 못한 길로 나를 이끌었다.

1956년 전쟁의 상흔이 어느 정도 치유되고 군에서의 내 역할을 진지하게 고민하고 있을 때였다. 나는 경무대로 들어오라는 명령을 받고 이승만 대통령 앞에 섰다.

이 대통령이 내게 말했다.

"자네는 이제 군대 생활을 그만하고 미국에 유학 가세요."

유학? 유학은 내 인생에서 한 번도 염두에 둔 적 없는 단어였다.

"각하, 유학은 생각해본 적이 없습니다. 무섭습니다. 죽을 때까지 군대에 있겠습니다."

"전쟁은 끝났습니다. 미국 같은 선진국에 가서 보다 넓은 세상을 경험하고 배우고 오세요. 단, 잊지 말고 반드시 돌아와야 합니다. 돌아와서 후학을 양성하는 것이 김경오 대위가 할 일이에요."

'후학을 양성하는 것'이 내가 할 일이라는 데 마음이 동했다. 하지만 낯선 나라에 가는 것은 여전히 망설여졌다. 지금 나에게는 내 삶의 방향을 과감히 틀 수 있는 용기와 결단력, 인생을 대하는 유연한 태도가 필요했다. 이 세 가지만 있으면 겁이 날 게 하나도 없었다.

나는 이내 유학을 가기로 마음먹었다. 군 입대 때도 그랬지만 부모님이 흔쾌히 승낙한 것은 아니었다. 군대에 딸을 빼앗긴 것도 모자라 이제는 바다 건너 먼 외국 땅으로 보내기까지 해야 하니 아무래도 마음에 걸리셨던 모양이다. 하지만 인간이란 모름지기 과거의 경험을 통해 교훈을 얻는 동물이지 않겠는가. 부모님은 나의 입대 과정에서 이미 깊이 깨달은 바가 있어서인지 "경오를 말려봤자지……"라며 항복을 선언하셨다.

유학길에 오른 것은 내 인생의 터닝 포인트였다. 그런데 이 결정적인 사건에 대한 웃픈 이야기가 있다. 당시 이승만 대통령이 나를 유학 보낸 이유가 따로 있었던 것이다. 나중에 국제회의에 함께 참석한 남자 대표에게 들은 바, 당시의 진실은 이랬다.

"그때 김경오 때문에 남자들이 난리도 아니었잖아요? 육해공군에 있던 모든 남자가 그 여자 대위 하나 두고 자기들끼리 소설을 쓰고, 싸움도 하고, 자꾸 문제가 생기니까 어쩔 수 없이 김경오 씨를 유학 보냈다고 하더라고요."

군대에서 나를 괴롭히던 남자들의 덕을 보게 될 줄 그 누가 알았겠는가. 그들의 그 특별(?)한 관심 덕분에 나는 유학을 가게 된 것이었다. 인생사 새옹지마라더니, 그 옛말이 하나도 틀리지 않다는 걸 몸소 깨닫게 되었다.

영웅이 된 비행사

유학길에 오르다

미국행 비행기에 오른 것은 1958년 가을 학기를 앞둔 시점이었다. 나는 노스캐롤라이나 주에 있는 미국 대학 중 다섯 손가락 안에 드는 명문대, 길포드 대학(Guilford College)에 영문과에 입학했다. 그러나 거기에는 명목상 적을 두기만 했을 뿐, 실질적인 교육은 근처 비행장에서 이루어졌다. 길포드 대학으로 간 이유도 주변에 공군 기지가 많고 7분 거리에 비행 훈련이 가능한 비행장이 있었기 때문이었다.

1956년에 예편을 하고 대통령의 특별 지시에 따라 국가 장학생 신분으로 유학을 준비했으니, 준비 기간만 무려 2년의 시간이 걸린 셈이다. 그때 우리나라에서는 유학은커녕 해외에 나가는 것조차 쉽지 않았다. 휴전이 된 지 오래 지나지 않았기에 국제 우편이 정상화되지도 않았고, 서류를 미국 대학 측에 보내고 답변을 받는 데도 여러 달이 소요됐다. 입학 허가가 날 때까지 마냥 기다리고만 있을 수 없어서 군대 상사였던 분이 제대 후 이사장으로 있던 '대한 중공업'에서 잠시 일하기도 했다. 나의 직책은 비서실장이었다. 잠깐이었지만 상명하복의 군대 체질이 남아 있어서인지 첫 사회생활은 익숙지 않았고 많이 고생했던 기억이 있다.

미국으로 가는 길은 멀고도 험난했다. 당시에는 직항이 없었다. 모두 프로펠러 비행기여서 중간에 주유를 하려면 여러 기착지를 경유해야만 미국에 갈 수 있었다. 서울에서 미국 노스캐롤라이나까지 가는 데 비행기를 여섯 번을 갈아타고 꼬박 나흘이 걸렸다.

마지막 기착지인 워싱턴을 떠나서 그린즈버러에 도착한 것은 저녁때가 다 된 시각이었다. 내가 비행기에서 내리자 학교 밴드가 팡파르로 맞이해주었다. 아무래도 6.25 참전국 미국의 젊은이들이 목숨 바쳤던 한국에서 온 군인이라고 하니 예우를 해주었던 듯싶다. 그들의 환대에 긴장했던 마음이 조금은 누그러졌다.

사감은 직접 나를 기숙사까지 안내해주었다. 깔끔하게 정돈된 방 안에는 침대 하나와 책상 하나가 덩그러니 놓여 있었다. 룸메이트 없이 혼자 쓰는 방이었다. 사감이 주의 사항들을 친절하게 안내해주었지만 무슨 말인지 하나도 알아듣지 못했다.

사감이 나가고 마침내 방 안에 혼자 남았다. 날은 어둑해지고 사위는 고요했다. 이제 막 낯선 세계에 도착한 나는 미동도 없이 침대 끝에 멍하니 앉아 있었다. 복도 밖에서부터 알아듣지 못하는 외국어와 학생들의 왁자한 웃음소리가 방 안으로 흘러 들어왔다. 그런데 그들의 수다와 웃음소리가 커질수록 방안의 적막함은 점점 더 몸집을 불렸고, 나는 더욱더 쪼그라드는 것 같았다. 물약을 먹고 작아지는 이상한 나라의 앨리스처럼 내 몸은 작아지다 못해 사라져버릴 것 같았다. 그때의 내 심정이 그랬다. 조그만 기숙사 방이 망망대해 같았고, 나는 망망대해에 떠 있는 조각배 같았다.

처음으로 기숙사에서 하룻밤을 보낸 날 아침, 나를 깨운 건 마이크 소리였다.

"Wake up girls. Come to cafeteria for breakfast at 7."

아침 식사를 하러 오라는 소리였는데, 그때 나는 무슨 말인지도 몰랐다. 방 안에 콕 처박혀 있었다. 복도에서 학생들이 우르르 몰려가는 소리가 들렸는데도 용기 있게 방 밖으로 나갈 엄두를 내지 못했다. 영어를 못하니 더 그랬다. 지금 생각해보면 피식 웃음이 나지만, 그땐 정말 모든 것이 낯설고 두려웠다.

전날부터 내리 세 끼를 굶었다. 점심과 저녁 모두 밥을 먹지 못하고 건너뛰었다. 룸메이트라도 있었다면 좋았을 텐데, 아무도 내게 관심을 가지지 않았다.

'내가 이 방에 있는 걸 아는 사람이 한 명이라도 있는 걸까. 여기서 굶어 죽어도 아무도 모르지 않을까.'

그렇게 엿새를 버텼다. 심정적으로는 한 열흘 정도 굶은 것 같았다. 이상한 낌새를 가장 먼저 눈치챈 것은 사감이었다. 분명 동양 여자애가 새로 들어왔는데 며칠째 식당에 나타나지 않으니, 이를 이상하게 여기고 사감이 내 방에 찾아온 것이다. 사감은 여전히 침대에 덩그러니 앉아 있는 나를 보고는 딱하고 답답했는지 통역할 사람을 데려왔다. 서울대학교에 다니다가 근처 핀치 칼리지(Finch College)로 유학 온 여학생이었다. 그녀는 나를 보자마자 고향 친구를 만난 듯 반가워하며 눈물을 글썽였다.

식사 시간, 학생 식당의 위치, 강의 시간표와 강의실 위치 등 학교생활에 필요한 세세한 사항을 그제야 알게 되었다. 나는 통역을 해준 그녀에게 연신 고맙다며 허리를 숙여 감사 표시를 했다. 그런데 이 여학생이 통역이 끝났는데도 가지 않고 가만히 서 있는 게 아닌가.

'타국에서 만난 동포에게서 고향 얘기라도 듣고 싶은 건가?'

나는 이런 생각이 들었지만, 그녀의 의중을 알 수 없어서 아무 말도 하지 않고 가만히 서 있었다. 그녀와 나 사이에 어색한 침묵만 흘렀다. 결국 성질 급한 내가 물었다.

"다 끝났는데 안 가시나요?"

그랬더니 그녀가 웃으며 말해주었다.

"미국에 처음 오셔서 모르시나 본데, 여기선 일을 하면 대가를 지불하셔야 합니다."

통역료를 내야 한다는 얘기였다. 여기선 공짜로 해주는 일이 없다는 것이다. 그때 처음으로 문화충격을 느꼈다. 나는 얼른 5달러를 꺼내 주었다. 5달러가 통역의 대가로서 적당했는지는 모르지만, 돈을 받고 좋아하는 그녀의 얼굴을 보니 적은 돈은 아닌 듯했다. 그 후로 그녀는 종종 나의 통역을 맡았고 그때마다 나는 5달러씩 지불했다.

'미국에 공짜는 없다'라는 말을 실감한 적이 또 한 번 있었다. 기숙사 생활에 어느 정도 익숙해졌을 무렵, 나는 식당에서 접시 닦는 아르바이트를 했다. 시급은 50센트였다. 내 역할은 접시에 남는 음식을 닦아내고 옆 개수대에 넘기는 일이었다. 고무장갑을 끼고 하는 일에 익숙지 않았던 나는 결국 실수를 저지르고 말았다. 미끄덩거리는 커다란 접시를 놓쳐버린 것이다. 접시는 바닥에 떨어져 와장창 깨졌다. 그 소리에 사감이 뛰어 들어왔다. 나에게 화를 낼 줄 알고 긴장하고 있었는데, 오히려 그는 내게 괜찮냐고 묻고는 바로 깨진 유리 조각들을 쓸어 담았다.

'7달러나 하는 접시를 깼는데 왜 물어내라는 소리도 없지?'

이런 생각이 들었지만 나는 그들이 말할 때까지 기다리기로 했다. 그런데 한 달이 다 되도록 접시 값을 물어내라는 소리가 없기에 '기숙사 물품은 경비로 처리하나 보다' 생각하고 있었다. 하지만 그것 역시 나만의 착각이었다.

정확히 한 달 뒤 나는 고개를 주억거릴 수밖에 없었다.

'그럼 그렇지.'

아르바이트비 정산서에 7달러가 빠져 있었다. 역시 이곳에서 공짜는 없었다.

미국 생활 적응기

미국 문화를 잘 몰라 자잘한 실수를 많이 했지만, 무엇보다 미국 생활의 최대 걸림돌은 '영어'였다. 간단한 의사소통에도 어려움을 겪다 보니 친구를 사귀는 것도 쉽지 않았다. 더 큰 문제는 수업 시간이었다. 예습을 해도 교수가 무슨 얘기를 하는지 전혀 알아들을 수가 없었다. 교수의 말이 외계인의 언어처럼 들려 수업 내내 우주를 헤맸다. 출석 확인을 위해 내 이름을 불러도 몰랐으니 내 수준이 어느 정도였는지 짐작할 수 있을 것이다. 앉아 있는 것 자체가 곤욕일 정도로 수업을 따라가기 힘들었다.

첫 시험에서 겨우 낙제점을 면하긴 했으나 그 후에도 C 이상의 성적은 나온 적이 없었다. 명목상의 전공이라고 해서 고려해

주거나 봐주는 법이 없었다. 결국 학교에서는 특단의 조치를 내렸다. 나를 랭귀지 스쿨로 내려보내고 룸메이트도 붙여준 것이다. 전직 공군 대위에 대한 예우로 독방을 줬던 것인데, 이게 오히려 영어를 익히는 데 독이 되었다는 것을 뒤늦게 깨달은 학교가 급하게 취한 조치였다.

내 룸메이트는 인도에서 온 '히야홀던'이라는 여학생이었다. 미국 주재 인도 대사의 딸이었는데, 덥든 춥든 하루도 빼놓지 않고 인도의 전통 복장인 사리를 입고 있었다. 그녀는 내게 영어를 가르치라는 특명을 받고 나를 혹독하게 훈련시켰다. 매일 20개 정도의 영어 단어를 점착 메모지에 써서 여기저기에 붙여놓고는 모조리 외우라고 했다. 어느 정도 단어를 외웠을 무렵에는 문장으로 바뀌었다.

몇 달이 지나자 방 안은 점착 메모지로 가득 찼고 내 영어 실력도 웬만한 말은 알아들을 정도가 되었다. 히야홀던이 나를 위해 이렇게 열정적으로 영어를 가르쳐주는 것에 나는 여러 번 감동을 받았다. 이 또한 임금을 받고 하는 일이라는 걸 나중에 알고 조금 실망하기는 했지만 말이다.

어느 정도 영어가 늘어 일상생활이 가능해졌을 때도 나는 여전히 실수를 많이 했다. 상황에 맞지 않는 단어나 잘못된 표현을 쓰고는 한 것이다. 한번은 룸메이트가 "Do you mind if I smoke?"라고 담배를 피워도 되는지 양해를 구했는데, "Yes"라고 대답해서 담배를 못 피우게 한 적이 있었다. 또 한번은 내가 부엌에 갈 거라는 말을 "I'm going to the 'kitchen'"이 아닌 "I'm going to the 'chicken'"이라고 잘못 말해서 여러 사람에게 웃음을 선사한 일도 있었다.

아이들이 깔깔깔 웃어도 내가 뭘 잘못 말했는지조차 모르는 경우가 부지기수였다. 묵언 수행자가 되어 입을 다물고 지내볼까 심각하게 고민도 해봤다. 하지만 할 말을 못 하고 침묵을 지키며 사는 것은 내 성정에 맞지도 않고, 그렇게 하면 언어가 빨리 늘지도 않을 것 같았다. 그래서 묵언 수행자 코스프레는 일찌감치 포기해야 했다.

사실 가장 힘들었던 것은 화려한 언변을 구사하지 못해서가 아니었다. 내 진심을 전하지 못하는 게 가장 컸다. 표정이나 행동으로 마음을 전하는 데는 분명 한계가 있었다. 말하지 않아도, 말을 해도 오해의 소지가 생겨서 문제가 생겼다. 언어의 벽 때문에 사람 사이에도 벽이 생기는 꼴이었다.

하지만 결국 사람 사이의 벽을 허무는 것 또한 '말'이 아니겠는가. 진실한 말만큼 상대를 녹이는 도구가 없을 테니 말이다. 그리고 그건 꼭 사람 사이의 벽만을 의미하지는 않을 것이다. 국가와 국가 사이의 벽을 허무는 것도 결국 '대화'에서 그 물꼬가 트이기 때문이다.

유학 시절 나는 '언어', 특히 '영어'가 핵무기보다 강력한 무기
가 될 수 있을 거란 예감을 했다. 그리고 이 예감은 훗날 내가
국제무대에서 활동하며 여실히 증명된다.

우연이 만든 필연

처음 미국에 갔을 때 '한국'이라는 나라를 알고 있는 사람은 거의 없었다. "어느 나라에서 왔냐?"고 물어서 "코리아"라고 대답하면 다들 고개를 갸웃했다. '코리아'가 무슨 물건 이름이라고 생각하는 사람이 있을 정도였다. 간신히 한국을 아는 사람이 있어도 그들에게 우리나라의 이미지는 이제 막 전쟁에서 벗어난, 지지리도 가난한 나라였다. 그러니 이름도 알지 못하는 동방의 작은 나라에서 온 나를 제대로 평가하고 온당한 대접을 해줄 리 없었다. 그들이 내게 가장 자주 하는 질문은 "커피 먹어봤니?", "사과 먹어봤니?" 같은 말들이었다. 그중에서도 내 자존심을 건드리는 질문이 있었다.

"너, 정말 비행기를 몰 수 있니?"

내 비행 실력을 못 믿겠다는 듯한 뉘앙스의 말들을 들으면 상처가 되기보다 오히려 의지가 활활 불타올랐다. '어떻게 하면 이들의 코를 납작하게 눌러주지?'라는 생각과 함께 내 실력을 보여주고 싶었다.

그리고 마침내 나의 비행 실력을 증명할 수 있는 기회가 찾아왔다. 그 기회는 우연히 한 남학생과의 대화에서 시작되었다. 미국 유학 초창기에 나는 미국 생활에 적응도 안 된 상태에서 아르바이트를 시작해야 했다. 국가가 보조해주는 금액으로는 생활비와 교육비 모두를 충당할 수 없었기 때문이다. 그날도 뜨거운 뙤약볕 아래에서 잡초 뽑는 아르바이트를 하고 있었다. 날씨는 덥고 날카로운 풀에 긁힌 손은 여기저기 따갑기만 했다.

'지금쯤 우리나라에 있으면 공군 대위로 안정되고 보장된 길을 가고 있을 텐데, 나는 지금 여기서 뭘 하고 있는 거지?'

잡초를 뽑으면서 이런 생각들이 불쑥불쑥 자라났지만 나는 애써 그런 마음을 억누르려 애썼다.

그때 내 앞에 있는 커다란 군화가 눈에 들어왔다. 위를 올려다보니 얼굴을 반쯤 가린 큰 안경을 끼고 양손에는 책을 한가득 들고 있는 한 남학생이 서 있었다. 아무래도 작은 동양인 여자가 잡초를 뽑고 있으니 관심이 생겼던 게 아닐까 싶었다. 그런데 이 남학생과 이야기를 하면서 흥미로운 사실을 알게 됐다. 그가 한국전쟁에 공군으로 참전했다는 것이다. 지금은 이 학교

● 1959년 〈뉴욕타임스〉 인터뷰를 하며

대학원생이자 학보 편집장을 맡고 있었다. 우연히 대화를 하던 중에 인터뷰까지 진행됐고, 그렇게 내 이야기가 교내 신문에 실렸다.

교내 신문에 실린 기사가 꽤 화제가 된 모양이었다. 그 기사가 〈그린즈버러 데일리 뉴스〉에 실리더니 멀리 뉴욕까지 날아가 〈뉴욕타임스〉에 게재되었다. 그리고 그 계기로 CBS 방송국의 섭외 연락을 받을 수 있었다.

'말도 서툰데 방송에 나가는 게 맞을까?'

나는 방송에 출연하는 것이 조금 조심스러웠다. 하지만 학교에서는 내 이름과 학교를 널리 알릴 수 있는 좋은 기회라면서 나를 적극 독려했다.

그 후 나는 CBS 방송국 퀴즈 프로그램에 두 번이나 출연하게 됐다. 하나는 〈To Tell the Truth〉라는 프로그램으로, 비슷한 연령에 비슷한 외모를 가진 세 사람을 초대해서 특이한 이력의 주인공이 누구인지 찾는 방송이었다. 내가 출연했을 때는 나, 일본인 유학생, 중국인 유학생 이렇게 세 명 중에 '한국전에 비행사로 참전한 전직 공군 대위 찾기'라는 콘셉트로 진행됐다.

당시 나는 제때 끼니를 챙겨 먹은 적이 없을 만큼 심한 생활고에 시달려 비쩍 말라 있었다. 패널들은 설마 이렇게 비쩍 마른 사람이 비행사일 거라고는 생각하지 못한 모양인지 나를 제외한 두 사람에게만 질문을 던졌다.

프로그램이 끝날 때쯤 사회자가 주인공에게 일어서라고 했다. 내가 자리에서 일어나자 스튜디오가 발칵 뒤집어졌다. 내 직업이 발레리나일 거라고 예상했다는 것이다. 패널들은 정답을 맞히지 못했지만, 덕분에 그날 나는 상금을 받을 수 있었다.

나는 〈What's My Line?〉이라는 퀴즈 프로그램에도 출연했다. 〈To Tell the Truth〉와 비슷하긴 한데, 흥미로운 직업을 가진 사람들을 초대해 패널들이 스무고개를 하듯 질문하면서 그 사람의 직업을 맞히는 게임 형식의 꽤 인기 있는 방송이었다. 하지만 이번에도 패널들이 아무도 정답을 맞히지 못해 상금 1,000달러 역시 내 차지가 되었다. 당시 한 학기 등록금이 480달러였으니, 1년치 학비에 해당하는 어마어마한 금액이었다.

두 번의 방송 출연은 경제적 문제를 해결하는 데 큰 도움이 됐지만, 무엇보다 나에 대한 인식을 바꾸는 데 더 큰 몫을 했다. 당시 미국인들에게 한국이라는 나라는 생소해도 한국전쟁에 대해서는 알고 있었다. 가족 중 한 명 정도는 한국전에 참여한 사람이 있다 보니 그들에게 한국은 그리 멀고 생소한 나라가 아니었다. 그러다 보니 한국전 참전 용사에 대한 미국인들의 존경심은 남다른 데가 있었다. 내가 방송을 통해 한국전쟁 참전 용사였다는 것이 알려지자, 그간 나를 무시하거나 조롱하던 사람들의 눈빛이 바뀌었다는 것을 피부로 느낄 정도였으니 말이다.

나를 눈여겨본 또 한 사람이 있었다. 미국에 간 그해 크리스마스를 며칠 앞둔 어느 날이었다. 지역 신문에 난 기사를 보고 나를 찾아온 사람이 있었는데, 그녀가 바로 '나인티 나인스'(The Ninety Nines)의 총재인 루이스 스미스다. '나인티 나인스'는 여성으로서는 세계 최초로 대서양 단독 횡단 비행에 성공한 아멜리아 에어하트(Amelia Mary Earhart)가 만든 단체다. 당시 나인티 나인스의 총재인 루이스 스미스는 그 지역 주민이었고, 그녀는 우연히 신문에 난 내 기사를 보고 찾아왔다고 했다. 그러고는 세계에서 가장 가난한 나라 가운데 하나인 한국의 유일한 여자 비행사인 내게 관심을 가지게 됐다고 했다.

비행인이라는 동료 의식 때문인지, 그녀는 내게 학교생활과 앞으로의 계획을 물으며 먼저 손을 내밀었다.

"내가 도와줄 것이 없나요?"

지금 같으면 일자리라도 하나 알아봐달라고 했을 텐데, 그때 나는 그저 빙그레 웃기만 했다. 그리고 사실 이때만 해도 그녀와의 만남이 앞으로의 내 인생을 규정하는 중요한 인연이 될 것이라는 것을 몰랐다.

며칠 뒤 그녀는 다시 한번 나를 찾아왔다. 그리고 나인티 나인스의 회원이 되어달라는 제안을 했다. 나인티 나인스 회원이 된다는 것은 영광스러운 일이었다. 조종사로서 인정받는다는 뜻이고, 대한민국을 대표하는 민간항공인으로서 세계인들과 어깨를 나란히 한다는 의미이기도 했다. 따라서 내가 마다할 이유가 없었다. 그런데 나인티 나인스 회원이 되려면 조건이 있었다. 간단한 비행 테스트를 받아야 한다는 것이다.

비행 테스트는 내게 문제될 것이 없었다. 다만 미국 지리에 약하다는 게 걱정스러웠다. 지도보다는 실제로 비행을 해보면서 지리감을 익히는 게 비행사에게 유리한데, 이는 실제로 보이는 건물이나 도로, 숲 같은 지형지물이 이정표가 될 수 있기 때문이다. 당시 그들이 내게 주문했던 비행은 테네시 주까지 갔다오는 것이었다. 가는 데만 네 시간이 소요되니, 테스트용이라고 하기엔 꽤 먼 거리에 있는 장소였다.

시험 비행 당일, 그린즈버러 비행장에 기자들이 몰려들었다. 자기들이 도와줬던 나라에서 온 여자 비행사라는 점이 그들에게도 꽤 큰 관심거리였던 모양이다. 갑자기 긴장이 되기 시작했다. 뜨거운 취재 열기 때문이 아니었다. 비행 실력이 부족해서도 아니었다. 노스캐롤라이나 그린즈버러 지역을 벗어나본 적 없던 내게 테네시까지 다녀오는 것은 쉽지 않은 일이기 때문이었다.

나는 비행에 자신 있었다. 하지만 미국은 내게 낯선 나라였다. 자동차로 치면 생판 모르는 지역을 지도 하나에 의지해서 가는 것과 마찬가지인 상황이다. 더군다나 하늘에는 이정표조차 없으니 더 어려운 주문이었다.

이런 내 걱정을 눈치챘는지 누군가 내게 힌트를 주었다.

"가다 보면 풀을 뜯어 먹는 말들이 보일 거예요. 그게 보이면 테네시에 들어선 겁니다."

그 말이 비행하는 데 큰 도움을 주었다. 비행을 한참 하다 보니 너른 목장이 나오고 풀을 뜯어 먹는 말들이 보이는 것이었다. 그때서야 '아 제대로 왔구나' 하는 생각에 안심하고 무사히 비행을 마칠 수 있었고, 그렇게 나는 나인티 나인스의 회원이 되었다.

유학을 와서 국제 여성 조종사 단체인 나인티 나인스 회원이

● 비행 테스트를 잘 마치고

되기까지의 과정을 생각해보면 모든 것이 우연이었다. 그러나 그 우연이 또 다른 우연을 만들어냈고, 우연들이 겹쳐 마침내 운명이 되었다. 나는 우연이라고 생각한 그 기회들을 마냥 흘려 보내지 않았다. 우연을 통해 만난 사람들을 귀하게 여겼고, 그 때의 인연이 계속되어 훗날 내가 고국으로 돌아갈 때쯤 더 큰 도움으로 찾아왔다.

가장 힘들었던 순간

'1960년 4월 26일 이승만 대통령 하야'

〈뉴욕타임스〉에 실린 이승만 대통령의 하야 기사를 보고 나는 그만 자리에 주저앉았다. 하늘이 무너지는 심정이었다. 다른 사람들이 아무리 그를 향해 독재자라고 욕해도 내게는 특별한 대통령이었다. 비행사가 될 수 있는 기회를 주었을 뿐 아니라 미국으로 유학까지 보내주어 삶의 또 다른 지평을 열어준 분이기 때문이다.

유학을 하면서 나는 "돌아와서 후학을 양성하라"는 그분의 말에 의지해서 외로움과 싸우고 스스로 담금질을 하며 부단히 노력했다. 언젠가 돌아가면 '조국을 위해 의미 있는 일을 하리라' 다짐도 했다. 이 모든 것은 그분의 말씀을 마음에 새겼기 때문이었다. 그런데 그런 분이 경무대를 나와 평범한 일반인의 삶으로 돌아간다고 생각하니 마음이 아팠다.

하지만 솔직히 고백하자면, 대통령 하야 기사에 가장 먼저 든 생각은 '아, 나는 이제 어떡하지?'였다. 밀려나는 대통령에 대한 안타까움보다 내 앞날에 대한 걱정이 앞섰다.

'이승만 대통령의 특혜로 유학까지 왔는데, 그가 대통령에서 내려오면 앞으로의 학비며 기숙사비는 누가 낸다는 말인가?'

집에서 돈 대줄 형편도 안 되고, 모아둔 돈이 있는 것도 아니었기에 참으로 앞날이 깜깜했다.

사실 그동안에도 학비와 기숙사비를 제외한 모든 비용을 스스로 충당해왔었다. 대통령의 특별 지시로 유학을 왔다고 하면 돈 걱정 없이 팔자 좋게 공부만 하면 된다고 생각할지 모르지만, 이는 천만의 말씀이다. 국가에서 지원해주는 돈은 딱 1년치 학비와 기숙사비가 전부였다. 나머지 비용은 모두 자비로 부담해야 했는데, 특히 비행 교육에 드는 비용이 만만치 않았다. 비행기를 한 번 탈 때마다 25달러를 내야 했다. 당시 아르바이트 시급이 50센트였으니, 비행기 한 시간을 타기 위해 며칠을 일해야 했다. 그 정도로 빡빡하게 살았는데 이제는 학비와 기숙사비까지 벌어야 하는 상황에 놓인 것이다.

이런 상황에 처했다고 해서 넋 놓고 울고 있을 수만은 없었다. 아무것도 이루지 못한 채 고국에 돌아가고 싶지도 않았다.

그렇다면 다른 방법이 없었다. 좀 더 열심히 그리고 좀 더 많이 일할 수밖에. 그 자리에서 툭툭 털어내고 기숙사 게시판에 구직 공고를 냈다.

'세탁을 대신 해드립니다. 빨랫거리가 있으면 103호로 갖다 놓으세요.'

빨래를 해 주고 25센트씩 받았다. 그뿐만이 아니다. 카페테리아 테이블 정리, 설거지, 도서관 책 정리, 캠퍼스 잡초 뽑기 등 닥치는 대로 일을 했다. 대학생들이 자유롭게 캠퍼스를 누빌 때 나는 구정물에 손을 담그고 설거지를 하거나 뙤약볕 아래에서 잡초를 뽑아야 했다. 단순 업무였기에 시급은 적었지만 몸으로 할 수 있는 일은 다 찾아서 했다.

이렇게 벌어도 한계가 있었다. 그래서 돈을 아꼈고, 그러다 보니 먹는 것이 부실해질 수밖에 없었다. 점심값이 아까워 아침에 받은 샌드위치를 반만 먹고 나머지는 점심으로 먹기도 했다. 결국 사달이 났다. 비행기를 타고 하늘에 올랐는데 눈앞이 번쩍하더니 현기증이 나는 것이 아닌가. 비행기가 흔들리자 타워에서는 긴급 착륙을 명령했다. 영양실조였다. 영양실조 때문에 두 달간 비행기 탑승이 금지되었다. 가난하고 배고픈 시절이었다. 하지만 내 상황을 비관하지는 않았다. 아니, 비관할 여유조차 없었다는 것이 더 맞는 말일 것이다.

그런데 딱 한 번, 내 신세가 처량하다고 느껴진 사건이 있었다. 어느 날 대학생 부부가 낸 베이비시터 구인 글을 발견했다. 베이비시터는 말이 필요 없을 것 같아서 영어를 못하는 내게 제격이라고 생각했다. 제때 우유만 주면 될 거라고 쉽게 생각하고 지원했지만, 문제는 이 아이가 낯을 엄청 가렸다는 것이다.

아이는 엄마가 집밖으로 나갈 때부터 "엄마"를 부르짖으며 울었다. 아이를 달래보려고 노력했지만, 아이는 우유를 줘도 내팽개치고 토를 하면서까지 울음을 그치지 않았다. 저녁에 집에 돌아온 엄마는 난장판이 된 집과 퉁퉁 부어 있는 아이의 몰골을 보고는 앞뒤 사정도 묻지 않고 단번에 내가 아이를 때렸다고 결론을 내렸다. 아무리 내가 "No"라고 외쳐도 소용없었다. 짧은 영어로 그녀를 이해시키기란 쉽지 않았고, 화가 난 그녀는 내 말을 들으려고도 하지 않았다. 나는 억울했지만 그녀의 화가 가라앉기만을 조용히 기다렸다. 다른 건 몰라도 일당은 받아 가야 한다고 생각했다.

그런데 그녀는 좀처럼 화를 누그러뜨리지도 않았고 내게 돈 줄 생각도 없는 듯했다. 결국 내가 먼저 돈을 달라고 했다. 시간당 50센트씩 받기로 하고 8시간을 일했으니 내가 받아야 할 돈은 모두 4달러였다. 그런데 그녀는 이 돈을 곱게 주고 싶지 않았는지, 지갑에서 25센트 동전들을 꺼내더니 내 가슴팍을 향해 확 뿌렸다. 그 행동이 마치 '이 돈 받고 여기서 당장 꺼져!' 같은 말로 다가왔다. 치욕스러웠다. 뭐라고 설명할 수 없는 모멸감이 밀려왔다. 그래도 참았다.

나는 억울한 마음을 꾹꾹 누르며 바닥에 떨어진 동전들을 하나하나 주웠다. 그런데 마지막 동전 하나가 마루 밑으로 들어가 도저히 손으로는 꺼낼 수 없는 게 아닌가. 그녀에게 25센트가 빈다고 했더니, 장도리를 갖다 주면서 내게 직접 꺼내라고 했다. 결국 장도리로 마지막 동전 하나까지 꺼냈다. 그리고 나를 쳐다보지도 않는 그녀에게 한국식으로 깍듯하게 반절까지 하며 인사를 했다. 그 집을 나오는데, 그녀가 내 뒤통수에 대고 욕을 했다. 눈물이 날 것 같았지만 꾹 참았다.

밖에 나오니 밤공기가 시원했다. 하늘에는 금방이라도 쏟아질 듯이 무수히 많은 별이 떠 있었다. 아름다웠다. 그런데 슬펐다. 내 마음은 너덜거리는데, 밤하늘의 뭇별은 아름답기 그지없어서.

야간 비행을 할 때 아름다운 별 무리를 만나면 나는 어김없이 그날 밤을 떠올린다. 가장 힘들었던 순간 만났던 가장 찬란하게 빛나던 별들. 그 밤하늘의 별들은 삶의 고비마다, 내 의지가 흔들리거나 무디어질 때마다 다짐을 되새기고 의지를 단단하게 벼리는 불꽃이 되어주었다. 그때부터 나는 어떤 성취를 얻었을 때나 가장 빛나는 순간이 찾아오면 그날 밤으로 돌아가본다. 어두운 시기를 터덜터덜 건너가던, 작지만 결코 희망을 잃지 않았던 한 인간을 떠올린다. 그러면 나는 어느새 겸손해지고 지금

누리는 것들에 감사한 마음이 들었다.

찬란한 순간 가장 어두웠던 때를 기억하는 것. 고통이 나를 끌어올리는 원천이었다는 걸 나는 늘 가슴에 새기며 살아간다.

그린스탬프로 비행기를 산다고?

1962년, 마지막 한 학기만 남겨둔 시점이었다. 나는 학교를 계속 다녀야 할 이유를 찾지 못하고 있었다. 영문과에 적을 두고 있었지만 학위를 따는 게 목적이 아니었기에 학교에 군이 남아 있어야 할 이유가 없었다. 그래서 결국 학위를 포기하기로 하고 자퇴서를 냈다.

당시에 외국에서 따온 학위증은 앞날을 보장하는 보증서나 다름없었다. 그러니 내가 어렵사리 미국까지 와서 학위를 포기하는 것 자체는 이해되지 않을 일이었다. 그런데 어렵다면 어려운 이 일이 내게는 쉬운 결정이었다. 나중에 길포드 대학에서 학교를 빛낸 나의 공로를 인정해서 명예졸업장을 주기는 했지만, 그때 나는 학위에 전혀 관심이 없었다. '길이 아니면 가지 않는 것'이 내 평소의 신념이었고, 필요도 없는 학위를 위해 6개월간 더 학교를 다녀야 된다는 게 시간 낭비처럼 여겨졌다.

사실 자퇴를 결심하면서 망설임이 전혀 없었다면 거짓말일 것이다. 학위 때문에 망설인 게 아니다. 학교를 그만두면 더 이상 기숙사 생활을 할 수 없다는 게 고민이었다. 기거할 곳이 없다는 것은 생활비를 벌어야 할 때와는 또 다른 압박감으로 작용했다. 다시 처음으로 돌아가 맨몸으로 시작해야 한다는 뜻이었으니 말이다. 막막했다. 그럼에도 다행스러운 것은, 처음 미국에 왔을 때와 다르게 나에게는 몇 가지 무기가 생겼다는 것이다. 이제는 영어를 자유롭게 구사할 수 있게 되었고, 나름 인맥도 형성하고 있었으니까.

학교에서는 한 학기만 남겨두고 그만두려는 나를 이해하지 못했다. 휴학을 하고 언제든지 되돌아오라고 제안했다. 하지만 나는 이를 과감히 거절했다. 돌아올 여지를 남겨두면 약해질 것 같아서였다. 그 길로 자퇴서를 내고 무작정 뉴욕으로 향했다. 지금 생각해보면 어디서 그런 용기가 났는지 모르겠지만 그때는 앞날에 대한 걱정보다 희망이 더 컸다. 당시 미국 경제는 전후 자본주의의 황금기로 불릴 정도로 호황을 누리고 있었다. 중산층의 부(富)는 부풀어 오르고 이민자들이 꿈꾸던 아메리칸 드림이 현실로 이루어졌다. 그 분위기를 타고 나도 무언가 대단한 것을 이룰 수 있다는 꿈과 희망이 몽글몽글 피어오르고 있었다.

하지만 막상 뉴욕에 도착하니 현실의 벽이 가로막았다. 우선 잠잘 곳을 마련하는 것이 급선무였다. 아는 사람 하나 없는 뉴욕에서는 손 내밀 만한 곳이 없었다. 생각나는 유일한 곳이 대학 시절 종종 아르바이트를 하며 인연을 맺은 YWCA였다. 다행히 그 인연으로 YWCA를 찾아갔더니 '모간홀'이라는 호텔을 소개해주었다.

나는 일주일에 29달러짜리 싸구려 호텔방에서 뉴욕 생활을 시작했다. 침대 하나가 전부인 작은 원룸이었지만 그럼에도 호텔이 뉴욕 중심가인 렉싱턴 애비뉴(Lexington Avenue)에 있어서 위치는 만족스러웠다. 내게는 구중궁궐이 부럽지 않을 정도로 넉넉한 곳이었다.

당시에는 돈을 아끼기 위해 어디를 가든지 걸어 다녔다. 그러다 보니 한 달도 못 돼 운동화를 버려야 할 정도였다. 차비 아끼는 생각만 했지 운동화 닳는 것은 생각하지 못한 터였다. 다행인 것은 병이 나지 않았다는 거다. 혹독하다는 뉴욕의 겨울도 감기 한 번 앓지 않고 무사히 넘길 수 있었다. 먹는 것도 부실했고 보약을 따로 챙겨 먹은 것도 아닌데 건강했던 이유는, 아무래도 걸어 다니면서 절로 운동이 되었던 게 아닌가 짐작해본다.

어찌 됐든 나는 뉴욕에서 버텨야 했고 그러려면 돈을 벌어야 했다. 사실 미국 경제가 호황이었으므로 돈을 버는 것은 어려운 일이 아니었다. 하지만 내겐 다른 목표가 있었다. 고국에 돌아가야 한다는 목표. 고단한 미국 생활에서도 언제나 중심이 되었던 '돌아와서 후학을 양성하라'는 대통령의 당부. 나는 그 말을 저버릴 수가 없었다. 그리고 빈손으로는 절대 고국에 돌아갈 수가 없었다. 그 순간부터 고민이 시작되었다.

'조국을 위해, 후배들을 위해 무엇을 할 수 있을까? 그들에게 가장 필요한 게 무엇일까?'

나는 '비행기를 가져가야겠다'라고 생각했다. 하지만 비행기를 가져가야겠다는 생각만 했을 뿐, 그 방법이나 가능성 따위는 고민이 되지 않았다. 비행기를 가져가야 한다는 생각이 들자, 그것은 절체절명의 목표가 되어버렸고 내게 주어진 절대적 소명처럼 여겨졌다.

그때 생각난 사람이 나인티 나인스의 뉴욕 뉴저지 회장 '페기 노리스'였다. 사실 나인티 나인스에서 활동하며 인연을 맺었지만 따로 사적인 친분이 있던 분이 아니었다. 당시 그녀는 뉴욕에서 한 시간 정도 떨어진 교외에서 살고 있었는데, 무작정 연락을 했는데도 선뜻 집으로 초대해주었다. 나는 즉시 그녀를 찾아가 내가 미국에 온 이유와 과정, 앞으로의 목표, 꿈 등에 대해 얘기했다. 그녀는 내 얘기에 진심으로 공감하면서 자신이 무엇을 도와주면 좋겠느냐고 물었다.

나는 망설이지 않고 대답했다.

"한국에 비행기 한 대를 가지고 가고 싶습니다."

"비행기요?"

그녀는 놀란 듯 다시 되물었다.

"네. 비행기를 가져가고 싶습니다. 비행기를 가져가면 후학들을 위해서 요긴하게 쓸 수 있을 것 같습니다."

"비행기 한 대 값이 얼마인지 아시나요?"

그녀가 황당해하며 물었다. 물론 비행기 한 대가 정확히 얼마인지는 몰랐다. 하지만 비행기가 비싸다는 것은 알았다. 아무것도 없는 빈털터리 여자가 구매하기엔 불가능한 금액이란 걸 왜 모르겠는가. 그래도 내게는 아이디어가 있었다.

"그린스탬프를 모으려고 합니다."

그린스탬프는 백화점이나 마트에서 물건을 사고 나서 계산을 할 때 거스름돈 대신 주는 우표였다. 그린스탬프 10장이 1센트의 가치가 있었고 1,200장을 모아야 1달러 20센트짜리 물건을 살 수 있었다. 미국의 주부들은 이 그린스탬프를 모아서 텔레비전도 사고 냉장고도 바꾸고 아이들 자전거도 사주었다. 그것처럼 나도 그린스탬프를 모아서 비행기를 사겠다는 포부를 밝힌 것이다.

이 계획을 듣더니 노리스가 "오 마이 갓!"이라고 한마디 했다. 0.1센트짜리 우표를 모아서 비행기를 사겠다니, 이 황당무계한

계획에 놀라지 않을 수 없었을 것이다.

"우리나라에 '티끌 모아 태산'이란 말이 있습니다. 3년이 걸리든 4년이 걸리든 해보겠습니다."

그것이 내 진심이었다. 그리고 막상 입으로 뱉어놓고 보니 불가능할 것 같지도 않았다. 내 진심을 알아봐준 걸까? 그녀가 좀 더 생각할 시간을 달라고 했다. 그래서 나는 알겠다고 한 뒤 뉴욕으로 돌아왔다.

나는 뉴욕에서 그녀의 연락이 오기만을 기다렸다. 그렇게 2주가 흘렀을 때쯤, 드디어 그녀에게 연락이 왔다. 도와주겠다는 것이다. 그렇게 해서 그린스탬프 모금 운동이 시작됐다. 나인티나인스 회원들이 주축이 되었다. 뉴저지에 사무실에 차려지고, 전국에 있는 공항에 'WE HELP CAPTAIN KIM' 현수막이 걸렸다.

회원들은 내 이력서와 모금 활동의 취지 등을 적은 우편물을 각 단체에 보내고 방송과 신문에 광고를 냈다. 솔직히 비행기 한 대를 살 수 있을 만큼 돈이 모일지도 미지수였고, 돈이 모인다고 해도 족히 3~4년은 걸릴 거라고 생각했다. 그런데 기적이 일어났다. 전국 각지에서 그린스탬프를 넣은 우편물이 속속 도착하기 시작한 것이다. 나를 응원하는 편지도 줄을 이었다. 고국에 있는 후배들을 위해 비행기를 가져가고 싶다는 여자 비행사의 간절한 바람이 미국인들의 가슴을 울린 듯했다.

0.1센트 그린스탬프 한 장을 보내기 위해 7센트 에어메일을

이용하는 사람이 있었고, 아이의 자전거를 사기 위해 몇 년간 모아두었던 스탬프 북을 보내준 사람도 있었다. 한 사람, 한 사람의 정성으로 모인 그린스탬프가 금세 사무실 하나를 가득 채웠다. 그렇게 3억 장이 모였다. 짧게 잡아 3년은 걸릴 거라고 예상했는데 3개월 만에 목표치를 넘어섰다. 미국인들이 보여준 '그린스탬프의 기적'은 연일 화제가 되었고 멀리 유럽에서도 인터뷰 요청이 이어졌다.

성원을 보내준 미국인들과 내 일처럼 앞장서 모금 활동을 벌인 나인티 나인스 회원들에게 너무 감사한 마음이 들었다. 나역시 이들의 정성에 보답을 하고 싶었다. 그래서 내가 할 수 있는 일을 하기로 했다. 그간 나와 그린스탬프의 기적에 대한 이야기가 기사로 나가고 여기저기서 많은 강연 요청이 들어왔는데, 나에게 보내준 정성에 보답하는 길은 내 이야기를 들려주는 일뿐이라는 생각이 들었다.

나는 아무리 먼 곳에서 강연 요청이 오더라도 달려갔다. 내가 겪은 전쟁 이야기를 들려주고, 한국 문화에 대해서도 알려주었다. 그들은 내 이야기를 들으며 전쟁의 참상에 분노하고 경각심을 깨우쳤으며, 전쟁의 폐허 속에서도 지켜낸 한국의 아름다움에 감탄했다. 강연은 미국인들의 관심과 사랑에 보답할 기회가 되기도 했지만 한국이란 나라를 제대로 알리는 민간외교의 장이 되기도 했다.

● 1963년 비행기를 기증받던 날에

　그린스탬프의 기적에 이어 또 다른 기적이 이어졌다. 비행기 제조회사이자 항공회사인 파이터에서 비행기를 기증하겠다는 연락이 온 것이다. 종류는 경비행기 '파이터 콜트'였다. 여기에 더해서 그린스탬프 회사에서도 비행기 대금의 일부를 내겠다고 했다. 모금 운동 덕분에 그린스탬프가 광고가 됐고 회사의 이미지가 좋아졌다는 이유에서였다.

　1963년 3월 6일, 뉴욕의 라과디아 에어포트에서 비행기 기증식이 열렸다. 한국전쟁에 참전했던 8군 사령관, 유엔대사, 파이터 사장, 그린스탬프 사장 등 많은 인사가 기증식에 참석했다. 누구보다 애썼던 나인티 나인스 회원들 그리고 미국의 국민들이 참석해 함께 기뻐하고 축하해줬다.

이렇게 해서 혈혈단신 미국으로 건너온 한국의 유일한 여자 비행사, 나 김경오는 비행기 한 대를 가져가겠다는 꿈을 이루게 되었다.

고국으로 돌아오다

1963년 10월 30일, 여의도 비행장은 인파로 가득했다. 미국에서 비행기 한 대를 기증받아 가지고 온 여자 비행사를 환영하는 자리였다. 현장은 축제 분위기였다. 개인이 자전거 한 대를 갖기도 어려운 나라에 비행기를 가져오다니, 사람들은 그가 도대체 얼마나 대단한 여자인지 직접 눈으로 보고 싶어 했다. 그리고 그 주인공이 한때 자신들의 희망의 아이콘이었던 여자 비행사라는 사실에 다시 한번 놀라는 눈치였다. 주한 미국대사를 비롯해 8군 사령관, 장관들이 한자리에 모였다. 특별히 임영신 중앙대학교 총장님도 축하해주러 오셨다.

비행기는 미 국무성의 도움으로 군함에 실려 왔다. 비행기 전수식이 끝나고 시범 비행이 예정되어 있었기에 나는 사람들의 환호를 받으며 조종석에 앉았다. 그런데 비행을 앞두고 주최 측에서 한 가지 제안을 했다. 환영 나온 중고등학생 중에서 한 명을 뽑아 비행 체험의 기회를 주는 것이 어떠냐는 것이었다. 어차피 이 비행기는 꿈나무 육성을 위해 가져온 것이었기에, 내가 비행기를 가져온 취지에도 맞는 것 같아 제안을 받아들였다.

현장에서 바로 비행 체험을 해볼 청소년을 선정했다. 영등포중학교에 다니는 3학년 남학생이었다. 나는 그 학생을 태우고 동해안으로 날아갔다. 삼척, 강릉, 속초 등 동해안을 돌며 바다도 보여주고 이것저것 조종에 대해 설명해줬다. 아이는 신기해하며 모든 풍경을 눈에 담고 비행의 기억을 가슴에 담았다. 그때는 몰랐다. 그날의 체험이 이 청소년의 인생을 180도 바꾸게될 줄은.

시간이 지나고 때때로 그날 그 학생의 소식이 궁금했다. 그냥 어딘가에서 잘 지내고 있을 거라는 마음, 또 잘 지냈으면 좋겠다는 바람만 있었다. 그런데 그 학생을 다시 만나게 되었다. 그것도 공군에서 말이다. 2000년대 초, 공군사관학교 학위 수여식에 초대되어 간 적이 있었다. 내 역할은 여자 사관생도들에게 계급장을 달아주는 것이었다. 행사가 끝나고 점심을 먹는 자리에서 내 옆에 앉은 장군이 조용히 말을 걸었다.

"저 기억하시겠어요? 제가 1963년도 여의도에서 선배님이 비행기 태워줬던 그 꼬마 중학생입니다."

아니, 이럴 수가! 그 꼬맹이가 지금은 별 2개를 단 50대의 공군 장성이 되어 있었다. 40년 만의 해후였다. 그는 그때 비행 경험이 너무나 강렬해서 조종사의 꿈을 꾸게 되었고, 공군사관학교에 입학해 결국 조종사가 됐다고 했다. 그러면서 자신을 기억하지 못할 것 같아서 따로 연락을 못했다고, 혹시 내게 피해가 될까 저어하는 마음이 컸다고 말하며 미안해했다. 사실 섭섭한 마음도 있었지만 그보다는 뿌듯한 마음이 더 컸다. 내가 우연히 베푼 선행으로 누군가의 인생이 좋은 방향으로 흘러갔다면 그 어찌 기쁜 일이 아니겠는가.

며칠 후 내게 소포 하나가 도착했다. 그가 보낸 선물이었다. 박스를 열어 보니 그 안에 실크로 만든 비행 재킷이 들어 있었다. 비행사에게는 참으로 의미 있는 선물이었다. 그는 자신의 권한 내에서 해줄 수 있는 최고의 선물을 보냈고, 나에게도 그것은 최고의 선물이었다.

여성항공협회의 시작

한국에 돌아온 후 가장 먼저 한 일은 한국여성항공협회를 만드는 일이었다. 1963년 당시 우리나라의 항공에 대한 인식은 갓난아기 수준이었다. "먹고살기도 힘든데 무슨 비행기냐"라는 소리를 들어야 했고, 한국여성항공협회를 만들어야 한다는 내 주장은 외국물 먹고 온 여자의 팔자 좋은 꽃노래로 치부됐다. 첫발을 떼려는 순간부터 벽에 막히는 기분이었다. 사람들의 인식부터 바꿔야 했다.

'어떻게 해야 사람들의 생각이 바뀔까?'

고민이 시작되었다. 고민 끝에 '답은 여성에게 있다'는 결론을 내렸다. 항공이 발전하고 그것이 과학의 발전으로까지 이어지려면 여성의 역할, 특히 어머니의 역할이 크다는 생각이 들었다. 어머니들이 항공에 눈을 뜨면 자식들을 그쪽 방향으로 교육 시키지 않겠는가. 더군다나 우리나라 어머니들의 교육열만큼은 전 세계가 혀를 내두를 정도였으니 충분히 가능할 것 같았다. 그렇게 해서 한국여성항공협회의 첫 사업 방향을 '어머니 교육'으로 잡고 과학의 기초부터 가르치는 여성 교양 강좌를 여는 것으로 시작하자고 계획했다.

하지만 돈이 문제였다. 한국여성항공협회를 운영하는 것만으로도 빠듯한데, 무슨 돈으로 여성들을 모아놓고 교육을 시킨다는 말인가. 내가 이런 고민에 빠져 있을 때, 먼저 손을 내민 사람이 있었다. 바로 육영수 여사이다.

"저도 어릴 때 비행사가 되고 싶었어요."

육영수 여사가 나를 보고 건넨 첫마디였다. 그 말을 듣는 순간 '아, 이분은 남을 배려할 줄 아는 분이구나'라는 생각이 절로 들었다. 육영수 여사의 이런 시절 꿈이 비행사였는지, 아니면 그냥 듣기 좋으라고 한 말인지는 사실 내게 중요하지 않았다. 그저 그 말이 참으로 따뜻하게 느껴졌다는 것이다.

"저도 당신과 같은 꿈을 꿨던 사람이에요."

그때 육영수 여사의 말은 내게 이런 의미로 들렸다. 내 꿈을 이해해주고 공감해주는 이런 분이라면 얘기가 잘 통할 거라는 생각이 들어 그간의 이야기를 털어놓았다.

예상대로 육영수 여사는 내 얘기를 귀담아 들어주었다. 그러고는 한참 생각에 잠겨 있다가 이렇게 말했다.

"우리나라에서 여성항공협회를 만드는 것은 황무지에 기둥을 세우는 것과 같은 겁니다. 많이 어려우실 거예요. 그래서 제가 생각해봤는데, 재력가 부인들을 이사진으로 세우면 어떨까요?"

재력가 부인들을 이사로 모시고 기부금을 받으라는 얘기였다. 그 돈으로 회원들을 가르치고 후학을 양성하라고 했다. 좋은 해결책이라고 생각했다. 그런데 육영수 여사의 도움은 거기서 끝나지 않았다. 이사진을 구성하고 모집하는 데까지 일일이 신경을 써주었다. 대통령 부인의 입김이 작용하니 이사 모집은 순풍에 돛을 단 배처럼 순항을 했다. 쌍용, 대성 등 우리나라 굴지의 기업 안주인들과 서울대학교 총장 부인 등 문화교육계 인사들이 이사로 합류를 했다.

협회 회원도 크게 늘었다. 교양 강좌를 수료하고 회원이 된 사람만 3천 명이 넘었다. 이대로만 된다면 제2, 제3의 김경오가 나오는 것은 시간문제처럼 여겨졌다. 그리고 나는 다시 꿈에 부풀어 올랐다.

여자 비행사를 위한 바람

내가 미국에서부터 비행기를 가져온 이유는 단 하나, 후학을 양성하기 위해서였다. 특히 내 뒤를 잇는 훌륭한 여자 비행사가 많이 나왔으면 하는 바람이 컸다. 미국에서 내가 제일 부러웠던 것은 여자가 비행기를 모는 것이 특별한 일이 아니라는 점이었다. 여자도 차별 없이 비행기를 몰 수 있었다. 우리나라에서 여자 비행사라는 이유로 내가 주목받았던 것과는 딴판이었다. 나는 우리나라에서도 더 이상 여자 비행사의 탄생이 기삿거리가 되지 않기를 바랐다. 그러기 위해선 여자 비행사가 많아져야 했다.

하지만 현실은 여전히 편견으로 가득했다.

"남자도 비행기 모는 게 힘든데 여자가 무슨……."

이런 말을 듣는 건 예사였다. 우리나라에서 비행을 배우려면 돈이 많이 들 뿐 아니라, 비행사는 일반인이 접근하기엔 어려운 직업이라는 인식이 팽배해 있었다. 그래서 나는 이런 인식부터 바꿔야 한다고 생각했다.

때마침 문교부에서 강연을 해달라는 요청이 왔다. 나는 전국에 있는 학교를 돌며 항공에 대한 강연을 했다. 고등학생 시절에 내가 이정희의 강연을 들으며 비행사의 꿈을 키웠듯이 학생들이 항공에 대해 관심을 갖기를 바랐다. 나는 그런 마음으로 꼬박 2년 동안 전국에 있는 거의 모든 초중고를 돌며 항공의 중요성에 대해 역설했다. 실제로 그 후에 세월이 흘러 내 강연을 듣고 항공인이 되었다는 사람을 만난 적이 있다.

"제가 학교 다닐 때 김경오 선생님의 강연을 듣고 이렇게 조종사까지 됐습니다."

그럴 때면 열심을 냈던 그 시절이 떠오르며 뿌듯해진다.

1963년에 한국여성항공협회를 만들기는 했으나 구성원 중에 비행사 자격을 가지고 있는 사람은 나 하나뿐이었다. 그러다 보니 어서 빨리 여자 비행사들이 많이 배출되기를, 그들이 나인티 나인스의 정식 회원이 되고 민간외교의 장에 참여하기를 간절히 바랐다. 여자 비행사 양성 프로젝트는 그런 마음에서 시작했다.

'국가에서 여자 비행사를 양성하지 않으면 민간에서라도 먼저 시작하자. 더군다나 내겐 비행기도 있지 않은가?'

나는 전국 대학교에 공문을 보내 비행사가 되고 싶은 사람들의 지원을 받았다. 그리고 최종적으로 2명이 뽑혔다. 이화여대 독문학과를 다니고 있던 김상희와 항공대 학생이었던 함광란이었다.

나는 1년간 그들을 교육하며 내가 가진 모든 비행 기술을 전수해주었다. 교육비도 한 푼도 받지 않았다. 그저 그들이 여자 비행사의 불모지나 다름없던 이 땅에 씨를 뿌리고 길을 내어 새로운 역사의 물줄기를 만들기만을 바랄 뿐이었다.

그러나 내 꿈은 이루어지지 않았다. 그들은 비행 훈련을 모두 마쳤음에도 불구하고 그들 스스로 비행사의 길을 포기했다. 이유는 결혼 후 시댁의 반대에 부딪혔기 때문이다. 그동안의 모든 지원과 노력이 물거품이 되어버렸다.

'왜 번번이 결혼은 여자들의 발목을 잡는 걸까?'

나는 기혼 여성의 사회 진출이 왜 이리 요원하기만 한 것인지 화가 났다. 그리고 그런 선택을 할 수밖에 없는 여성들의 처지에 안타까운 마음도 들었다.

그 뒤로 나는 여자 비행사를 교육시킬 기회가 아예 없었다. 먹고살기도 빠듯한 시기에 유지비가 많이 드는 비행을 하겠다고 적극적으로 나서는 사람도 없었고, 여전히 여성의 사회활동에 대한 인식은 제자리걸음 상태였기 때문이다. 그동안의 노력이 수포로 돌아가자 솔직히 한계가 느껴졌다. 뿌리 깊은 여성에 대한 차별적 인식을 과연 바꿀 수나 있을지 회의감도 들었다. 그렇다고 포기할 수는 없었다. 그래서 이즈음 여성운동의 필요성을 절실하게 느꼈던 것 같다.

결국 내가 미국에서 가져온 경비행기는 더 이상 여자 비행사를 교육시키는 데 쓰지 못했고 나중에 국립항공대에 기증을 했다. 국립항공대에 훈련용 비행기가 한 대도 없어서 학생들이 비행기를 한 번도 타보지 못하고 졸업한다는 말을 들었기 때문이다. 당시 우리나라 형편이 그랬다. 그리고 이런 일련의 일들이 어쩌면 훗날 나를 운명처럼 여성운동으로 이끌었는지도 모르겠다.

느닷없는 결혼

내가 미국에서 돌아왔을 때는 박정희 군사 정권이 들어서고 3년이 지난 후였다. 군복을 벗은 박정희의 민정 시대가 시작되었다고는 해도, 여전히 정권은 군인들에 의해 좌지우지되던 시기였다. 그럼에도 박정희 정권은 내게 호의적이었다. 당시 박정희 정권은 쿠데타의 정당성을 확보하기 위해 애국심, 조국애 등을 중요한 기치로 내세우고 있었다. 그러니 조국을 위해 미국에서 비행기 한 대를 가지고 온 여자 비행사는 그들 정권의 입맛에 딱 맞는 사람이었을 것이다.

그런 이유로 박정희 대통령은 내게 많은 편의를 봐줬다. 내가 가져온 비행기를 대통령 전용기가 있던 여의도 비행장에 보관할 수 있도록 해주었고, 정비 등의 유지관리를 공군에서 할 수 있게 해주었다. 비행기를 그냥 세워두면 녹이 슬고 못 쓰게 되기 때문에 정기적으로 기름칠을 해주고 비행도 해야 했는데, 대통령의 특별 지시 덕에 적은 돈으로 비행기를 유지할 수 있었다.

그즈음 한일 양국 사이에는 국교 정상화가 추진되고 있었다. 경제개발을 공약으로 내세운 박정희 대통령이 약속을 지키기 위해선 일본의 경제원조가 절실했고, 미국에서도 한일 관계 정상화를 지지하고 있던 때였다. 물론 국민감정은 좋지 않았다. '한일 국교 정상화는 매국'이라는 인식이 국민들 사이에서 팽배해 있었다. 이런 분위기 속에서 민간외교의 중요성이 부각되었고, 정부에서는 그 역할을 여자 비행사인 내게 요구했다. 양국의 관계 개선을 위해 친선 비행을 해달라는 것이었다.

정부의 이런 요구에 사실 나는 흔쾌히 대답하지 못했다. '친선 비행'은 잘하면 본전, 잘못되면 죽음을 의미하기 때문이다. 거듭되는 요청에 나는 딱 한 번 물었다.

"나라를 위한 길입니까?"

"네."

나라를 위한 길이라는데 더는 거부할 이유가 없었다. 그날부터 비행 연습을 시작했다. 하늘길로 현해탄을 건너는 것은 그리 간단한 일이 아니었다. 장거리 비행에 맞는 비행기를 선택해야 하고 거기에 익숙해져야 했다. 그래서 나는 국내에 단 한 대밖에 없는, 유일하게 경찰 항공대에 비치되어 있는 비행기를 선택하고 매일 경찰 항공대에 가서 비행 연습을 했다. 거의 3개월간 하루도 빠지지 않고 연습을 했건만, 그 노력이 무색하게도 양국 사정이 변함에 따라 한일 친선 비행은 무산되고 말았다.

비록 한일 친선 비행은 무산되었지만, 이 기간에 나는 내 인생 여정을 다시 한번 바꿔놓을 운명 같은 인연을 만났다. 바로 내 평생의 동반자, 이병모이다.

이병모는 육군 조종사로 있다가 군사정권이 들어서면서 퇴역을 하고 경찰 항공대로 옮겨와 대장으로 근무하고 있었다. 때마침 내가 한일 친선 비행을 위해 경찰 항공대에 드나들었고, 그러면서 매일 그와 만나게 되었다. 매일 그와 마주치면서도 나는 그를 눈여겨본 적이 없었다. 비행장에 들어서며 경례를 하고, 비행이 끝나고 나오면서 다시 한번 경례를 주고받는 다소 사무적인 관계였다. 나뿐 아니라 그 또한 내게 남다른 관심을 보인 적이 없었다.

그에 대해 처음 얘기를 들은 건 부조종사를 통해서였다. 하루는 내가 비행 연습을 할 때마다 옆에 타던 경찰 항공대 소속 중위가 내게 물었다.

"저희 대장을 어떻게 생각하세요?"

"대장이요? 아, 매일 경례하는 그분이요? 뭐, 미남자는 아니던데요?"

내 대답에 그는 두 눈에 쌍심지를 켜며 대장을 두둔하기 시작했다.

"아, 그 정도면 괜찮지 않습니까?"

"근데 왜 갑자기 대장 얘기를 하시나요?"

"헤헤. 총각이거든요."

대장이 총각이란 사실도 그때 처음 알았지만, 이전에 알았다고 해서 달라질 것도 없었다. 경찰 항공대에 갈 때마다 중위는 멈추지 않고 자신의 대장을 추켜세우며 나에게 어필했다. 그러나 그의 노력은 헛수고가 되었다. 친선 비행이 무산되면서 나는 경찰 항공대로 출근할 일도 없어졌기 때문이다. 따라서 그와는 다시 만날 일이 없을 줄 알았다.

그 후로 나는 민간 비행사로서 한국에서의 역할을 모색하고 국제항공연맹에서 주최하는 회의 참석을 위한 준비를 하며 바쁜 일상을 보내고 있었다. 그런 와중에 동아일보 사주였던 김상만 사장에게서 전화가 왔다.

"당분간 한국에 있나요?"

"내일모레 회의가 있어서 미국에 갈 예정이에요."

그랬더니 김상만 사장이 대뜸 미국 가기 전에 점심이나 하자는 것이다.

다음 날 우리는 반도호텔에서 만났다. 그런데 그는 혼자가 아니었다. 경찰 항공대 대장 이병모와 함께 나온 것이다. 알고 보니 김상만 사장이 그를 소개해주려고 일부러 자리를 만든 거였다. 그렇게 셋이 점심을 먹고는 김상만 사장은 일이 있다며 부러 자리를 피해주었다.

단둘만 있으니 어색해 얼른 자리에서 일어나려고 했다. 그러자 그 사람이 명동 구경을 시켜준다는 게 아닌가. 하지만 호텔 밖으로 나오니 나를 알아본 사람들이 사인을 해달라며 길을 막아섰고, 우리는 길 한복판에서 오도 가도 못하는 신세가 되어버렸다. 당시에 나는 연예인 부럽지 않을 정도로 인기가 있었다. 이병모는 나를 데리고 겨우 그곳을 빠져 나왔고, 우리는 다방으로 피신해 커피를 마시고 헤어졌다. 데이트랄 것도 없는 데이트였다.

그런데 문제는 다음 날 일어났다. 조간신문을 보던 아버지의 얼굴이 갑자기 노래지면서 금방이라도 뒤로 넘어갈 듯했다. 나는 대체 무슨 일인가 싶어 신문을 봤다. 그런데 바로 거기에 내 기사가 나 있었다.

'여류 비행사 김경오 양, 3월 5일 약혼, 3월 15일 결혼.'

상대는 어처구니없게도 어제 딱 한 번 만난 이병모 대장이었다. 집 전화기에 불이 나기 시작했다. 내가 정말 결혼을 하는지 확인하는 전화였다. '하나밖에 없는 여자 비행사가 결혼하면 어떡하느냐'고 하면서 자신들의 영원한 스타로 남아달라는 등의 결혼에 반대하는 팬들의 전화가 줄을 이었다. 그런데 개중에는 자기가 아닌 다른 남자랑 결혼하면 죽어버리겠다느니, 결혼식장을 폭파시키겠다느니 협박하는 전화도 있었다.

사실 가장 문제인 것은 신문의 오보 기사도 팬들의 협박 전화도 아니었다. 내 인생에서 결혼이라는 계획이 아예 없었다는 것이다. 당시 나는 세계무대를 향한 도약을 앞두고 있었고, 민간 비행사로 활동하다가 기회가 되면 나사(NASA)에서 근무해보고 싶다는 꿈을 꾸고 있었다. 그런 내가 결혼을 한다니, 그것도 데이트 한 번 제대로 해보지 못한 상대와 결혼이라니 너무 말이 안 되는 상황이었다.

이 황당한 상황을 수습하려고 나선 건 양쪽 집안의 어른들이었다. 당시 이병모의 친척 어른 중에는 이병도라는 역사학자가 계셨는데, 그분이 직접 나서서 중재를 했다. 그 간곡한 설득에 아버지는 어느 정도 진정이 되었고, 그러면서 나를 결혼시키는 쪽으로 마음을 기울이셨다.

문제는 나였다. 결혼을 염두에 두고 있지도 않았고, 만약 결혼을 하게 되더라도 이런 식으로 하고 싶지는 않았다. 그런데 이상하게도 왠지 그 남자가 싫지 않은 것이다. 알고 보니 이병모는 꽤 오랫동안 나를 좋아하고 있었다. 공군에 있을 때 나를 본 적이 있는데, 그 후로 계속 나를 사모해오고 있었다고 했다. 그의 스크랩북에는 공군 때부터 내 활동상을 담은 기사들이 빼곡히 정리되어 있었다. 거의 7년 동안 팬으로서 나를 짝사랑하고 있

● 1965년 3월 5일 결혼식에서

었던 셈인데, 경찰 항공대에서 나를 딱 만나게 된 것이었다. 그
런데도 그는 경찰 항공대에서 훈련을 하는 3개월 동안 내게 아
무런 언질도 주지 않았다. 그 정도로 그는 과묵하고 자신을 드러
내지 않는 사람이었다. 어쩌면 그런 모습이 마음에 들어서 그와
의 결혼을 거부하지 않았던 것인지도 모르겠다. 그렇게 우리는
신문 기사대로 1965년 3월 5일에 약혼을 하고, 3월 15일에 결혼
식을 했다. 계획에 없던 갑작스러운 결혼이었다.

유서 쓰는 엄마

결혼 전부터 내 결혼에 대해 악성 소문이 무성했다.

"여자 비행사는 아무래도 애를 못 갖지 않겠어?"

"1년도 못 살고 파토 날걸."

깊이 생각해보지 못하고 분위기에 떠밀리다시피 한 결혼이었기에 결혼 생활에 대한 확신은 없었다. 남편과 다투기라도 하면 이혼을 할 수 있겠다는 생각도 했다. 하지만 비행사라서 아이를 못 갖는다는 말은 너무 터무니없는 주장이어서 코웃음이 났다. 외국에서 만난 여자 비행사들은 모두 자손이 넉넉했다. 나보다 훨씬 오래 비행한 사람들도 아들딸을 여럿 낳고 잘 키우고 있었다. 물론 출산하는 것은 나 역시 자신할 수 있는 일이 아니었다. 겪어보지 않은 일에 대해선 두려움이 생기기 마련이니까.

결혼을 하고 석 달쯤 지났을 때, 첫 딸아이 보영이를 가졌다. 그리고 열 달을 품어 출산을 했다. 출산의 과정은 쉽지 않았다. 집 근처 개인병원에서 아이를 낳았는데, 의사가 지금껏 이런 난산은 처음 본다며 혀를 내두를 정도였다. 어찌나 진통이 심한지 열 시간이 넘게 기절했다 깨어났다를 반복했다. 혈압이 자꾸 떨어지고 병원에서는 큰일 나겠다 싶었는지 남편에게 큰 병원으로 가서 제왕절개를 하라고 권했다. 그런데 남편의 반응이 참으로 의외였다.

"어디 여자 몸에 칼을 대고 애를 낳습니까? 수술은 절대 안 돼요."

"그러면 산모의 목숨이 위태로울 수 있는데, 그래도 그렇게 하겠습니까?"

"내가 책임질 테니 유도분만하세요."

지금 생각해보면 참으로 어이없는 처사이다. 살면서 한 번도 남편이 여자에 대한 편견을 갖고 있다는 생각을 한 적이 없었는데, 남편의 입에서 나온 말이라고 믿을 수 없을 정도였다.

나중에 남편의 말을 전해 듣고는 참으로 섭섭했다. 하물며 그 자리에서 남편의 비정한 답변을 들어야 했던 친정어머니의 심정은 어떠셨을까? 어머니는 그 자리에서 사위에게 그동안 쌓아놓은 감정을 쏟아내셨다.

"지금 죽을지도 모르는데 왜 수술은 안 된다는 건가? 앞날이 창창한 애를 데려갔으면 책임을 져야지. 우리 애가 어떤 애인 줄 아는가? 나사에 가서 지 꿈을 활짝 펼칠 애인데, 자네가 주저앉히지 않았나? 근데 이제 죽을지 살지도 모르게 됐으니…….”

어머니에게 사위는 창창한 딸 인생을 망친 주범이었다. 그런 사위가 딸이 죽을 수도 있는 상황에서 수술도 못 하게 하니 얼마나 미웠을까.

어찌 됐든 그런 혼란 가운데 첫아이가 세상에 나왔다. 4.2킬로그램. 산부인과 역사상 가장 큰 아이라고 했다. 이미 배 속에서 다 커서 나온 아이는 밖으로 나오자마자 세상이 궁금한지 이리저리 눈을 굴리고는 자기 몸에 묻은 피를 다 빨아 먹었다고 한다. 보영이는 그때부터 이미 독립심이 있었는지 내가 걱정하지 않게 혼자서 뭐든 잘 해내는 아이로 자랐다.

첫째를 낳을 때 죽음의 문턱까지 갔다 온 터라 둘째는 낳을 생각도 못 했다. 그러다 둘째를 낳아야겠다는 생각을 하게 된 것은 첫아이, 보영이 때문이었다. 보영이는 조용하고 수더분한 아이였다. 무엇이 갖고 싶다고 떼를 쓰거나 오기를 부린 적도 없었다. 의사표현을 잘하지 않으니 불만이 없을 거라고 생각했다.

그날도 밖에 나갔다 들어오니 아이가 평소와 다름없이 혼자 놀고 있었다. 그런데 그날따라 아이의 모습이 다르게 보였다. 혼자서 인형 놀이를 하고 있었는데, 그 모습을 보고 있자니 ‘그동안 아이가 외로웠겠구나’ 싶으면서 울컥했다.

'나는 비행하다가 언제 죽을지 모르는 사람인데, 저 아이가 커서 이 세상에 자기 편 하나 없으면 어떡하지?'

이런 생각이 든 순간 나는 둘째를 가지기로 마음먹었다.

아이들을 키우는 데 있어 첫 번째 원칙이 '즐겁게'였다면, 두 번째 원칙은 '자립'이었다. 내가 일찍 죽더라도 아이들이 혼자 살아갈 수 있도록 자립심을 키워주려고 했다. 되도록 간섭은 줄이고 스스로 문제를 해결할 수 있도록 도왔다. 옷은 계절별로 정리해서 혼자서도 찾아 입을 수 있도록 했고, 학교 준비물을 챙기거나 과제를 하는 것도 스스로 하게 했다.

아이들의 자립을 중요하게 여긴 이유는 나 자신을 '시한부'라고 생각했기 때문이다. 사람이라면 누구나 죽게 마련이다. 그런 점에서 보면 우리 모두 시한부 인생이라 할 수 있겠지만, 나는 특히나 비행기를 타고 있기 때문에 목숨을 하늘에 맡겨놓은 사람이었다. 언제든지 죽을 수 있는 사람. 그게 나였다. 자동차는 운전하다가 고장이 나면 길가에 세우고 고칠 수 있지만 비행기는 다르다. 하늘에서 비행기가 고장이 나면 다른 방법이 없다.

나에게는 죽음이 늘 가까이 있었다. 그래서 혹여나 내가 죽고 홀로 남게 될 아이들을 걱정하지 않을 수 없었다. 나는 비행기를 타러 가는 날이면 아이들 앞으로 유서를 남겼다. 살아가다 보면 엄마가 필요한 순간이 있을 텐데, 그 순간을 대비했으

● 첫째 딸 보영이와 둘째 딸 지영이

면 하는 마음으로 적어놓은 편지다. 첫 생리를 하게 되면, 대학
교에 입학하면, 남자 친구가 생기면, 약혼을 하면…… 이런 중
요한 순간을 함께할 수 없을지도 모른다고 생각했기 때문이다.
그래서 곤히 자고 있는 아이들을 두고 집을 나설 때면 그 순간
이 마지막이라고 생각하고 작별인사를 했다. 그리고 무사히 비
행을 마치고 돌아오면 유서를 태워버리고, 그다음 비행에 나서
기 전에 다시 유서를 썼다.

"누가 뭐래도 네 인생은 네가 컨트롤해야 한다. 인생에서 중
요한 것 중 하나는 타인에게 기대지 않는 것이며, 모든 것은 너
의 마음먹기에 달려 있다는 사실을 잊지 말아라."

아이들을 사랑하되 그 사랑과 관심이 지나쳐서 아이들을 망

치는 것을 경계했다. 부모라는 그늘이 아이들이 성장하는 데 방해가 되지 않도록 신경을 썼다. 아이들은 부모라는 커다란 나무 그늘에서 안전하게 자라나지만 그 나무를 넘어서지 못하면 햇볕을 받지 못해 말라비틀어질 수도 있는 것이다.

사회적으로 성공한 부모 밑에서 자란 자식이 잘 안 되는 경우를 흔히 보지 않았는가. 부모의 그늘은 뜨거운 햇볕을 가려줄 정도가 가장 적당하다고 생각한다. 그마저도 자식이 자라면 스스로 잎을 떨구고 부피를 줄여서 자식이 부모 그늘에서 벗어나 성장할 수 있도록 해줘야 한다. 다행히 우리 자식들은 부모라는 큰 나무를 극복하고 부모보다 더 크게 성장했다. 그것도 스스로 성취한 것이니 참으로 자랑스럽다.

삶과 죽음의 경계에서

2년 전 무산된 한일 친선 비행은 1967년에 재개되었다. 그해 재선에 성공한 박정희 대통령의 재당선을 축하하고, 한일 국교 정상화로 생채기가 난 국민들의 마음을 어루만지기 위해 한일 친선 비행이 다시 추진된 것이었다. 그사이 나는 결혼을 하고 아이를 낳았다. 아직 출산으로 인한 부기조차 다 빠지지 않은 상태였으나 국가의 부름에 기쁜 마음으로 응했다.

　1967년 6월 10일, 수많은 인파들의 배웅을 받으며 비행기는 일본을 향해 날아올랐다. 이 역사적 행사에 눈물을 흘리는 국민도 있었다. 주유를 위해 부산에 잠시 들렀다가 첫 번째 기착지인 후쿠오카로 향했다. 대한해협 한일 경계 지점을 지나니 라디오에서 일본 방송이 흘러나왔다.

'아, 이제 일본 땅에 들어섰구나.'

안심하려던 찰나, 어디선가 왱왱거리는 소리가 들렸다. 똥파리였다. 똥파리 한 마리가 어떻게 들어왔는지 비행기 안을 휘저으며 자신의 존재를 알리고 있었다. 똥파리가 얼굴에 달라붙기도 하고, 머리에 앉았다가 왼쪽 귀에 대고 왱왱거리기도 했다가다시 오른쪽 귀로 가서 열심히 날갯짓을 했다. 나는 비행에 방해가 되는 듯해서 손으로 휘휘 저어 쫓아내려 했다. 그런데 좁은 비행기 안에서 이 녀석도 피할 곳이 없다는 걸 생각하니 안쓰러운 마음이 들었다. 어차피 혼자 가는 고독한 길, 함께 가는것도 나쁘지 않은 것 같아 똥파리를 친구 삼아 가기로 했다.

그런데 그토록 시끄럽던 똥파리가 어느 순간부터 조용했다.

'혹시 이 녀석도 친구의 비행을 방해하고 싶지 않은 건가?'

내 마음대로 상상을 하며 후쿠오카 상공에 접어들었는데, 누가 나를 마중 나와 있었다. 이번 한일 친선 비행을 후원한 요미우리 신문사에서 에스코트 비행기를 보낸 것이었다. 반가운 마음에 날개를 막 흔들었다. 그러자 상대방도 날개를 흔들며 환영인사를 보내왔고, 그의 에스코트를 받으며 후쿠오카 공항에 내렸다.

후쿠오카 공항에 도착하자마자 우선 안전하게 일본까지 왔다는 것에 가슴을 쓸어내렸다. 긴장을 풀기 위해 콜라를 마시려는데 병 안에 무언가가 빠져 있는 게 눈에 들어왔다. 일본까지 오는 길에 나의 길동무를 해주었던 그 똥파리였다. 그 녀석이 달콤한 콜라의 유혹에 넘어가 병에 빠져 죽은 것이었다. 순간 삶이란 이토록 허무하다는 생각이 들면서 눈물이 찔끔 나왔다.

한낱 미물인 파리 한 마리의 죽음에도 의미를 둘 만큼 비행은 늘 죽음과 가까이 있고 그래서 항상 겸손한 마음을 갖게 한다. 하물며 국가 간 긴장 완화라는 국가적 임무를 부여받고 가는 길이었으니, 그 긴장감과 압박감은 어찌했겠는가. 그러니 파리 한 마리의 죽음도 가볍게 넘기지 못했던 것이다.

한일 친선 비행 기간 중에는 '죽음'에 대해 생각할 기회가 여러 번 있었다. 그 첫 번째가 파리를 통해서였다면, 두 번째는 후쿠오카에서 도쿄로 가는 길에 만났다. 도쿄까지 가는 길에는 일본부인항공협회의 노조끼 회장이 동승했다. 당시 일본부인항공협회는 우리나라 여성항공협회와 자매결연을 맺고 친선 교류를 하고 있었는데, 한일 친선 비행이 성사되는 데 물심양면 도움을 주었다. 이 인연으로 노조끼 회장은 그다음 해에 한일 친선 비행에 대한 답례로 한국을 찾아오기도 했다.

노조끼 회장과 도쿄로 향하던 중에 어느 산 위에 이르자 그녀가 소리쳤다.

"아, 여기다!"

그 말에 아래를 내려다봤더니 뾰족한 봉우리 세 개가 높이 솟

아올라 있었다. 그녀는 이곳이 비행사 박경원이 죽은 곳, 하코네 산이라고 했다.

박경원은 우리나라 여자 비행사 1세대로서 당시 고국 방문을 위해 비행을 하다가 이 높은 산을 미처 피하지 못하고 추락해서 죽음을 맞이했다. 나보다 앞서 비행사의 길을 걸었던 그녀가 마지막으로 갔던 그 길을 되짚어 가자니 어느새 내 마음이 경건해졌다. 자신이 손수 비행기를 몰고 그토록 건너가고자 했던 현해탄을 미처 건너지 못하고 그녀는 타향에서 죽음을 맞았다. 그런데 박경원이 끝내 이루지 못했던 그 소원을 내가 이루게 된 것이니 나로서도 감회가 남다를 수밖에 없었다. 나는 비행기를 선회해서 360도 한 바퀴 도는 것으로 그녀의 명복을 빌고 조의를 표했다.

여러 가지 의미를 담은 이번 친선 비행의 최종 목적지인 도쿄에 도착했다. 하네다 공항에는 수많은 기자가 몰려와 있었다. '단군 이래 최초로 현해탄을 건넌 여자 비행사'를 취재하기 위해 너도나도 마이크를 갖다 댔다. 그런데 그 많은 취재기자들 틈에서 낯익은 얼굴이 보였다. 바로 이병모, 내 남편이었다. 분명 집에서 아기를 보고 있어야 할 사람이 일본에 와 있는 게 아닌가.

"부인이 역사적 임무를 띠고 비행을 하러 갔는데, 남편이 가만히 있어서야 되겠어요? 가서 응원을 하고 힘을 실어주세요."

알고 보니 내무부의 특별 지시로 남편이 이곳에 오게 된 것이었다. 그만큼 나라에서는 이번 친선 비행에 거는 기대가 컸다. 남편의 마중은 진짜로 내게 힘이 되었다. 일본으로 떠나기 전에도 내게 주의할 점을 이것저것 꼼꼼하게 챙겨주던 남편이었다.

"당신은 왼쪽으로 기우는 것만 조심하면 돼요."

내 비행 모습을 늘 지켜보았기에 잘못된 습관도 지적해줄 수 있는 사람이었다. 그런 그가 이곳에 와 있으니 든든했다. 그런데 문제는 그다음에 발생했다. 일본 측에서는 특별한 임무를 띠고 일본에 온 친선 대사의 남편을 극진히 대접하려 했고, 오히려 그것이 문제의 원인이 되었다. 내가 공식 일정을 소화하는 동안 일본부인항공협회에서 회원을 보내어 남편에게 관광을 시켜주었는데, 너무나 극진히 대접하는 바람에 밤늦은 시각까지 남편을 돌려보내지 않았던 것이다.

공식 일정을 끝내고 호텔방에서 남편을 기다리고 있는데, 남편은 밤 12시나 되어서 돌아왔다. 남편이 야속하기 그지없었고, 그게 빌미가 되어 다툼을 했다. 물론 남편을 안내하는 사람이 여자였다는 것이 더 문제가 되었다. 그 밤을 꼬박 새우다시피 싸우고 남편은 화가 나서 날이 밝자마자 한국으로 돌아가는 비행기를 탔다.

나 역시 간밤에 남편과 싸워서 기분이 좋지 않은 채로 비행길에 올랐다. 그리고 나는 곧 세 번째 죽음에 대해 생각해볼 순간을 마주했다. 돌아가는 길은 하네다 공항을 출발해 박경원 비행사가 1933년 고국 방문을 위해 날았던 항로 그대로를 밟아가는 것이었다. 이런저런 생각으로 마음이 어지러웠다. 그때 딸아이 보영이가 떠올랐다. 뒤집기를 하는 모습을 보고 왔는데, 그 아이를 두고 온 게 영 마음이 아팠다.

그런데 잠시 딴생각을 하는 그사이 구름 속에 갇혀버리고 말았다. 비행의 제1원칙 '하늘에 오르면 지상에서의 일을 잊어라'라는 원칙을 지키지 않았던 것이다. 하늘에 오르면 늘 지상에서의 모든 슬픔, 오욕, 스트레스를 잊고 오로지 비행 자체를 즐기곤 했는데, 그날만큼은 하늘이 내게 알려준 그 망각의 미덕을 놓쳐버렸다. 사방이 캄캄했다. 구름 속에 들어서면 압력솥에서 수증기가 뿜어져 나오듯 갑자기 수증기가 비행기 안으로 몰려들어와 그야말로 캄캄한 먹빛이 된다. 빛도 뚫지 못하는 불투명한 먹빛. 그 속에 있자니 두려움이 몰려왔다. 죽음에 대한 공포보다 아이를 더 이상 볼 수 없다는 두려움이 더 컸다.

'내가 왜 결혼을 했을까? 결혼을 하지 않았다면 아이를 낳지 않았을 것이고, 아이를 두고 떠나야 하는 절망감도 느끼지 않았을 텐데……'

그 순간 결혼한 게 후회되었다. 이제는 동물적 감각에 의존해서 길을 찾아야 했다. 하지만 아무리 가도 빛은 보이지 않았다. 곧 살 수 있다는 희망도 저물어갔다. 비행기 계기는 멈추고 남은 연료도 얼마 없었다. 6분 정도만 더 가면 비행기도 멈출 터였다. 나는 이렇게 죽나 보다 싶었다. 마음을 내려놓고 죽을 장소를 찾아가기로 했다.

감각에만 의존해서 바다 쪽으로 기수를 돌렸다. 그런데 죽으려고 하면 살길이 보인다고 했던가? 그때 두꺼운 구름 사이로 파란 하늘이 살짝 보였다 사라졌다. 아주 짧은 순간이었지만 희망이 보였다. 나는 무작정 그쪽을 향해 기수를 올렸다. 그렇게 한참 올라가자 파란 하늘이 나왔다. 아래는 여전히 두꺼운 먹구름이 깔려 있었지만 그 위는 더없이 맑았다.

잠시 후 안개가 걷히고 계기도 정상으로 돌아왔다. 오사카 타워와도 연락이 되어 에스코트 비행기가 올라왔다. 나는 에스코트 비행기를 따라 무사히 착륙했다. 오사카 비행장에도 취재진이 몰려 있었다. 그들도 제시간에 나타나지 않는 비행기를 기다리며 속이 탔을 것이다. 나는 얼른 그들에게 나서서 나의 무사를 바로 알려야 했지만 취재진 앞에 바로 설 수가 없었다. 눈물과 마스카라 자국이 엉겨 얼굴이 엉망이었던 것이다. 나는 어쩔 수 없이 활주로 끝에 비행기를 잠깐 세우고 화장을 고친 뒤에 취재진 앞에 섰다. 위급한 상황에서는 그저 살아남는 것 외에는 그 무엇도 중요할 것 같지 않았는데, 화장실 나올 때 마음이 어디 들어갈 때와 같을 수가 있겠는가. 그렇게 체면치레를 하고 오사카에 작별 인사를 했다.

한국으로 돌아가는 길, 만감이 교차했다. 죽음이 그렇게 가깝게 있었던 적은 없었다. 죽음 앞에 서니 모든 것이 사소해 보이기도 했다. 남편과의 트러블도 죽음에 견주면 아무것도 아니었다. 그런 마음을 품고 김포공항에 내렸다. 역시 취재진이 장사진을 이루고 있었지만 가장 먼저 눈에 띈 것은 남편이 아니라 그가 안고 있는 분홍색 보자기였다. 분명 보영이가 싸여 있을 그 보자기가 가장 먼저 눈에 들어왔다.

나는 비행기에서 껑충 뛰어내려 아기에게 달려갔다. 보자기를 살짝 들추니 보영이가 나를 향해 히죽 웃었다.

'아, 그래. 내가 이 웃음을 보려고 죽지 않고 살아 돌아왔지.'

아이의 순진무구한 웃음에 나는 그만 울컥하고 말았다.

우리나라 이름은 Republic of Korea!

1969년은 항공인에게는 잊을 수 없는 뜻깊은 해이다. 인류가 최초로 달에 착륙을 한 해이기 때문이다. 아폴로 11호가 달에 착륙을 하고 닐 암스트롱이 달 표면을 걷는 것이 텔레비전으로 중계되었을 때 사람들은 환호했다. 아폴로 11호의 달 정복은 항공인뿐 아니라 인종과 신념을 넘어 전 세계인의 가슴을 울렸다. 우리나라도 예외는 아니었다. 닐 암스트롱에게 명예 시민증을 줄 정도로 흥분에 휩싸였으니까.

1969년은 우리나라 항공업계에도, 나에게도 의미 있는 해였다. 그해 우리나라가 국제항공연맹 총회에 처음으로 참석했고, 내가 그 총회에 대표로 참석했기 때문이다. 우리나라가 국제항공연맹에 가입한 것은 1958년이었다. 북한이 가입한 연도가 1957년이었으니 우리나라는 북한보다 한발 늦게 가입한 꼴이다. 당시에 우리나라 경제 수준은 북한에 못 미쳤다. 가입은 1958년에 했지만 우리나라는 한 번도 국제회의에 참석할 수 없었다. 돈이 없었기 때문이다. 외국에 대사로 나가도 정부에 돈이 없어 부인이나 가족을 데리고 나갈 수 없는 형편이었으니 당시 우리나라의 경제 수준이 어느 정도였는지 가늠할 수 있을 것이다.

1969년, 나는 우리나라가 국제항공연맹에 가입한 지 10년 만에 처음으로 참석하는 총회에 대표단의 일원으로 참석했다. 당시 대표단은 대한항공 관계자, 공군 장군 그리고 나로 구성이 되었다. 내가 대표단이 된 것은 유학 시절에 국제여성조종사협회인 나인티 나인스 회원으로 활동하고 있었고, 국내에 돌아와서도 대한민국항공회의 전신인 대한항공협회의 회원으로서 다양한 행보를 이어가고 있었기 때문이다.

제63회 국제항공연맹 총회는 인도에서 열렸다. 민간비행사를 아우르는 협회로는 유일한 국제단체인 국제항공연맹 총회에 대표단으로 참석하게 된 것이 영광스러우면서도 한편으로는 떨리기도 했다. 쟁쟁한 국가들 틈에서 주눅이 든 것도 사실이다. 하지만 나는 곧 마음을 고쳐먹었다. 스스로 당당해지려고 했다. 그때 눈에 띈 것이 우리나라의 영어 명칭이었다. 북한은 'North Korea'로, 우리나라는 'South Korea'로 표기되어 있었다.

● 1969년 국제항공연맹 총회에 한국 대표로 참석했을 때

나는 우리나라 이름이 적힌 팻말을 들고는 사무총장에게 가서 이름을 바꿔달라고 요구했다.

"우리나라 정식 명칭은 South Korea가 아니라 Republic of Korea입니다."

내 요구를 들은 사무총장이 난색을 표했다. 어디서 갑자기 명패를 구하고 새로 새긴단 말인가. 하지만 나는 물러설 수 없었다. 당시에는 그렇게라도 해서 우리나라의 자존심을 세우고 싶었던 것 같다.

"당장 고쳐주지 않으면 짐을 싸서 돌아가겠어요."

결국 나는 초강수를 두었다. 협박 아닌 협박에 사무총장이 한 발 물러섰다. 임시방편으로 종이 위에 이름을 바르게 고쳐 적더니 팻말에 붙여줬다. 이 사건으로 한국에서 온 '마담 킴'은 단번에 유명 인사가 됐다.

사람들의 관심이 집중되자 같이 간 남자 대표 단원들이 곤혹스러워했다. 사교에 익숙하지 않아 부끄러웠던 것인지, 내가 단상 앞으로 나가 싸울 때 단 한마디도 거들지 않고 뒤에서 헛기침만 했다. 그래도 나는 움츠러들기는커녕 부러 다른 나라 대표에게 먼저 다가가 인사하고 더 크게 제스처를 취했다. 자연스럽게 그들 안에 섞이려고 노력했고 당당해지려고 애썼다. 그러자 그 후부터 우리 대표단은 나를 '두목'이라고 불렀다. 남자도 나서지 못하는 일을 내가 당당히 나서서 문제를 제기하고 해결했기에 붙여진 별명이었다.

한국 대표로 활동하는 동안 당당해지려고 노력했더니 정말로 당당해졌다. 내가 이렇게 주눅 들지 않고 행동할 수 있었던 데는 의상도 한몫했다. 당시에는 나라의 대표로 국제회의에 참석하게 되면 으레 한복을 입었는데, 화려하면서 독특한 우리의 전통의상이 외국인의 눈에는 특별하게 보였던 듯싶다. 그런 한복 덕분에 나는 늘 주목받을 수 있었고, 가난한 나라에서 왔어도 문화적 자부심을 드러낼 수 있었다.

우리나라처럼 가난한 나라는 자리 배치에서도 늘 뒷전으로 밀리기 일쑤였다. 회의에 참석해보면 우리나라의 자리는 문 옆이나 뒷자리로 배정된 경우가 대부분이었고, 나는 그게 불만이었다. 이래서는 안 되겠다 싶었다. 그래서 나는 배정된 좌석을 버리고 맨 앞 중앙 자리로 옮겨 앉았다. 그때는 이미 여러 번 국제회의에 참석했을 때 대부분의 참석자들이 마담 킴의 존재를 알고 있었고, 마담 킴이라면 능히 그러고도 남을 거라고 인식하고 있었기에 나의 돌발 행동을 인정해주었다. 그리고 마침내 다음 해부터 우리나라의 자리가 가운데로 배치되었다.

보이지 않는 외교의 각축전

국제항공연맹 총회는 민간항공인으로 구성된 순수한 민간 국제단체이다. 정부의 입김이 작용해서도 안 되고 정치적 발언도 허락되지 않는다. 하지만 국제항공연맹에 참석하는 회원 대부분은 그 나라에서 정치적 영향력이 막강한 인사들이었다. 이란의 팔레비 왕, 이집트의 귀족 등 뉴스에서나 접할 수 있는 인사들을 총회에서 만날 수 있었다. 그들의 말 한마디에 나라의 정책이 바뀌기도 했다. 그렇기에 총회에서는 보이지 않는 물밑 외교전이 펼쳐졌다. 특히 우리나라의 경우는 남북이 대치하고 있던 상황이었으므로 북한을 위시한 공산권 국가에 대해 신경을 쓸 수밖에 없었다. 그러니 정부는 대표단이 파견될 때마다 '공산권 국가의 동향을 살피고 정보를 얻어 오라'는 특명을 부여하기도 했다.

당시 남북한은 모든 분야에서 불꽃 튀는 첩보전을 벌였고 민간항공 분야라고 해서 예외는 아니었다. 나 또한 나라를 대표해서 총회에 참석한다는 사명감이 있었다. 어떻게 해서든 공산권 국가 대표들과 친해져서 정보를 알아내야겠다는 의지를 불태우기도 했다.

그런데 문제는 이 공산권 국가, 특히 소련 대표들은 절대 곁을 주지 않는다는 것이었다. 먼저 다가가 인사를 하면 그들도 깍듯하게 답례를 하긴 해도 그걸로 끝이었다. 그들과 우리 사이에는 언제나 냉랭한 기운이 흘렀고 일정한 거리가 유지되었다. 나는 그들과 친해질 방법을 고민했다. 그리고 만고불변의 묘안이 하나 떠올랐다. 그것은 바로 뇌물, 아니 선물을 하는 것이다!

'그들도 사람인데, 선물을 받고 언제까지 차갑게만 대하겠어?'

나는 이런 믿음을 가지고 있었다. 그래서 공산권 사람들에게 가장 필요한 생필품을 선물하기로 하고 한국에서부터 설탕, 오렌지주스 가루 등을 자루째 싣고 갔다. 우리한테는 흔한 물건이었지만 공산권 국가에서는 귀하게 대접받던 물품들이었다. 선물을 전해줄 때도 007 제임스 본드가 울고 갈 정도의 첩보전을 펼쳤다. 다른 대표단 몰래 선물을 전달해야 했으므로 모든 일정이 끝나고 잠들어 있는 새벽 시간을 택했다. 호텔 직원을 한 명 섭외해서 공산권 대표들이 묵고 있는 방문 앞에 몰래 선물을 놓아달라고 부탁했다. 한밤의 스파이 작전은 성공이었다. 다음 날 공산권 대표단의 태도가 달라진 것이다. 그 후로도 선물과 마음을 주고받으며 공산권 국가 대표와 신뢰를 쌓았다.

국제항공연맹 활동을 하며 생명의 위협을 느낀 적도 있다. 1984년 체코슬로바키아에서 총회가 열릴 때였다. 공산국가에서 총회가 개최될 때는 더 긴장하게 된다. 때마침 우리 일정과 비슷하게 김일성 주석이 체코를 방문하면서 긴장감은 더 높아 갔다. 북한은 평소와 달리 20명이 넘는 대표단을 총회에 파견했고, 우리 대표단의 규모도 상당했다. 보안과 검색도 더 철저하게 했다. 침대 밑까지 검사를 했고 커튼도 함부로 열 수가 없었다.

경직된 분위기 속에서 총회가 진행이 됐다. 북한 대표단은 같은 공산권 국가에서 열리는 총회라서 그런지 의기양양해 있었다. 우리 대표단을 대하는 태도에서 찬바람이 쌩쌩 불었다. 남북한이 이렇게 둘로 갈라져 있는 것도 슬픈 일인데, 남북 대표단이 서로 말도 안 하고 원수진 것처럼 지내면 더 볼품없어 보일 것 같아서 내가 먼저 다가가 인사를 했다.

"안녕하세요, 저는 대한민국에서 온 김경오입니다."

"알고 있지비."

"아, 알고 계셨어요?"

내가 대화의 물꼬를 트려는 순간, 북한 대표의 한마디에 가슴이 철렁했다.

"김경오 동무가 방배동에 사는 것도 알지비."

겉으로는 아무렇지 않게 반응했지만 등골이 오싹해지고 식은 땀이 흘렀다.

'도대체 이들은 어떤 정보력을 갖고 있기에, 내가 방배동에 사는 것까지 알고 있는 것일까?'

그때 분단의 현실이 온몸으로 느껴지며 무섭다는 생각이 들었다.

공식 일정이 다 끝나고 시장에 가서 아이들 선물을 산 뒤 호텔로 돌아오는 길이었다. 갑자기 주위가 어수선해지더니 경찰들이 사람들을 한쪽으로 몰았다. 무슨 일인가 봤더니 검은 승용차들이 줄지어 지나가고 있었다. 그때 스치듯 김일성의 얼굴을 잠깐 봤다. 김일성을 보며 나는 무슨 생각을 했던가. '같은 민족인 우리까지 창피하게 만든 장본인이 너인가'라며 한심한 북한 정책을 비웃었던 것도 같다. 그리고 또 하나 확인한 사실. 김일성 머리에 뿔은 안 달렸다는 것, 즉 우리랑 똑같은 사람이라는 것이다.

오랫동안 총회에 참석하면서 북한이 무너져가는 과정을 지켜봤다. 내가 처음 국제항공연맹 총회에 참석했을 때만 해도 북한이 우리보다 앞서 있었다. 경제적으로 여유가 있으니 대표단의 태도에도 여유가 있었고, 우리 대표단에도 부드럽게 대했다.

하지만 북한의 경제가 어려워질수록 그들은 외교적 예의에 어긋나는 행동을 하기 시작했고, 어린아이처럼 매사 남한의 발언에 어깃장을 놓았다. 우리나라 대표단이 발언을 할라치면 단체로 일어나서 "민족의 태양, 위대한 김일성 수령 동지!" 하고 외치기도 했다. 뿐만 아니라 북한 대표단은 시간이 갈수록 우리 대표단에 이중적인 태도를 보이기도 했다. 회의장에서는 말도 안 섞고, 우리 대표단의 발언을 공개적으로 방해하기도 했다. 그러면서도 우리가 기념품을 주면 더 달라고 부탁하기도 했다.

그들을 후안무치하게 만든 것이 가난 때문인지, 북한 당국의 철저한 감시와 세뇌 때문인지는 모르겠다. 다만 같은 민족으로서 안타까웠을 뿐이다. 김정은 정권에 들어선 이후에는 대표단을 파견하지 못할 정도로 북한 경제는 파탄이 났고, 그렇게 점점 망가져가는 모습을 볼 때면 가슴이 너무 아프다.

내가 만난 영부인

내가 대한항공협회에서 부회장을 맡고 있을 때였다. 당시 대한항공협회는 재정적으로 열악한 상황에 놓여 있었다. 정부도 전혀 보조를 해주지 않았다. 대한민국을 대표해서 국제항공연맹 총회에 나갈 때도 그 어떤 경제적 도움을 주지 않았다. 항공료나 체류비, 심지어 대표단에 선물할 기념품도 모두 자비로 충당해야 했다. 그만큼 항공에 대한 국가의 인식이 부족했다. 다행히 대한항공이 후원을 하긴 했지만, 대한항공협회에서 자체적으로 사업 수익을 못 내고 있었으므로 재정적으로 늘 허덕였다. 무교동에 마련한 사무실의 월세도 몇 달째 밀린 상황이었다. 그러다 결국 사무실을 비워달라는 최후통첩이 날아왔다. 어느 날 여러 기업에 후원금을 구하러 다니다가 사무실에 가 보니 사무집기들이 모두 밖으로 나와 있었다. 월세를 못 내니 더 이상 봐 줄 수 없다며 물건을 강제로 뺀 것이었다.

다음 날 존타 회의에 참석했을 때 이희호 여사를 만났다. 이 희호 여사는 1950년대 이미 여성들의 자원봉사 단체인 세계 존타의 한국 지부를 만들어 운영하고 있었고, 나는 미국에서 귀국한 뒤로 존타 회원이 되어 이희호 여사와 허물없이 지내는 사이였다.

이희호 여사가 나를 보더니 걱정스러운 얼굴로 물었다.

"무슨 일 있어? 항상 명랑한 사람이 오늘은 말도 없고 화장도 안 했네? 왜 그래?"

"선생님, 나 속상해서 그래요."

"뭔지 얘기해봐."

"얘기한다고 뭐가 달라지겠어요?"

"혹시 알아, 내가 힘이 될지."

사실 별 기대는 없었다. 그저 하소연하는 마음으로 사정을 털 어놓았다.

"내가 도울 수 있을 것 같아."

"네? 선생님이 어떻게 도와요?"

"내 남편이 국회의원이야."

당시에 나는 이희호 여사의 남편이 김대중인 줄도 몰랐고, 김 대중이 뭐 하는 사람인지도 몰랐다. 남편이 국회의원이라는 것도 그때 처음 들었다. 이희호 여사는 남편이 예산결산의원으로 있다면서 도와줄 수 있을 것 같다며 자료를 보내달라고 했다. 크게 기대는 안 했지만 한 가닥 희망이 보이긴 했다.

며칠 뒤 건설교통부(이하 건교부) 장관이 나를 불렀다. 당시에는 건교부에서 대한항공협회 업무를 관할하고 있었다. 회장 대신 부회장인 내가 건교부 장관을 만나러 갔다. 그때까지도 이희호 여사의 입김이 작용했다는 생각은 전혀 하지 못했다. 건교부 장관실 문을 열고 들어갔더니 신경질적인 목소리가 날아왔다.

"내가 대장을 불렀는데 왜 여자가 왔어? 김경오 대장 안 왔어?"

'김경오를 남자 이름으로 착각한 건 그렇다 치고, 여자가 대장을 하지 말란 법이라도 있나?'

물론 당시 나는 회장이 아니었지만 무조건 회장은 남자여야 한다는 태도가 맘에 안 들었다. 그래도 부탁하는 입장이니까 내 기분을 감추고 경위를 설명했다.

"장관님, 제가 김경오입니다. 우리나라 여자 비행사 김경오요."

그제야 장관이 표정을 풀고 반갑게 맞아주었다.

"어제 예산결산위원회가 열렸습니다. 거기서 김대중 의원이 민간항공의 중요성에 대해 역설했습니다. 왜 대한항공협회를 안 도와주느냐고 국회의원 여럿이 혼나기도 했죠. 앞으로 정부에서 대한항공협회를 지원해주기로 결정했습니다."

너무나 감사한 소식이었다. 며칠 전 나와 면담을 마친 후 이희호 여사가 남편인 김대중 의원에게 대한항공협회의 딱한 사정을 알렸고, 김대중 의원도 대한항공협회의 중요성과 지원의 필요성에 대해 공감했다고 한다. 그리고 곧바로 열린 예산결산위원회에서 김대중 의원은 대한항공협회의 실정을 알리고 협회를 지원해달라고 피력했다. 그 과정에서 공군참모총장이나 국방부 장관 출신 국회의원들이 매섭게 추궁을 당했다고 한다. 대한항공협회와 가장 긴밀한 관계를 유지하고 도와주어야 할 사람들이 협회의 위기를 강 건너 불구경하듯 손 놓고 있었으니 그럴 만도 하다는 생각이 들었다.

사무실이 쫓겨날 위기에서 벗어나서 기뻤다. 하지만 그것보다 더 기뻤던 것은 항공의 중요성을 알고 있는 든든한 지원군을 얻은 것 같아서였다. 그리고 이희호 여사의 내공에 깊은 인상을 받았다. 이희호 여사는 결코 겉으로 나서는 법이 없었다. 그러면서도 김대중 의원의 정치적 행보에 깊고 큰 영향력을 행사했던 사람이 이희호 여사였다.

믿음으로 시작한 도전

국제회의 참석이 거듭되고 우리나라가 경제 발전을 이루면서 나라의 위상도 올라갔다. 그런 만큼 이제 우리나라도 국제회의에서 발언권을 가질 필요가 있다는 생각이 들었다. 따라서 나는 상임이사국에 도전하기로 했다.

하지만 그전에 해야 할 일이 있었다. 바로 의결권을 늘리는 일이었다. 당시 우리나라는 의결권이 한 표밖에 없었다. 국제항공연맹에서 발언을 하고 의제를 제시하기 위해선 더 많은 의결권이 필요했다. 그런데 의결권이 늘어나면 그만큼 회비도 늘어난다는 데 문제가 있었다. 의결권 한 표를 더 얻으면 현재의 금액보다 6배나 많은 액수를 내야 했기에 함부로 의결권을 요구할 수도 없는 노릇이었다. 그럼에도 불구하고 국제항공연맹에서 당당히 제 목소리를 내기 위해선 반드시 필요한 절차라는 생각이 들었기에 나는 밀어붙이기로 했다. 돈을 어떻게 마련할지에 대한 고민은 차후에 생각하기로 하고, 우선 의결권을 올려달라고 신청했다.

1975년 그 안건이 회의 의제로 올라가고, 회의 결과 우리나라는 3표의 의결권을 갖게 됐다. 여러 나라 대표로부터 축하를 받았지만 내 고심은 그때부터 시작되었다. 3표의 의결권에 걸맞는 회비를 마련해야 하는 숙제가 남아 있었던 것이다. 국가의 보조는 처음부터 기대하지 않았으므로 정부에는 아예 신청조차 하지 않았다. 따로 돈을 구해야 했고 어쩔 수 없이 기업을 돌며 손을 벌렸다.

다행히 대한항공협회 이사들이 대부분 우리나라 굴지의 기업을 운영하는 대표들이었기에 '비용 문제는 어떻게든 해결이 되겠지' 하는 믿음을 가지고 있었다. 그래도 이사들과 비용 문제에 대해서 논의도 하지 않고 내 멋대로 일을 벌였으니 무작정 돈 내놓으라고 손 벌리기가 조금 민망했다. 그들에게 먼저 상의하지 못한 사정에 대해 양해를 구했다.

"우리는 두목님이 하시는 일은 무조건 믿습니다."

다행히 이사들은 나를 믿어주었고, 비용 문제도 쉽게 해결할 수 있었다.

3표의 의결권을 얻은 후 그 이듬해 곧바로 나는 이사국에 도전

● 국제항공연맹 총회에서 소련 수석 대표와 함께

을 했다. 당시 국제항공연맹 137개 회원국 중에 이사국은 42개국
이었다. 이사국이 되는 조건은 의결권을 얻을 때보다 좀 더 까
다로웠다. 우선 국가 경제력과 국방력이 밑받침되어야 했다. 대
부분의 이사국은 항공기를 생산할 정도의 항공력을 갖추고 있
었고, 국방력에서도 세계 순위권에 드는 국가들이었다. 반면
1976년에 우리나라는 경제개발계획에 박차를 가하며 경제발전
을 꾀하고 있었지만 여전히 후진국을 벗어나지 못하고 있었다.
그런 나라가 세계 선진국들과 어깨를 나란히 하겠다고 했으니
어떻게 보면 무모한 도전이었을지도 모른다.

　하지만 나는 믿는 구석이 있었다. 1969년부터 한 번도 빠지
지 않고 국제회의에 참석했던 나는 인맥을 쌓고 그들에게 신뢰

를 얻는 데 공을 들여왔다. 매년 회의에 참석할 때마다 비싼 것은 아니더라도 우리나라를 기억할 만한 기념품을 만들어 전달해왔고, 그들의 부탁이라면 사소한 것이라도 잊지 않았다.

한번은 이란 대표가 내가 들고 간 캐리어를 마음에 들어 한 적이 있었다. 그는 농담 삼아 다음번에 올 때 그 캐리어를 사다 줄 수 있느냐고 부탁했고, 다음 해 나는 잊지 않고 캐리어를 전달했다. 그랬더니 오히려 상대 쪽에서 놀랐다. 자기는 진짜로 사다 줄 거라는 기대를 하지 않았다면서 "그걸 진지하게 받아들였나요?"라고 되물었다. 그리고 그냥 한 말도 가벼이 여기지 않고 꼭 지키려고 하는 내 모습에 감동을 받았다고 했다.

나는 차곡차곡 신뢰를 쌓아왔다. 그래서 자신 있었다. 우리나라의 국력이 조금 딸리더라도 우리나라를 대표하는 내 얼굴을 봐서 그들은 분명 우리나라가 이사국이 되는 것에 찬성표를 던질 거라는 믿음이 있었다. 그리고 도전에 돈이 드는 것도 아니니 떨어진다고 해도 밑져야 본전이었다. 다행히 결의권을 많이 가지고 있었던 미국 등의 나라 대표들은 내게 호의적이었고 우리나라를 이사국에 등록시키는 투표에서 찬성표를 던졌다. 그렇게 1976년 우리나라는 국제항공연맹 이사국에 선출되었다.

박경원을 추모하며

1974년 여름, 일본에서 박경원 비행사를 위한 추모 위령제가 열렸다. 한국여성항공협회와 일본부인항공협회가 공동으로 박경원의 생애를 재조명하고 그의 죽음을 추모하기 위해 마련한 행사였다.

박경원은 제 목숨 하나 부지하기도 힘든 일제강점기에 일본으로 건너가 당당히 비행사의 꿈을 이룬 사람이다. 우리나라 최초의 여자 비행사로 일컬어지는 권기옥에 이어 두 번째로 비행사가 된 사람으로, 고국 방문 비행 도중 하코네 산을 넘지 못하고 추락사하고 말았다.

나는 대한민국항공회 대표이자 박경원의 뒤를 잇는 후배 여자 비행사로서 그 행사에 참여했다. 나 역시 1967년 한일 친선 비행을 할 때 그녀가 조난당했던 하코네 산을 넘은 적이 있었고, 그 지점에서 죽을 고비도 넘겼기 때문에 박경원은 내게 남다른 의미가 있었다.

대구에서 태어나 비행사가 되겠다는 열망 하나만으로 일본으로 가는 밀선에 몸을 실었던 박경원. 가난한 집안 사정으로 부모님에게서 그 어떤 지원도 받지 못했던 그녀는 한겨울에도 동료의 기름때 묻은 비행복을 빨아 교육비를 마련해야 했다. 그녀는 혹독한 시련을 견뎌내고 마침내 3등 비행사 자격을 획득한다. 그리고 이듬해에는 곧바로 2등 비행사 자격증을 딴다. 이제 남은 목표는 오직 하나, 비행기를 몰고 그토록 꿈에 그리던 조국 땅에 가는 것이다.

하지만 박경원에게 고국 방문 기회는 오지 않았다. 조선 땅까지 타고 갈 비행기를 구할 수 없어서였다. 그래도 그녀는 포기하지 않고 후원자를 물색하지만 그녀를 지원하겠다는 독지가는 쉬이 나타나지 않았다. 그러다 동기들의 주선으로 만난 일본의 유력 인사로부터 비행기 한 대를 불하받는다. 그런데 그것은 공짜가 아니었다. 그는 사적인 만남을 요구했고, 다른 방도가 없었던 그녀는 그 제안을 받아들이고 만다.

어렵사리 비행기 한 대를 구했지만 여자라는 이유로 고향 방문은 쉽게 허락되지 않았다. 그녀의 비행을 제국주의 선전에 이용하려고만 했다. 일제의 만주국 건국 1주년을 기념하는 '일만친선 황군위문 일만연락비행(日滿親善 皇軍慰問 日滿連絡飛行)'이라는 조건하에 고국 방문 비행을 허락한 것이다. 결국 이로 인해 그녀는 죽어서도 친일 논란에서 벗어날 수 없게 되었다.

1933년 8월 7일 박경원은 하네다 공항을 떠나 고향을 향해 날아올랐다. 그러나 그녀의 심정은 복잡하기 이를 데 없었을 것이다. 날씨마저 흐렸다. 그녀가 불하받은 비행기의 상태도 그리 좋은 편이 아니었다. 여러 가지 악조건 속에서도 그녀는 출발해야만 했다. 미루다 보면 기회가 없어질지도 모른다는 조급함이 무리한 출발을 강행하게 만들었을 것이다.

마침내 비행기는 이륙을 했고 나머지는 운명에 맡겨야 했다. 그러나 운명의 여신은 그녀의 편이 아니었다. 그녀는 하코네 산을 넘지 못하고 33년의 짧은 생을 마감해야 했다. 하네다 공항을 출발한 지 50분 만의 일이었다. 비행기는 두 동강이 났다. 가슴을 강타당한 그녀는 즉사했지만 끝까지 조종간을 놓지 않았다고 한다. 그나마 다행이라면 그녀의 겉모습이 크게 손상되지 않았다는 것 정도다.

그날의 위령제는 박경원이 마지막으로 죽음을 맞았던 하코네 산에서 열렸다. 거기까지 가는 길은 험난했다. 그동안 아무도 찾지 않은 듯 길게 자란 잡목들에 덮여 길이 보이지 않았다. 가시덤불에 찔려가며 도착한 곳에는 '1933년 박경원 양 조난위비'라고 적힌 바위 하나만 덩그러니 놓여 있었다. 그곳에서 우리는 위령제를 지냈다. 그녀가 죽은 뒤 41년 만에 이뤄진 추모행사였다. 일본인의 손이 아닌 고국의 후배가 치러주는 위령제였다. 그리고 나는 그녀가 이 지상에서의 모든 오욕과 불명예를 잊고 그곳에서는 진정한 안식에 이르기를 기도했다.

우주시대를 여는 첫걸음

항공은 과학의 시작이요 끝이라고 할 수 있다. 물리 역학에서부터 기계, 전자, 소재 공학 등 다양한 과학 기술이 모여야만 비행기 한 대를 만들고 날게 할 수 있기 때문이다. 그래서 비행기를 만드는 기술이 그 나라의 과학 수준을 가늠하는 기준이 되기도 한다. 우주시대를 향해 가고 있는 요즘엔 항공의 중요성이 더 강조되고 그에 대한 투자도 더 절실히 요구되고 있는 실정이다.

항공의 중요성을 일찌감치 깨달은 나는 모형항공기대회를 개최하고 발전시키는 데 심혈을 기울여왔다. 초등학생들이 문방구에서 종이비행기를 사다가 날리는 대회가 뭐가 그리 중요하냐고 말하는 사람들도 있을 것이다. 그러나 이는 항공에 대해 하나도 모르기 때문에 할 수 있는 비난이다. 종이비행기를 띄우는 것에는 항공의 모든 원리가 담겨 있고, 우주 비행도 이 원리부터 알아야 가능한 것이다. 그러니 모형항공기대회는 항공 기술의 수준을 높이기 위한 첫 단계라고 할 수 있다. 또한 이 대회를 통해 배출된 미래의 꿈나무들이 우리나라 항공을 이끌어 나갈 것이니 결코 가볍게 볼 수 없는 대회인 것이다. 실제로 이 대회에 참가한 학생들이 성장해서 공군이 되거나 항공계에서 큰 역할을 하는 것을 종종 보아왔다.

하지만 우리나라 공군이나 정부에서는 모형항공기대회의 중요성에 대한 인식이 부족했던 것이 사실이다. 모형항공기대회는 내가 몸담고 있던 대한민국항공회가 주축이 되어 개최해왔는데, 예산이나 조직적인 면에서 많이 미흡했다. 때문에 전국적인 규모로 치러지고 홍보가 된다면 더 많은 관심을 이끌어내고 항공 인재를 배출해 육성해나갈 수 있을 것 같았다. 그래서 줄곧 정부나 공군의 지원을 부르짖어왔는데, 당장 성과가 드러나는 일이 아니다 보니 공군이나 정부에서는 지원에 소극적인 자세를 취했다.

믿을 구석은 내가 몸담았던 공군이라는 생각에, 나는 틈만 나면 공군참모총장을 찾아갔다. 공군의 조직력을 활용해 모형항공기대회를 전국적인 규모의 대회로 열자는 제안을 하기 위해서였다. 하지만 역대 참모총장들은 번번이 고개를 저었다. 예산이 부족하다는 핑계를 대거나 어느 세월에 어린 학생들을 항공

● 제1회 항공의 날을 기념하며

인으로 키우겠느냐며 단시한적인 견해만 내놓기 일쑤였다.

"지금은 시기상조 같습니다."

"아니, 도대체 언제까지 기다리라는 겁니까? 선진국들은 우주
개발에 열을 올리고 있어요. 우리는 언제까지 그들 뒤꽁무니만
따라갈 겁니까?"

세계 각국이 우주개발 산업에 뛰어들어 앞으로 펼쳐질 우주
시대에 만반의 준비를 갖춰가고 있는데, 우리나라는 그 중요성
에 대한 인식조차 하지 못하고 있으니 답답할 노릇이었다.

그러다 전환점을 맞는 순간이 있었으니, 공군사관학교 출신
의 공군참모총장이 배출되었을 때이다. 1979년 공군 사상 처음
으로 공군사관학교 1기생 윤자중이 제14대 공군참모총장이 되

었다. 나와 훈련 동기이면서 한국전쟁을 함께 겪은 전우였다. 체계적인 교육을 받은 공군사관학교 출신이 참모총장에 오르자 분위기가 급반전되었다. 윤 총장과는 말이 통했다. 그는 우리나라 항공 발전을 위해서 장기적인 안목을 가지고 준비를 해야 한다는 것과 더불어 민간 협력의 중요성도 알고 있었다. 그래서 민간이 주도하던 모형항공기대회를 공군참모총장배로 바꿔 상의 권위를 높이자는 내 제안을 흔쾌히 받아들였다.

그렇게 1979년 제1회 공군참모총장배 모형항공기대회가 열렸다. 상의 권위가 높아지고 우승을 한 학생에게는 대학 입학 시 가산점까지 부여되자 모형항공기대회에 대한 관심이 쏟아졌다. 비록 당시에는 수도권 위주의 행사에 그쳤지만, 이를 계기로 1981년에는 전국적인 행사가 되었다.

1981년은 항공인에게는 기념비적인 해이다. 왜냐하면 항공의 날이 지정된 해이기 때문이다. 항공의 날이 지정되면서 모형항공기대회는 공군의 조직력을 활용해 전국적인 행사로 발돋움할 수 있게 되었다. 특히 윤자중 참모총장의 역할이 컸다. 항공의 날 지정을 받으려면 교통부 장관의 승인을 거쳐 국무회의에서 최종 확정을 받아야 했다. 그런데 천운이라고 할 수 있는 일이 벌어졌다. 윤 총장이 1981년 교통부 장관으로 임명된 것이다. 평소 항공의 날의 필요성에 대해 깊이 공감하고 있던 윤 총장이 교통부 장관에 오르니 나는 천군만마를 얻은 듯했다.

윤 총장이 내게 물었다.

"김경오 씨, 항공의 날을 지정하면 운영할 자신이 있습니까?"

"물론입니다. 얼마나 바라던 일인데요. 온몸을 불살라 일하겠습니다."

윤자중 교통부 장관은 안건 통과를 확신하며 국무회의에 들어갔다.

"내가 안건을 꼭 통과시키고 올 테니 18층에서 기다리시오."

떨리는 마음을 안고 국무회의가 열리는 정부 청사로 향했다. 문밖에서 기다리기를 한 시간쯤 흘렀을까. 안에서 박수 소리가 터져 나왔다. "항공의 날!"이라고 외치는 소리도 들렸다. 그렇게 우리나라에도 항공의 날이 생겼다. 우리나라에서 민간항공기가 첫 취항을 한 10월 30일이다.

1981년 10월 30일, 첫 항공의 날 행사가 열렸다. 그리고 오랜 숙원 사업이었던 모형항공기대회도 전국적인 행사로 승격시킬 수 있었다.

눈물의 호소로 이끌어낸 성명서

1983년 9월 1일, 천인공노할 일이 벌어졌다. 269명을 태운 대한항공(KAL) 여객기가 소련 영공에서 미사일 공격을 받아 추락한 것이다. 미국 뉴욕에서 출발해 알래스카 앵커리지를 거쳐 서울로 향하던 민간항공기였다. 여객기에 타고 있던 269명 승객 전원이 희생되었다.

믿기지 않았다. 도대체 어떤 잔인무도한 집단이 이런 일을 저질렀단 말인가. 짚이는 국가가 있었다. 소련. 모두의 예측대로 269명의 무고한 사람을 죽음으로 몰아넣은 테러의 주범은 소련이었다. 당시 소련은 미확인 항공기가 소련 영공에 허가도 없이 침범했기 때문에 어쩔 수 없이 요격한 것이라고 핑계를 댔지만, 당시에도 민간항공기를 공격하는 것은 국제사회에서 용납될 수 없는 범죄로 치부되고 있었다.

우리 정부는 즉각적인 분노를 표하고 소련을 제재하는 데 국제사회가 나서줄 것을 호소했다. 하지만 국제사회는 자국의 이익에 따라 움직인다. 그래서 소련을 규탄하는 목소리를 내면서도 그 태도와 강도는 조금씩 다르게 취했다. 우리나라 다음으로 자국민의 희생이 가장 많았던 미국조차도 격추 사건이 미·소 간의 분쟁으로 번질까 염려하고 있었다. 유엔 안보리에서도 소련을 규탄하는 결의안을 표결에 부쳤지만 소련의 거부권 행사로 부결되기도 했다. 1983년에 일어난 대한항공기 격추 사건은 해를 넘겨도 해결되지 않고 있었다.

그런 와중에 내게 청와대의 특별 지시가 내려왔다. 국제민간단체인 국제항공연맹에 가서 소련을 규탄하는 성명을 이끌어내라는 지시였다. 간혹 정부가 요청한 특별한 임무를 띠고 국제회의에 참석할 때도 있었다. 주로 정부는 소련 등 공산국가에 대한 정보를 요구했다. 하지만 이번 임무는 정부가 시켜서라기보다 항공인으로서 개인적으로도 꼭 이루어내고 싶은 임무였다.

1984년, 국제항공연맹 총회는 프랑스 파리에서 열렸다. 막중한 임무를 가지고 국제회의에 참석했기에 부담감이 상당했다. 자연히 표정도 어두워질 수밖에 없었다. 내 무거운 표정을 보고 회의에 참석한 대표들이 한마디씩 했다.

"마담 킴, 무슨 일 있어요? 평소와 다르게 굉장히 우울해 보이네요."

그럴 수밖에 없었다. 회의 일정이 끝나가는데 내게는 좀처럼 발언 기회가 주어지지 않았기 때문이다. 하는 수 없이 나는 총재에게 메모를 남겼다.

'소련은 대한민국의 비무장 국적기를 격추하는 만행을 저질렀습니다. 소련을 규탄하는 데 여러분의 동의와 지지가 필요합니다. 만약 이 규탄 성명이 여러분의 지지를 얻지 못한다면 나 마담 킴은 센강에 몸을 던져 죽겠습니다.'

정말 내 목숨을 바쳐서라도 규탄 성명을 이끌어내고 싶었다. 이 메모를 본 총재가 뛰어나왔다.

"가지 마세요, 마담 킴. 제가 결의안에 부치겠습니다. 그러니 절대 죽을 생각 같은 건 하지 마세요."

그의 진심 어린 말을 듣자 갑자기 눈물이 났다. 웬만해선 눈물 흘리는 일이 없는데, 아무래도 그때는 그만큼 부담감이 컸던 것 같다. 만약 일이 틀어져 소련의 반감이라도 사게 되면 앞으로 어떤 일이 벌어질지 모를 일이었다. 자유진영과 공산진영이 한창 냉전 중일 때라 이러한 예민한 문제는 자칫 이념 싸움을 넘어 전쟁으로 비화될 수도 있었고, 생명의 위협을 받는 상황으로까지 치달을 수도 있었다. 무엇보다 신변의 안전이 가장 중요했다. 따라서 파리 주재 한국 대사는 결의안이 통과되면 곧바로 회의장에서 나가 대사관이 마련해둔 차를 타라고 내게 신신당부했다.

결국 나의 부탁으로 상임이사회에서 소련을 규탄하는 성명안을 채택할 것인지 여부가 투표로 부쳐졌다. 나는 그 안에 들어가지 못하고 밖에서 성명안이 채택되기를 기원했다. 다행히 사건의 당사자인 소련이 기권을 선언했고 나머지 상임이사국들은 만장일치로 성명안을 통과시켰다. 이로써 국제항공연맹은 KAL기 격추에 대한 보복 조치로 60일간 모스크바 취항을 중단하기로 결의했다. 곧 박수 소리가 들렸다. 나는 얼른 회의장에 들어가 감사 인사를 전했다.

"여러분이 보여준 우정, 잊지 않겠습니다."

그리고 그 길로 나와서 계단을 뛰어 내려가 대기 중인 차에 올랐다. 핸드백을 챙길 새도 없었다. 대사관에 도착하니 기자들이 쫙 깔려 있었다. 대사가 규탄 성명이 채택되었음을 알렸다. 나는 대사관에 하루를 머물고 귀국했다. 모든 공이 대사에게 돌아갔지만 나는 섭섭하지 않았다. 국가를 위해 한몫했다는 자부심만으로도 가슴이 벅차올랐고, 모든 공을 대체하고도 남을 정도로 내게 충분한 만족감을 안겨주었다.

끝나지 않은 도전

모르면 용감하다

무식하면 용감하다고 하지 않던가. 나는 잘 몰라서 앞뒤 안 가리고 험한 일에 뛰어든 적이 몇 번 있는데, 그중에 하나가 여성운동에 뛰어든 것이다. 남자들의 전유물로 여겨지던 군대에서 온갖 차별 대우를 받아온 내가 여성운동에 몸담게 된 것은 너무나 자연스러운 일이었다.

그 시절 남녀 차별을 당했던 것이 어디 나뿐이었겠는가? 모든 여성이 남녀 차별의 피해자요 산증인일 것이다. 그럼에도 내가 나서서 그들의 목소리를 대변해야겠다는 생각을 한 것은, 나에게 미약하나마 사회적 영향력을 행사할 수 있는 힘이 있었기 때문이다. 그리고 그즈음은 연대의 필요성을 절실히 느끼고 있던 시기이기도 했다. 지금까지는 그저 내 앞에 닥친 시련을 극복하는 데 집중해왔다면, 앞으로는 여성들끼리 뭉쳐야 한다는 생각이 점점 강하게 들기 시작했다.

나를 여성계로 이끈 것은 당시 한국여성단체협의회(이하 여협) 회장을 맡고 있던 김활란 박사였다. 내가 미국에 있을 때 당시 유엔총회 대표로 뉴욕에 왔던 김활란 박사의 안내를 맡은 적이 있는데, 그 인연으로 그녀와 지속적으로 연락을 하며 지냈다. 그러던 어느 날 나는 그녀에게 불평을 늘어놓았다. 소위 바깥일을 하는 여자가 겪어야 하는 온갖 부당한 일과 차별 대우에 대해 목소리를 높여 토로했다. 그런데 늘 내 얘기를 가만히 들어주던 김활란 박사가 이번에는 정색하며 말하는 게 아닌가.

"여기서 아무리 떠들어봐야 소용없어."

처음엔 그 말이 무슨 뜻인지 몰라서 눈만 껌뻑였다. 그러자 김활란 박사가 말했다.

"당신이 여기서 아무리 떠들어봐야 바뀌는 것은 하나도 없다고. 싸우지 않으면 아무것도 얻을 수 없어. 우리 단체에 들어와서 일해보는 게 어때?"

그 말을 듣는 순간 전투력이 불타올랐다.

'그래, 나는 뒤에서 궁시렁대는 사람이 아니지. 부당한 게 있으면 따지고 싸우고 터지고 고치는 사람이지.'

그 길로 나는 여협에서 일하기로 마음먹었다. 나는 원래 앞뒤 따지고, 손해와 이익을 계산하는 성격이 아니다. 이것저것

재기 시작하면 두려워지기 마련이고, 그러면 결국 아무것도 실행에 옮기지 못하기 때문이다. 여성학 이론에 대한 공부는 싸우면서 배우기로 하고 그렇게 무작정 여성운동에 뛰어들었다.

당시 여성들은 지금으로서는 상상도 할 수 없는 불평등한 상황에 놓여 있었다. 여협에 들어와 보니 우리 사회가 안고 있는 남녀 차별 문제가 더 또렷이 보이기 시작했다. 많은 여성이 가부장적인 제도 아래에서 숨소리 한 번 크게 못 내고 억눌려 살고 있었다. 나 자신을 잊은 채, 아니 내 존재가 잊히기를 강요당한 채.

직장에 다니는 여성이라고 해서 더 나은 대접을 받는 것도 아니었다. 오히려 그들은 안팎의 일들을 모두 소홀히 할 수 없기에 이중고, 삼중고에 시달렸다. 그때는 여성이 사회에 나와서 일하는 것 자체를 곱지 않은 시선으로 바라봤다. 때문에 남편과 시부모, 심지어 자식들의 눈치까지 봐가며 일하러 나가야 했다. 자아실현이라는 말이 사치처럼 여겨지던 시절이었다. 생계를 위해 어쩔 수 없이 일하러 나가야 했음에도 눈치를 봐야 했고, 그렇게라도 일할 수 있게 허락(?)해준 가족들에게 고마워해야 하는 것이 그 당시 여성들의 현실이었다.

직장에서도 차별과 편견에 시달려야 했다. 똑같은 교육을 받고 똑같은 입사 시험을 치르고 은행에 들어와도 여성은 창구에서 돈을 세어야 했고, 그것마저도 임신하면 보기 싫다고 다른 사람 뒤치다꺼리나 하게 했다. 마흔이 넘으면 여성은 스스로 그만둬야 할 정도였으니, 여성들이 임원이 되거나 주요 직책을 맡는다는 것은 꿈도 못 꿀 일이었다.

이러한 노동시장에서 여성의 대한 차별 관행을 깨뜨린 대표적 사건이 있었다. 바로 '여성 교환원 조기 정년 제도 폐지' 사건이다. 1982년 체신부(정보통신부)에서 담당하던 전기통신 업무가 한국전기통신공사로 이관되면서 여성 교환원의 정년을 43세로 줄인 게 문제가 됐다. 일반직 정년은 55세로 그대로 유지하면서 여성 교환원의 정년만 12년 앞당긴 것이니, 이는 명백한 성차별적인 정년퇴직 제도였다.

40세가 넘으면 목소리가 달라지는 것도 아닌데 어찌 여자만 정년을 줄인단 말인가. 5급 교환원이던 김영희 씨는 이것을 그냥 두고만 볼 수 없었다. 그녀는 곧바로 한국전기통신공사를 상대로 법적인 투쟁을 시작했고, 한국여성단체협의회도 그녀의 행보에 함께했다. 그렇게 7년의 투쟁 끝에 '여성 교환원의 조기 정년 제도를 폐지하라'라는 판결을 들을 수 있었다. 그 소식에 여성계는 모두 기뻐했다. 그러나 나는 마냥 기뻐할 수가 없었다. 7년! 너무도 당연한 권리를 얻기까지 무려 7년이라는 세월이 걸렸다.

'앞으로 여성이 그동안 빼앗긴 권리를 되찾기까지 얼마나 더 오랜 세월이 걸릴까?'

그런 생각을 하니 벌써부터 지레 겁이 나기도 했다.

시간이 오래 걸리긴 했지만, 그럼에도 법의 도움을 받을 수 있었던 김영희 씨는 어쩌면 선택받은 사람일지도 모른다. 대부분의 여성들은 법의 테두리 바깥에 있었으니 말이다. 변호사를 사고 싶어도 돈이 없어서 참고 살거나, 그것도 어려우면 극단적인 선택을 하기도 했다. 당시엔 혼수 문제로 구박을 받다가 결국 옥상에서 몸을 던졌다는 며느리의 이야기를 흔히 들을 수 있었다. 그렇게 경제적 어려움 때문에 이혼조차 할 수 없었던 여성들이 즐비했다.

'내가 어떻게 하면 그들을 도울 수 있을까?'

당장 나 자신이 변호사가 아니라는 게 한스러웠다. 그러다 문득 '굳이 내가 변호사일 필요까진 없지. 유능한 변호사를 찾으면 되지'라는 생각이 들었다. 회원들의 명단을 뒤지기 시작했다. 아니나 다를까, 여성단체 회원 중에 변호사인 사람이 꽤 많았다. 나는 무작정 그들 중 한 사람에게 전화를 걸어 무료 상담을 해달라고 부탁했다. 만약 그녀가 거절한다면 변호사 직함을 가진 모든 회원에게 전화를 걸 요량이었다. 그런데 그녀가 흔쾌히 같이해주겠다고 했다. 그 변호사가 바로 조배숙 변호사이다.

매주 토요일 무료 상담이 열렸다. 많은 여성이 무료 상담실 문을 두드렸다. 가정폭력을 견디다 못해 지푸라기라도 잡는 심정으로 사무실을 찾은 여성, 아이를 들쳐 업고 온 여성, 상사로부터 성폭력을 당하고도 오히려 부도덕한 여자라고 비난받아야 했던 여성 등등 대부분 극한 상황까지 내몰린 여자들이었다. 그녀들은 모든 용기를 짜내어 이곳의 문을 두드렸고, 우리는 그들의 사연을 들으며 같이 분노하고 같이 울었다.

조배숙 변호사는 상담 후 이혼 절차나 위자료 문제 등을 해결해주었다. 시간이 곧 돈이라는 변호사가 금쪽같은 시간을 쪼개어 무료 변론을 해주니 얼마나 감사한지, 그녀에게 엎드려 절이라도 하고 싶은 심정이었다. 나는 당장 그녀에게 고마움을 표할 길이 없어서 그저 따뜻한 덕담을 건네곤 했다.

"선생님께서 이렇게 무료 봉사하시는 게 결코 헛된 일이 아닐 겁니다. 나중에 국회에 들어가셔서 좋은 일을 하게 될지 누가 알겠습니까?"

당시엔 고마운 마음에 훗날 더 큰 보답이 있을 거라는 뜻으로 말한 것인데, 내 덕담대로 그녀는 국회의원이 되어 여성을 위해 더 많은 일을 하게 되었다.

요즘엔 페미니즘이 무슨 역병 취급을 받는 듯해서 참으로 씁쓸함을 금할 수 없다. 그동안 우리의 노력이 통째로 부정당하는 것 같아서 슬프기도 하다. 우리가 여성운동을 한 것은 결코 여성만을 위한 것은 아니었다. 남녀가 더불어 잘 살아가기 위해선 한쪽으로 기울어졌던 저울을 바로 세워야 할 필요가 있었기에,

여성에 대한 차별과 편견에 맞서 싸웠던 것이다. 일방적인 희생 위에 세워진 평화와 안정이 오래 갈 수 있겠는가? 그것이 여성의 희생이든 남성의 희생이든, 어느 한쪽의 희생을 제물 삼아 유지되는 사회라면 언젠가 무너지고 말 것이다.

우리 사회에는 여성에 대한 차별과 억압이 여전히 존재한다. 성폭력에 희생당하기도 하고, 억울한 일을 겪고 목숨을 끊는 여성들도 있다. 육아휴직 후 직장에 못 돌아가는 경력 단절 여성들, 여자라는 이유로 인사에서 제외되는 여성들이 여전히 더 나은 미래를 위해 싸우고 있다.

2021년, 56년 전에 자신을 성폭행하려던 남자의 혀를 깨물어 절단시킨 죄로 당시 징역형을 선고받았던 최말자 씨가 무죄를 주장하며 재심청구를 한 일이 있었다. 당시 법원은 피해자 여성의 정당방위를 인정하지 않았고, 가해자 남성에게 강간 미수죄도 적용하지 않았다. 그때의 억울함을 풀기 위해 56년이나 지난 시점에서 재심을 청구한 것인데, 법원이 최종적으로 재심청구를 기각함으로써 그녀의 바람은 끝내 이루어지지 않았다. 사건이 벌어지던 1964년 22세였던 피해자는 77세의 노인이 되었다. 56년이 흘렀어도 세상은 변하지 않았다. 그녀에게 당시의 일은 여전히 현재진행형인데 말이다.

최말자 씨는 다 늙은 나이에 재심을 청구한 이유에 대해 이렇게 말했다.

"내가 용기 내지 않으면 계속해서 같은 일이 반복될 것 같았어요."

그녀의 말처럼 용기 내지 않으면, 행동하지 않으면 세상은 변하지 않는다. 최말자 씨 같은 사람들이 모이고 그들의 목소리가 모여 세상을 바꾸는 것이다. 남자들도 세상을 바꾸려는 이 거대한 파도에 동참해주길 바란다. 남자든 여자든 세상을 바꾸려는 의지가 있다면 결국 우리 모두가 최말자인 것이다.

그 어느 때보다 젠더 갈등이 첨예해진 요즘, 여협의 역할이 더 중요해졌다고 할 수 있을 것이다. 사실 여협은 60년간 여성들의 삶을 바꾸기 위해 부단하게 노력해왔지만 내부적으로 갈등과 문제가 있었던 것도 사실이고, 60년이라는 세월만큼 구태의연해진 면도 없지 않아 있다. 지금이야말로 여협이 낡은 틀에서 벗어나 새 옷으로 갈아입어야 하는 시기이며, 변화된 사회에 맞춰 세대교체가 이루어져야 한다고 생각한다. 다행히 젊고 패기 있는 회장이 선출되어 여협을 새롭게 이끌어가고 있다. 혜성처럼 등장한 허명 회장은 1년밖에 안 된 새내기이지만 그 짧은 시간 동안 협회에 새바람을 일으키고 있어 기대하는 바가 크다.

굴러온 돌의 반격

우리나라 여성운동의 역사는 일제강점기로 거슬러 올라간다. 1927년 신간회 자매단체로 근우회가 조직되면서 여성운동의 서막이 열렸다고 할 수 있을 것이다. 앞서 언급했지만, 우리나라 최초의 여성단체라고 할 수 있는 근우회 초대 멤버 중 한 사람이 나를 여협으로 이끈 김활란 박사이다.

내가 가입할 당시에 여협은 김활란을 위시한 이화여대 출신 박사들이 꽉 잡고 있었다. 이화여대 출신이 아닌 이사는 나 하나였다. 그래서였을까. 나는 좀 객관적인 시각으로 여협을 바라볼 수 있었다. 제3자의 눈으로 바라보자 문제점이 보이기 시작했다. 그런데 문제점과 개선 방향에 대해 의견을 제시하면 번번이 무시당하기 일쑤였다.

'내가 이화여대 출신이 아니어서 그런가? 내가 여성학을 전공한 사람도 교수도 아니기 때문인가? 그렇다고 이제 와서 대학에 다시 갈 수도 없고, 갑자기 교수가 될 수 있는 것도 아니지 않는가.'

이런 별별 생각이 다 들었다. 그때 나는 '내가 할 수 있는 범위 내에서 최선의 방법은 무엇일까?' 고민하기 시작했다. 그리고 고민 끝에 내린 결론은 단 하나였다.

'회장이 되자! 결정권을 가진 사람이 되어 파란을 일으켜보자!'

당시 여협 회장은 상당한 파워를 가지고 있었다. 산하 단체만도 40여 개에 이를 정도이고, 여협이 움직이면 대선 판도도 바꿀 수 있을 정도였으니 정치권도 무시하지 못하는 단체였다. 나는 1987년 그 수장 자리를 뽑는 선거에 도전하기로 했다. 3년 임기의 제11대 회장을 뽑는 선거였다.

당시 회장 선출은 피상적으로는 투표라는 민주적인 형식을 취하고 있었지만, 실질적으론 선대 회장이 지명한 사람이 거의 다음 회장으로 선출되었다. 그만큼 선대 회장의 입김이 셌고, 선대 회장과 같은 학교 출신이 아니면 당선되기가 어려웠다. 제11대 선거에서 후보자는 나 포함 다섯 명이었다. 다들 여협에서 자신의 지지 기반을 다져놓은 관록 있고 경험 많은 후보자였다. 그에 비해 경험도 부족하고 연줄도 없고 지지 세력도 미약했던 내가 입후보하자 모두 의외라는 눈치였다. '뭐 되겠어?'

라고 생각하는 사람들도 있었을 것이다.

하지만 의외로 협회에 신선한 바람이 필요하다고 느끼는 사람들도 많았다. 나를 지지하는 사람이 점점 늘기 시작했고 상대 후보 측에서도 경계하기 시작했다. 내가 선거판에 몰고 온 돌풍이 점점 세지자 나에 대한 비방도 생겨났다. 처음엔 외모에 대한 비난으로 시작되었다.

"저거 다 성형한 얼굴이라며?"

"코도 높이고 쌍꺼풀도 만들었대."

지금은 성형이 큰 흉도 아니고 오히려 당당하게 성형을 고백하는 것에 박수를 쳐주기도 하지만, 그때는 달랐다. 성형을 한 얼굴은 가짜로 취급받았고, 얼굴만 아니라 속마음까지도 의심받았다. 외모에 대한 비난뿐 아니라 사생활에 대한 유언비어도 퍼졌다. 내가 이병모의 첩이라는 소문은 약과였다. 내가 이 자리까지 오른 것이 다 몸으로 로비를 해서라는 해괴망측한 비난이 이어졌다. 후보들이 이런 유언비어를 공적인 자리에서 대놓고 떠들 정도였으니, 당시의 선거판이 얼마나 혼탁하고 과열 양상으로 치달았는지 짐작할 수 있을 것이다.

여협 회장의 중요도를 감안해 투표 당일에는 정부 기관에서 감독을 나왔다. 정부의 주무 부처에서도 사람이 나오고, 중앙정보부, 기자협회에서도 감독관이 나왔다. 경찰서장도 참석했다. 한 치의 부정도 나올 수 없는 분위기에서 선거가 치러지고 개표가 진행되었다. 160명의 선거인단 중에서 90표만 얻어도 당선이었다. 개표 결과 내가 102표를 얻었다. 압도적인 승리였고 파란이었다. 네 명의 후보자 모두 믿기지 않는다는 표정이었다. 부정이 없고서야 이런 결과가 나올 수 없다고 하기도, 굴러온 돌이 박힌 돌 빼내는 격이라고 격분하기도 했다.

내가 굴러온 돌이 맞긴 하지만 그렇다고 박힌 돌을 빼내고 싶지는 않았다. 박힌 돌과 더불어 잘 살아갈 자신도 있었다. 그들과 더불어 더 나은 협회를 만들어갈 수 있다고 생각했다. 그러나 그것은 나만의 착각이었다. 결국 낙선된 사람 중 하나가 투서를 넣었다. 투서의 내용은 '김경오가 부정 선거를 했다'라는 것이다.

나는 회장 취임식도 치르지 못하고 바로 다음 날 입건되었다. 충분한 조사나 검토는 고사하고 투서의 진위 여부조차 따지지 않고 곧바로 입건부터 한다는 것이 이해되지 않았다. 더군다나 관할 경찰서인 용산 경찰서에서 감독관이 나와 투표의 전 과정을 참관하지 않았던가. 아무리 무죄를 주장해도 통하지 않았다. 매일 경찰서로 불려가다 보니 회장 당선 이후 하고자 했던 일은 손도 못 댔다. 다행히 김금래 사무총장을 비롯한 여러 회원들이 내 빈자리를 채워주었다. 그들이 없었다면 그 파고를 넘지 못하고 오늘날의 김경오도 없었을 텐데, 아직까지 그 수고로움에 보답을 못 한 것 같아 미안한 마음이 든다.

경찰 조사 후 나는 검찰로 넘겨졌고 똑같은 진술을 반복해야 했다. 재판 끝에 1심에서 '혐의 없음'이 나왔다. 그런데 그걸로 끝이 아니었다. 검찰이 항소를 해서 재심까지 갔다. 재심 결과도 1심과 같았다. 고등법원에서도 무혐의 판정을 받았지만 검찰은 쉬이 나를 놓아주지 않았다. 결국 대법원까지 간 뒤에야 무혐의 확정 판결을 받을 수 있었다.

장장 18개월이 걸렸다. 최종 확정 판결이 날 때 보니 덕수궁 돌담길에 있던 검찰청이 강남으로 이전해 있었다. 그만큼 오랜 시간이 걸렸다. 그렇다고 기소와 재판 과정에 어떤 입김이 작용했다고 생각하고 싶지는 않았다. 그저 나를 무고한 사람들을 내 손으로 처벌하지 않아도 되어 다행스러웠다. 나를 무고한 7명의 인사들은 슬그머니 꼬리를 감추고 더 이상 협회에 얼굴을 비치지 못했고, 내 앞에는 밀린 일들이 산더미처럼 쌓여 있었다.

회장은 얼굴마담?

나는 회장이 '얼굴마담'이라고 생각한다. 이 말을 들은 대기업 회장들과 역대 여협 회장들은 대노할지도 모르겠다. 그저 내 경우엔 그랬다는 것이다. 회장은 실무를 하지 않는다. 대신 실무진들이 일을 제대로 할 수 있게 판을 깔고, 도움이 될 만한 정재계 인사들을 만나 영향력을 행사하거나 모금 운동을 하고, 그사이 발생하는 각종 문제들에 책임을 지는 것이다. 그런 일을 하는 사람을 얼굴마담이라고 하지 않던가. 실무진들을 독려하고 회사나 단체를 대표하는 상징 같은 존재 말이다.

내가 회장에 선출된 직후 가장 먼저 한 일이 판을 깔고 실무진들이 일할 맛 나게 하는 것이었다. 우선 직급부터 올리고 월급도 상향 조정했다. 담당자들의 직급이 낮을 때는 정부에 뭔가 어필하려고 해도 번번이 문전 박대당하기 일쑤였다. 법계 사법위원회에 갔다가 하루 종일 복도에서 기다리기만 했다는 소리를 듣고는 당장 직급부터 올렸다. 그랬더니 실장이었을 때는 안 만나주던 위원들이 사무총장 명함을 들고 가자 만나주었다. 직급이 올라가면 그만큼의 보수가 뒤따르는 것은 너무나 당연한 일. 사무총장에서 식당 아주머니까지 월급을 올렸다. 그러자 전투력이 상승하고 직원들이 신명 나게 일하는 소리가 들렸다.

그다음 한 일은 여협의 정관을 뜯어고치는 일이었다. 당시 여협 회장의 영향력이 막강하다 보니 여당에서는 회장에게 전국구 국회의원 자리를 내주곤 했다. 그래서 국회의원이 되기 위한 수단으로 여협 회장에 도전하는 사람들도 있었고, 회장 임기를 마치면 국회의원이 되는 것을 당연한 수순처럼 여겼다. 여협 회장을 지냈으면서 국회의원이 되지 못하면 바보라고 할 정도였다.

그런데 그 바보 중 하나가 나였다. 나는 처음부터 잿밥에는 관심이 없었다. 여협 회장직이 정계 진출의 발판이 되어서는 안 된다고 생각했다. 그래서 아예 정관을 뜯어고쳤다.

'한국여성단체협의회 회장은 국회의원이 될 수 없다.'

내부의 반발이 만만치 않았다. 하지만 현 회장이 특권을 내려놓고 해보겠다는데 딱히 반대할 명분도 없었을 것이다. 그렇게 정관을 손보고 여협 회장직이 국회 진출의 수단이 되는 것을

● 한국여성단체협의회 주최로 열었던 전국 여성대회에서

막을 수 있었다. 물론 내가 제11대, 제12대의 6년 임기를 마치고 회장직에서 물러난 뒤 슬그머니 예전의 정관으로 되돌아갔지만 말이다.

회장직에서 물러난 뒤에는 여협 활동에 전혀 관여하지 않았다. 전 회장이 드나들면 후임 회장에게 부담이 갈 수 있다는 생각에서였다. 나의 행보는 다른 곳으로 향했다. 바로 정치권에 입문한 것이다. 이게 무슨 이율배반적인 행보냐고 할지도 모르겠다. 정관까지 고쳐가며 협회장의 국회 진출을 막아놓고 왜 본인은 정계로 나가냐며 비난할 수 있을 것이다. 하지만 내가 반대한 이유는 사람들이 여협 회장직을 전국구 국회의원이 되기 위해 거쳐 가는 자리로만 여겼기 때문이었다. 자신의 이익과 출세를 위한 발판이나 수단으로만 취급하는 데 대한 반발이었다.

사실 국회에서 여성의 목소리를 대변해줄 국회의원이 절실했던 것은 여성계였다. 1960년대 이후 여성들의 숙원 사업이 바로 가족법을 개정하는 것이었다. 하지만 공짜로 주어지는 전국구 국회의원은 국회에서 힘을 발휘하지 못했다. 지역 주민의 지지에 의해 뽑힌 의원이 아니었으므로 그들에겐 발언권조차 제대로 주어지지 않았다. 그렇기에 여성의 권익을 높이고 국회에서 제대로 힘을 발휘하기 위해서는 지역구 국회의원이 필요하다고 생각했다. 하지만 여성이 지역구 의원으로 공천받는 것이 쉽지 않았다.

그런데 때마침 김종필 씨가 김영삼 대통령과 갈등 끝에 민주자유당을 탈당하고 '자유민주연합'(이하 자민련)을 창당하면서 내게 부총재직을 제안해왔다. 그들이 나를 필요로 하는 이유는 명확했다. 창당 당시 자유민주연합은 원내 교섭단체도 구성하지 못할 정도로 입지가 좁아져 있었기에, 세력을 넓히고 여성계의 지지를 끌어 모으기 위해 김경오라는 이름이 필요했을 것이다. 나 역시 그들에게 얻을 것이 있었기에 조건을 걸었다.

"우리 여성계가 원하는 만큼 지역구 공천을 주실 수 있습니까?"

"당연히 드려야지요."

나의 수락 조건은 단 하나, 지역구 공천이었다. 나를 공천해

달라는 것이 아니었다. 여성을 위한 법안을 발의할 수 있게 여성들에게 지역구 자리를 배정해달라는 것이었다. 여성이 지역구 의원으로 당선되기만을 오매불망 기다리던 나는 김종필 총재의 제안을 좋은 기회라고 생각했다. 김종필 총재도 지역구 의원 자리를 여성에게 내줄 것을 약속했으니 일이 성사된 것이나 다름없었다.

하지만 나는 자유민주연합의 부총재직을 바로 수락하지 못했다. 바로 남편 때문이었다. 남편은 결혼 전에 프러포즈를 하며 내게 다짐을 받았다. 그것은 바로 '정치는 절대 하지 않는다'였다.

"비행을 하든, 공부를 하든, 사회생활을 하든 절대 말리지 않을 것이오. 그런데 단 한 가지, 정계에는 절대 진출하지 마시오. 지켜줄 수 있겠소?"

결혼할 때는 정치에 전혀 뜻을 두고 있지 않았기에 절대 정치권을 넘보지 않겠다고 굳게 약속했었다. 물론 부총재직으로 가려던 이유도 정치를 하려는 것은 아니었다. 그저 여성들이 일할 수 있도록 판을 깔아주고 싶은 마음뿐이었고, 예의 '얼굴마담' 역할을 자처한 것뿐이었다. 그랬기에 우선은 남편을 설득해야 했다.

"내가 정치판에 뛰어들려고 하는 것은 자리를 탐내거나 권력을 갖기 위해서가 아니에요. 여성운동을 시작했으니 무라도 썰어야 되지 않겠어요? 여성 공천권을 따면 바로 그만두겠어요."

오랫동안 설득한 끝에 나는 간신히 남편의 동의를 얻을 수 있었다.

1996년, 나는 자유민주연합의 부총재가 되었다. 그리고 김종필 총재의 지지기반을 다지기 위해 지구당 결성대회를 쫓아 다니며 열성적으로 일했고, 실질적으로 많은 여성단체가 자민련에 가입을 하는 등의 성과를 내기도 했다. 하지만 여성 지역구 의원 공천이라는 나의 염원은 끝내 이루어지지 못했다. 자민련의 여성정책에 대한 비전이 너무 미약할뿐더러 나를 이용만 하려는 느낌이 들었기 때문이다. 그리고 무엇보다 자민련은 여성 공천에 별 관심이 없었다.

결국 나는 부총재직을 내려놓기로 결심하고 깨끗하게 그만두었다. 여성에 대한 비전도 공천에 대한 약속도 못 미더운 상황에서 계속 남아 있는 것은 미련한 짓이라는 생각이 들었다. 물론 내가 7개월 만에 그만둘 수밖에 없었던 데에는 이것 말고도 밝히기 어려운 내부적인 문제도 있었다.

끊임없이 도전하다

국제회의에 참석하는 동안 나는 많은 일에 도전했다. 불가능하다고 여겨지던 것에도 끊임없이 문을 두드렸고, 그만큼 원하던 결과를 얻기도 했다.

내 인생이 도전의 연속이라고도 할 수 있는데, 1991년에 나는 다시 한번 전례가 없던 일에 도전장을 내밀었다. 그것은 바로 국제항공연맹에서 시상하는 에어골드메달의 주인공이 되는 일이었다. 에어골드메달은 항공 발전에 크게 이바지한 비행사에게 주는 상인데, 수많은 비행사 중에서 일 년에 단 한 명만 받을 수 있는 항공계 최고 훈장이라고 할 수 있다. 주로 항공기 개발자, 우주 비행사 또는 미국, 소련 등 선진국 비행사에게 수여되었다. 제1회 수상자였던 이탈리아 '프란체스코 데 피네도'만

해도 장거리 비행의 가능성을 입증해서 세계 항공 여행의 시작을 알렸던 사람이다. 그 외에도 이름만 들어도 알 수 있는 쟁쟁한 사람들이 수상자 명단에 들어가 있을 정도로 수상 자체만으로도 항공계에서의 공로와 입지를 인정받을 수 있는 아주 권위 있는 상이다.

솔직히 이전의 수상자들에 비해 나의 경력은 미약했고 나라의 경제력 또한 받쳐주지 못했기에 내가 수상할 가망성은 거의 없었다. 내가 후보로 지원한다는 소리에 대놓고 말은 못 해도 '설마 되겠어?'라며 무시하는 사람들도 분명 있었을 것이다. 하지만 회원들은 대부분 좋은 생각이라며 나를 격려해주었고, 내게 투표하겠다고 말하기도 했다. 그들의 응원에 힘입어 에어골드메달 수상 후보에 등록을 했다. 도전한다고 비용이 더 드는 것도 아니고, 후보에 오르는 것만으로 내게는 소중한 경험이 될 것 같았다.

그런데 이변이 일어났다. 압도적인 표로 내가 에어골드메달 수상자로 선정된 것이다. 아무래도 내가 전투기 원조를 받아 전쟁을 치르던 가난한 시절부터 줄곧 항공인으로서의 자긍심을 지키며 한국의 항공 발전을 위해 노력해왔던 점을 높이 샀던 것 같다. 그리고 국제항공연맹 총회에 처음 참석한 1969년부터 한 해도 거르지 않고 100퍼센트 출석률을 보인 나의 성실성 때문이 아니었을까 짐작해본다. 수상자로 선정되자마자 나는 회원들을 향해 머리 숙여 인사를 했다. 항공인으로서 자긍심을 갖고 성실히 살아온 것에 대한 인정을 받은 것 같아 감사한 마음이 들었다.

메달 수여식은 그 이듬해 그리스 아테네에서 진행됐다. 에어골드메달은 Paul Tissandier Diploma*와 더불어 국제항공연맹에서 수여하는 최고의 상 중에 하나인 만큼 수여식도 성대하게 치러진다. 수여식에는 남편이 동행하는 것이 관례이기에 남편과 함께 갔다. 나도 긴장을 했지만 남편이 더 긴장을 한 것 같았다. 그래서인지 어이없는 실수를 하고 말았다. 무대 위까지 나를 에스코트해서 가야 하는데 혼자서 무대 위로 올라가는 실수를 저지른 것이다. 무대 아래 있던 내가 손을 흔들며 사인을 줬는데도 그걸 못 보고 혼자 올라가버렸다. 사람들이 막 웃자 그때서야 남편은 자신이 실수했다는 것을 알아차렸다. 그만큼 남편이 긴장을 많이 했는데, 수상 후에도 혼자 무대 아래로 내려가는 실수를 해서 사람들에게 즐거움을 선사해주었다. 상을 받는 사람은 나인데 왜 본인이 더 긴장을 했는지……. 아무튼 그날의 실수는 우리 부부에게 즐거운 추억으로 남았다.

에어골드메달은 항공인으로서 참 의미 있는 상이라고 할 수 있다. 하지만 한국에서는 나의 수상 소식이 별로 조명되지 않았

---

* 1919~1945 FAI 사무총장이었던 Mr. Paul Tissandier의 이름을 본떠 제정된 상으로, 경량항공 및 스포츠항공 부문에 특별한 공적이 있는 사람에게 시상한다.

● 국제항공연맹 총회에서 연설하며

다. 항공에 대한 관심이 그리 크지 않았기 때문일 것인데, 항공
의 중요성을 생각하면 우리나라의 이런 태도에는 좀 아쉬운 마
음이 든다.

사실 에어골드메달을 탄 것은 나 개인만의 영광은 아니었다.
국제사회가 그만큼 한국의 눈부신 발전을 인정한다는 의미이
기도 했고 한국의 위상이 그만큼 높아졌다는 뜻이기도 했다.

나는 우리의 높아진 위상을 세계에 알리고 국제무대에 당당
히 서기 위해 또 다른 계획을 세웠다. 바로 국제항공연맹 총회
를 우리나라에서 개최하자는 계획이었다. 개최지는 총회에서
투표로 결정하게 된다. 2007년, 나는 2년 뒤에 열릴 제103차 국

제항공연맹 총회 유치를 목표로 작업에 들어갔다. 우선 대한민국의 여러 도시 중에서 국제항공연맹 총회를 개최하기에 적합한 도시를 선정해야 했다. 서울, 대전, 인천 등 여러 도시를 돌며 가능성을 타진해보았는데, 최종 후보지로 결정된 도시는 인천이었다. 당시 인천은 경제자유구역인 송도국제도시를 조성하고 상하이, 두바이, 싱가포르에 비견되는 세계적인 도시로 거듭나고자 하는 계획을 세우고 있었기 때문에 경제적 파급 효과가 큰 국제항공연맹 총회 개최를 절실하게 희망하고 있었다.

2007년 그리스에서 열리는 제101차 국제항공연맹 총회에 참석한 나는, 제103차 총회를 한국의 인천에 유치하기 위한 활동을 펼쳤다. 총회에 유치 제안서를 제출하고 대한민국과 인천의 발전상을 담은 영상을 보여주었다. 또한 각국 대표단을 일일이 만나 투표를 부탁하기도 했다. 우리와 유치 경쟁을 벌인 도시는 포르투갈의 리스본과 덴마크의 코펜하겐이었다. 그동안 이 두 도시는 이미 총회를 개최한 적이 있었기 때문에, 오히려 아시아에서 유일하게 도전장을 낸 인천은 경쟁력이 있었다.

결과는 우리의 승리였다. 총 330표 중 206표를 얻었다. 이는 과반수가 넘는 수치였다. 우리나라가 개최지로 결정되는 순간 나는 감격의 눈물을 흘렸다. 그동안 국제항공연맹에서 활동했던 일들이 주마등처럼 지나갔다. 국제항공연맹에 가입만 하고 돈이 없어 총회에는 참석하지 못했던 기억도, 불쌍한 나라로 취급받던 어려운 시절 다른 선진국에 기가 죽지 않으려고 안간힘을 썼던 기억도 떠올랐다. 대한민국의 위상이 올라가면서 우리나라와 나를 얕잡아 보던 사람들의 시선도 변해갔다. 그리고 그 결실로 국제항공연맹 총회 유치라는 결과를 얻었다.

나는 그 어느 나라보다 훌륭하게 총회를 치르고 싶었다. 그래서 2년 동안 인천시와 협력하며 만반의 준비를 했다. 2009년, 마침내 우리나라에서 국제항공연맹 총회가 열렸다. 총회에 참석한 대표들은 우리나라의 눈부신 발전에 거듭 놀라고 주최 측의 푸짐한 대접에 감탄사를 연발했다.

'다들 보셨는가? 이곳이 바로 마담 킴의 나라, 대한민국이다.'

어쩐지 어깨가 으쓱했다. 그렇게 우리는 성공적으로 국제항공연맹 총회를 개최할 수 있었다.

약속을 지킨 대통령

나는 정치적인 인간이라고 생각하지 않는다. 정치권과 굉장히 가까운 거리에 있으면서도 정치와 가장 거리가 멀었던 사람이 바로 나다. 그럼에도 대통령을 비롯한 정치인과 자주 만나고 친교를 나눈 이유는 내가 각종 단체의 수장이기 때문이었지만, 무엇보다 내가 옳다고 생각하는 일을 하기 위해서 꼭 필요했기 때문이다. 그 외에는 사적인 욕심을 내거나 권력을 탐해본 적이 없고 정치색을 띠고 좌인지 우인지 편 가르지 않았다.

물론 나는 뼛속까지 군인이기 때문에 기본적으로 보수적인 사람이다. 그렇다고 무조건 옛것만 고집하는 꼰대는 아니다. 내가 잘못한 것이 있다면 깨끗하게 인정하고, 고쳐야 할 것이 있다면 주저 없이 고치려고 했다.

지금까지 나는 역대 대통령들을 만날 기회가 많았다. 단체나 협회의 수장 자리를 맡으면서 그 기회는 더 자주, 더 많이 생겼다. 특히 여협 회장을 할 때는 으레 대통령과의 만남 자리가 주선되었다. 대통령도 여협에 잘 보여야 할 필요가 있었고, 우리도 요구 사항이 있었다. 서로 필요충분조건 관계라고나 할까?

　　역대 대통령에 대한 내 평가 기준은 단 한 가지, '대통령이 되기 전에 한 약속을 대통령이 된 후 얼마나 잘 지키나'였다. 한마디로 화장실 들어갈 때와 나올 때가 같은 대통령이 훌륭한 대통령이라는 말이다. 흔히 선거 공약(公約)은 빌 공(空) 자를 써서 공약(空約)이라고 비꼬아 말한다지만, 한 나라를 이끌어가는 대통령이라면 자신이 뱉은 말에는 책임을 져야 한다는 생각에는 변함이 없다. 그런 측면에서 볼 때 가장 약속을 잘 지켰던 대통령은 김영삼 대통령이었다.

　　그동안 내가 역대 대통령들에게 꾸준하게 요구했던 것 중에 하나는 공군사관학교에 여생도를 입교시키는 것이었다. 여자항공대에서 1949년 제1기와 1950년 제2기 항공 후보생을 뽑은 이후로 여자 공군은 그 맥이 끊겨 있었다. 당시 입교한 제1기와 제2기 중에서 유일하게 끝까지 버텨 비행기를 조종한 사람은 나 한 사람뿐이었다. 그 한 사람마저도 군대에 끝까지 남지 못했다.

처음엔 후배들이 곧 들어올 수 있을 거라고 낙관했다. 하지만 10년, 20년이 지나도 군대는 요지부동이었다. 30년, 40년이 흐르고 여성들이 진출하지 못한 분야가 없을 정도로 사회 각지에서 여성들의 활약이 두드러졌음에도, 군대만은 문을 굳게 닫아걸었다. 마치 군대라는 곳이 남자들이 끝까지 수호해야 하는 마지막 보루라도 되는 양, 군대는 여자들의 접근을 철저하게 막았다.

그렇다고 포기할 수는 없었다. 대통령을 만날 기회가 있을 때마다 공군사관학교 여생도 입교를 부탁했다. 대통령들은 하나같이 후보 시절엔 내 부탁을 들어주겠다고 약속했고, 그 대신 우리 여성계의 전폭적인 지지를 요구했다. 하지만 언제나 그랬듯 대통령이 되면 약속을 지키지 않았다. 여생도를 위한 시설 마련이나 교육에 비용이 많이 든다는 손쉬운 핑계를 댔다.

"외국에 나가보세요. 공산 국가에서도 여성 인력을 놀리지 않아요. 우리나라에 언제 또 전쟁이 일어날지 누가 압니까? 여성들에게도 전투기를 몰고 나라를 위해 싸울 기회를 주세요."

하지만 그 말은 아무리 외쳐도 되돌아오지 않는 메아리일 뿐이었다.

1992년 다시 대선 철이 돌아왔다. 제14대 대통령을 뽑는 선거였다. 역시 여성계를 향한 후보들의 러브콜이 이어졌다. 선거철, 특히 대통령 선거가 있는 기간이 우리에겐 기회의 때였다.

대통령의 공식적인 약속을 받아낼 수 있는 절호의 기회였던 것이다.

김영삼은 당시 여당이었던 민주자유당의 대통령 후보가 되었다. 오랜 세월 야권 인사로 활동했던 그가 3당 합당을 통해 여당 후보로 선출되자 일각에서는 그를 가리켜 배신자라고도 했다. 그럼에도 그의 당선 확률은 높았다. 그리고 그 역시 다른 대선 후보들과 마찬가지로 여성운동 단체를 찾아 여성계의 목소리를 들었다. 대선이 있던 1992년은 내가 여성단체협의회 회장으로 재신임되어 두 번째 임기를 이어가고 있던 때였다.

"대선 주자님께서 대통령이 되시면 공군사관학교에 여자 생도를 뽑으시겠습니까?"

김영삼 후보는 잠깐 생각하더니 대답했다.

"뽑겠습니다. 왜 안 되겠습니까?"

"약속을 꼭 지키셔야 합니다. 옛날엔 날아가는 공약이었지만 지금은 실천하지 않으면 안 됩니다."

마침내 여생도의 공사 입교를 공약했던 김영삼이 제14대 대통령이 되었다. 하지만 그의 공약은 곧바로 이뤄지지 않았다. 청와대에 들어갈 때마다 김영삼 대통령께 건의를 했지만 그의 임기가 다 끝나갈 때까지 공군에서 여생도를 뽑는다는 소식은 들리지 않았다.

'이번에도 역시 무산되려나?'

마음을 접어야겠다고 생각할 때쯤 반가운 소식이 들려왔다. 1997년, 그의 임기 마지막 해였다. 그해 여생도 20명이 굳게 닫혀 있던 공군사관학교의 철문을 열고 입교했다. 역사적인 순간이자 감동적인 순간이었다. 내가 1949년 여자 항공대 후보생 15명과 함께 그 문턱을 넘은 이후 48년 만의 일이었다. 그후로 1998년에는 육군사관학교에서, 1999년에는 해군사관학교에서 여생도를 받기 시작했다. 3사 중에서 공군사관학교가 첫 포문을 열었다는 것, 그것만으로도 나에게는 의미 있는 일이었다.

여생도의 공군사관학교 입교는 여권신장 역사에서 상징적인 의미를 갖는다. 금녀의 마지막 영역이라 여겨졌던 사관학교의 단단한 벽을 깨고, 행정이나 간호 등 비전투 분야에만 머물던 여성들을 보조적인 위치에서 중심적인 위치로 끌어올렸다는 데 큰 의미가 있었다.

내 기억에 오래 남아 있는 또 다른 대통령은 노태우 대통령이다. 노태우가 직선제를 통해 제13대 대통령으로 당선된 1987년은 민주화의 열기가 최고조에 이르던 시점이었다. 민주주의를 요구하는 시대적 흐름을 타고 여성의 목소리에도 힘이 실리기 시작했다.

여성의 권리 신장과 민주주의의 발전은 따로 분리하여 논할

● 1997년 공군 첫 여자사관생도들과 함께

수 없는 불가분의 관계이다. 그렇기에 나는 여성의 권리를 높이는 일이 바로 민주주의에 이르는 지름길이라 여겼다. 하지만 민주주의의 한 축을 담당해왔던 여성운동은 그에 걸맞은 제대로 된 평가를 받지 못했던 것도 사실이다.

내가 여협 회장을 맡았던 1980년대 말에서 1990년대 초까지는 여성운동이 전환의 기로에 서 있던 시점이기도 했다. 여협은 그동안 여성 집단의 이익만을 대변하던 이기적인 집단이라는 오명을 씻고 좀 더 성숙한 미래지향적인 단체로 거듭날 필요가 있었다. 그러기 위해서는 회원들 스스로 여성이 우리나라 민주 발전의 주체임을 인식하고 당당해질 필요가 있었다.

1988년 11월, 때마침 전국 여성대회가 다가오고 있었다. 내가 여협 회장이 된 뒤 처음으로 치르는 전국 여성대회는 여성만의 잔치가 아닌 전 국민이 연대하고 즐기는 대회로 만들고 싶었다. 전국 여성대회를 통해 협회의 위상도 높이고 협회가 하는 일에 대한 정부의 지원도 이끌어내야겠다는 생각을 했다. 그러기 위해선 대통령의 참석이 무엇보다 필요해 보였다. 다른 나라의 경우 여성대회가 열리면 대통령이 꼭 참석을 하여 대회의 위상을 높이고 더불어 여성운동에 대한 일반인들의 주목을 이끌어낸다. 반면 우리나라는 언제나 영부인들만 참석을 했다. 그만큼 여성대회의 의미가 축소되어 있었다. 나는 대통령의 참석을 호소하는 공문을 보냈다.

'여성대회는 여성만의 축제가 아닙니다. 남녀가 조화롭게 살아가기 위해서 애써온 사람들을 격려하는 자리입니다. 대통령이 꼭 참석하셔서 그들이 더욱 힘낼 수 있게 용기를 북돋워주시고 격려해주시기 바랍니다.'

일이 성사되게 하기 위해 공문을 보내고 담당자를 찾아가는 등 실질적인 업무는 김금래 사무총장이 도맡아 해줬다. 그는 발이 부르트도록 뛰어다녔다. 수차례의 공문과 방문 호소가 이어진 후, 드디어 대통령이 답장을 보내왔다. 전국 여성대회에 참석하겠다는 것이다.

여성대회 역사상 처음으로 대통령이 참석한다는 소식이 전해지자 산하단체 여성 회원들이 잇따라 참석 의사를 밝혔다. 평소

400~500명 수준이던 참석 인원이 4,000명으로 늘었다. 이전보다 거의 10배에 이르는 인원이 된 것이다. 장소도 넓혀야 했다. 개최 장소를 대학 강당에서 올림픽 펜싱 경기장으로 변경했다. 물론 청와대 경호원들이 초대자 명단을 일일이 확인하고 립스틱까지도 철저히 점검했지만, 우리 역시 보안과 경호에 특별히 신경을 썼다.

나는 좌석 배치에도 세심히 살폈다. 이전에는 서울에 있는 여성단체의 장들이 그 앞자리를 차지하는 것이 통례였다. 그러나 그 관행을 깨고 시골 오지에서 열심히 활동하는 단체의 장이 맨 앞자리에 앉을 수 있도록 배치했다. 서울에 있는 단체장들은 대통령과 만날 수 있는 기회가 있지만 오지에 있는 단체장들은 그 기회가 거의 없기 때문이다.

행사 당일 대통령이 단상에서 내려와 맨 앞줄에 앉은 회원들에게 일일이 악수를 청하며 격려해주었다. 나는 사진사에게 한 분 한 분의 모습을 카메라에 담아달라고 부탁했다. 그리고 나중에 대통령과 악수하는 장면이 담긴 사진을 액자에 넣어 보냈더니 "그동안의 노력을 보상받는 기분이었다"라고 감사 인사를 전해 왔다.

"지방이라고 늘 소외받는 기분이었어요. 어차피 서울 사람들 잔치인데 굳이 차비 들이고 시간 낭비하며 참석을 해야 하는지 생각이 많았어요. 근데 맨 앞자리에 앉으니 대접받는 기분이더라고요.”

사실 도시보다 시골이 여성에 대한 차별이 훨씬 더 심하고 그만큼 일하는 환경도 더 열악할 수밖에 없다. 그럼에도 지방이기에 주목과 관심을 덜 받아왔던 것도 사실이다. 그들에게 대통령의 격려 한마디는 그동안의 노고를 보상하고도 남음이 있었다. 대통령의 참석만으로도 회원들의 자부심을 높일 수 있을 거라는 내 예상이 딱 맞아떨어진 것이다.

따지고 보면 역대 정부 중 여성정책이 가장 많이 만들어지고 여성의 지위가 눈에 띄게 좋아진 시기가 바로 노태우 정부 때였다. 여성문제를 전담하는 부서가 만들어지고, 각 시·도에 가정복지국이 신설되었다. 과장급 여성들을 모두 국장급으로 진급시켰고, 경찰대학에 여성 입학이 허락된 것도 이때이다.

일부에서는 노태우 정부가 독재정권에서 탄생했다는 태생적인 한계를 극복하기 위해 여성정책을 이용했다고 비난하는 사람도 있다. 물론 노태우 정부는 직선제라는 민주적인 방식으로 선출되었지만 전두환 정부의 연장이라는 치명적인 한계가 있었던 것도 사실이다. 이전 정부와 명확하게 선을 그을 필요도 있었을 테고, 독재의 그림자를 지워야 할 이유도 충분했다. 설령 노태우 정부가 이전 정부와 차별화를 위해서 여성정책에 힘을 기울이고 여성의 권익에 관심을 쏟았다 할지라도, 내게 가장 중요한 것은 ‘그래서 여성의 삶이 더 나아졌는가?’였다.

그가 실행한 정책으로 여성의 삶이 눈꼽만큼이라도 나아졌다면 그걸로 됐다고 생각했다. 그렇게 조금씩 나아가면 되는 것이다.

군번 50611

군인으로서 그리고 비행사로서 사람들에게 인정받는다는 것은 언제나 기쁜 일이다. 더군다나 내가 몸담았던 군에서 인정을 해준다면 그보다 더한 기쁨이 없을 것이다. 살아오면서 참으로 많은 훈장과 상을 받았지만 1999년 공군에서 수여한 'Command Pilot Wings'만큼 뜻깊은 훈장이 있을까 싶다.

1999년은 공군이 창설된 지 50주년 되는 해였다. 그 특별한 해에 최고의 조종사에게만 주어지는 Command Pilot Wings를 받게 됐다는 사실만으로도 가슴이 벅찼다. 행사 당일은 우산이 소용없을 정도로 비가 쏟아졌다. 궂은 날씨에도 서울 성남 비행장을 가득 메운 인파는 자리를 떠날 줄 몰랐다. 나는 비를 맞으며 시상대에 올랐다. 박춘택 공군참모총장이 내게 훈장을 달아주는데, 어느새 내 눈에서는 눈물이 흐르고 있었다. 빗물이라 생각했는데 눈물이었다.

공군 최고 영예 훈장을 수상한 뒤 박춘택 참모총장은 나와 대한민국항공회를 물심양면 도왔다. 그는 나와 같은 선배가 있어 공군의 역사가 빛나는 것이라며 자랑스러워했다. 나는 그런 후배, 박춘택 참모총장이 자랑스러웠다.

사람들은 내가 여자 비행사였다는 것은 알지만 군인이었다는 사실은 잘 모른다. 공군 장교 출신으로 6.25전쟁까지 참전했다는 것을 아는 이는 더 적다. 때 이른 제대로 민간항공 분야에서 활동한 기간이 더 길었기 때문에 생긴 오해일 수 있으나 나의 뿌리는 언제나 군대, 공군에 있었다.

나는 항상 내가 군인이었다는 것에 자부심을 갖고 살아왔다. 그러나 때로는 여자 항공대 출신이라는 이유로 정식 공군사관학교 출신으로 인정받지 못하고, 공군 역사에서도 제대로 자리매김하지 못했던 것도 사실이다. 또한 세월의 흐름에 따라 사람들의 기억 속에서도 밀려나야 했다. 내게는 평생의 근간이었던 군대였는데, 세월의 흐름에 따라 그 의미가 퇴색되고 기억에서 희미해지는 것이 못내 아쉬웠다. 그러다 내가 군인이었음을, 자랑스러운 공군이었음을 상기시키고 잊힌 여자 항공병의 존재를 세상에 다시금 알리는 행사가 있었다. 그게 바로 여자 항공

● 이계훈 제31대 공군참모총장에게 군번 목걸이를 수여받으며

병 군번 수여식이었다.

2009년 7월 8일, 이계훈 공군참모총장이 마련한 여자 항공병 군번 수여식에서 나는 다시 제작된 군번 목걸이와 팔찌, 시계를 받았다. 군번 50611. 이 번호를 받아 든 순간, 다시 그 옛날로 돌아간 것 같았다. 우리를 인정해주는 것 같아 눈물이 나왔다. 이계훈 참모총장 이전에 수많은 참모총장이 공군을 거쳐갔지만 누구 하나 여자 항공병의 존재를 재조명하려는 시도를 한 적이 없었다. 그가 처음이었고, 그래서 더욱 감사했다.

이 행사를 위해서 이계훈 참모총장은 먼지 쌓인 오래된 공군 자료에서 여자 항공병의 명단을 찾아내고 일일이 연락해 그들의 근황을 챙겼다. 여자 항공병 제1기생 중에 연락이 닿은 사람은 나를 포함해 3명뿐이었다. 김경오, 정숙자, 정광모. 군인에게 군번은 주민번호보다 더 소중하다고 하지 않던가. 주민번호는 잊어도 군번은 잊지 못한다고 할 정도로 군번은 군인의 존재를 증명하는 생명과도 같은 번호인 것이다. 그러니 이계훈 참모총장은 우리에게 단순히 군번만 준 것이 아니었다. 공군에 처박혀 있던 여자 항공병에 대한 자료를 정리해 공군 내에서 여자 항공병의 위상을 재평가하는 작업을 했고, 이는 우리에게 자부심을 불어넣어 주었다.

여자 항공병을 잊지 않고 우리가 공군 역사의 초석을 깐 선각자였음을 되새겨준 이계훈 참모총장이 참으로 고마웠다. 그래서 나는 매년 7월 8일이 되면 그를 초대에 점심 식사를 대접해 왔다. 처음엔 정숙자, 정광모가 함께했지만 5년 전 정광모가 먼저 세상을 떠나고 정숙자가 곧 그 뒤를 따라가면서, 이제는 혼자 식사 자리를 마련하고 있다. 그마저도 코로나19로 인해 2년째 만남을 이어가지 못했다. 이제 다시 그에게 따뜻한 밥 한 끼 대접해야겠다.

후배들아, 하늘을 부탁해!

항공레저스포츠 분야는 우리나라 항공 발전 역사에 당당하게
한 축을 담당해왔다. 그리고 앞으로 펼쳐질 우주항공시대를 맞
아 전략적으로 키우고 발전시켜야 할 분야 역시 항공레저스포
츠 분야일 것이다. 지금은 19만 명에 가까운 동호인들이 항공
레저스포츠를 즐기고 있지만, 1970~1980년대만 해도 항공레
저스포츠는 돈 있는 일부 마니아들만 즐기는 사치스런 기호로
인식되어왔던 것이 사실이다. 그도 그럴 것이 스카이다이빙이
나 패러글라이딩 같은 용어조차 생소하던 때였다. 항공레저스
포츠를 즐기는 사람을 찾기란 한양에서 김 서방 찾기, 모래밭에
서 바늘 찾기라고 할 만큼 어려웠다. 그때는 내가 대한민국항공
회라는 간판을 내걸고 우리나라 민간항공의 발전을 위해 고군

분투하던 때였지만, 앞으로 항공계를 이끌어갈 열정 넘치는 후배를 찾지 못해 고민이 깊어지던 시기이기도 했다.

그때 대한민국항공회의 문을 두드린 이가 있었으니 역대 국제항공연맹 최고집행이사를 역임하고 현재 한국스카이다이빙협회의 이사와 대한민국항공회 부회장을 맡고 있는 이종훈 사장이다. 지금도 대한민국항공회 사무실 문을 열고 들어오던 앳된 이종훈의 얼굴이 생생하게 떠오른다.

당시 이종훈은 연세대학교 정치외교학과 1학년생으로, 스카이다이빙을 하고 싶다고 했다. 스카이다이빙은 주로 12,000피트 또는 15,000피트 상공에서 뛰어내려 50초간 자유낙하를 하다가 지상 가까이 이르렀을 때 낙하산을 펴고 하강하는 스포츠이다. 초보자는 비행기에서 뛰어내리는 순간 기절하기도 하고 욕심을 부리다 낙하산을 펴는 순간을 놓치기도 하는, 그래서 자칫 목숨까지 잃을 수 있는 위험한 스포츠이기도 하다. 나는 이 어린 학생이 스카이다이빙의 위험성을 알면서도 덤비는 것인지 의아해서 물었다.

"연세대학교 학생이라고? 아니, 앞날이 창창한 학생이 왜 그 위험한 걸 하려고 하나? 돌아가서 공부나 열심히 하세요."

내 딴에는 걱정이 돼서 한 말인데 그는 이 말에 아주 기분 나빠했다.

"회장님은 그런 소리 하시면 안 되는 거 아닙니까? 그 누구보다 항공레저스포츠를 키워야 할 분이 제게 돌아가서 공부나 하라고 말씀하시다니요."

그의 따끔한 한마디가 무거운 망치가 되어 뒤통수를 때렸다. 하지만 우리나라는 항공레저스포츠의 불모지나 다름없었다. 의지와 열정만으로 할 수 있는 게 아니었다. 교육 기관이 따로 있는 것도 아니었고 교육할 코치조차 없었다. 더 큰 문제는 고공낙하에 쓸 항공기를 대여하는 일이었다. 남북이 갈라져 있는 한반도의 특수한 상황으로 인해 민간인이 비행기를 타고 하늘로 올라간다는 것은 거의 불가능했다. 항공청이 민간인에게 허가를 내주는 일도 거의 없었다.

이럴 때 내가 기댈 곳은 군대밖에 없었다. 나는 열정 넘치는 이 젊은이가 고공낙하 훈련을 받을 수 있도록 육군 특전사령부와 연결을 하고, 육군항공기(UH-1H)와 특전사 장비도 지원받을 수 있도록 주선했다. 군의 특별 배려로 그는 특전사 소속 장병들이 정기 훈련을 할 때 함께 강하 훈련을 받을 수 있었다. 하지만 그는 여기서 만족하지 않았다. 첫 고공낙하를 할 때의 짜릿함을 잊을 수 없었던 그는 결국 미국으로 건너가 USPA(미국낙하산협회)에서 발급하는 스카이다이빙 교관(Instructor) 자격증을 따고, 몇 년 후에 교관을 가르칠 수 있는 시험관(Examiner) 자격증도 땄다. 귀국 후에도 스카이다이빙을 계속 이어갔다. 심지어

신혼여행을 가서도 신부와 탠덤* 다이빙을 했다고 하니 그가 얼마나 스카이다이빙에 진심이었는지 알 수 있을 것이다.

이종훈 사장은 스카이다이빙을 단순한 취미로만 여기지 않았다. 그는 머지않아 마이 플레인(my plane) 시대가 도래할 것이라 예측하고 우리나라가 하루빨리 항공 관련 산업에 투자해서 궁극적으로는 우주산업 분야를 선도해나가야 한다고 주장했다. 나 또한 그와 같은 생각이었기에 우리는 대한민국 항공 산업 발전을 위해 의기투합할 수 있었다.

나는 그에게 국제항공연맹 총회에 참석하기를 권유했고, 그는 국제항공연맹에서 자신의 역할을 톡톡히 해냈다. 그가 국제항공연맹 회의에 참석한 지 3년째 되던 해, 나는 다시 한번 그에게 국제항공연맹 최고집행이사에 도전해볼 것을 권유했다. 당시 최고집행이사국은 6개국이었고, 최고집행이사들 대부분이 60대 초반의 원로들이었다. 총회에 참석한 지 3년밖에 안 된 40대의 젊은이가 도전하기엔 쉽지 않은 일이었다. 하지만 나는 그것이 오히려 강점이 될 수 있다고 그를 설득했고, 그도 용기를 내주었다. 그리고 마침내 그는 최고집행이사에 선출되었다. 그 당시 그는 국제항공연맹도 국제축구연맹(FIFA)처럼 자체적으로 수익을 낼 수 있는 모델을 개발해야 한다고 역설하고

---

* Tanderm, 교관과 초보자가 2인승 낙하산을 이용해 함께 낙하하는 방식을 말한다.

미래 비전을 제시했는데, 그게 회원국들의 마음을 움직인 것 같았다.

그와 인연을 맺은 지 오래되다 보니 재밌는 일화도 많다. 그중 하나가 노무현 대통령이 당선됐을 때의 일인데, 자칫하면 어려움에 빠질 수 있던 위험천만한 계획을 벌인 적이 있었다. 우리는 노무현 대통령 취임에 맞춰 취임을 축하하고 대한민국 항공회도 알릴 겸 빅 이벤트를 준비하고 있었다. 어떤 이벤트를 벌여야 대통령과 그를 지켜보는 국민들에게 깊은 인상을 남길까 고민하다가 스카이다이빙이 생각났다. 노무현 대통령이 12,000피트 상공에서 뛰어내린다고 상상해보라. 이 얼마나 멋진 일인가? 그래서 이종훈 사장에게 한번 해보자고 제안을 했다.

"이종훈 사장님이 노무현 대통령을 안고 스카이다이빙을 하면 어떨까요? 그럼 정말 인상적이지 않겠어요? 노무현 대통령에게도 잊지 못할 추억이 될 것이고……."

좋은 아이디어라고 칭찬을 들을 줄 알았는데 이종훈 사장은 버럭 소리를 질렀다.

"총재님, 지금 제정신이에요? 그러다 잘못되기라도 하면 총재님은 나라를 팔아먹은 역적이 되는 것은 물론이고, 자칫하면 북파 공작원이라는 누명까지 쓸 수도 있어요."

진보 대통령이 만에 하나 실수로 목숨을 잃게 된다면 사람들은 대통령 죽음에 누군가가 개입한 건 아닐까 의심할 것이고, 그것이 공산당 세력 아니겠냐는 음모론이 힘을 얻을 것이며, 결국 행사를 주최한 대한민국항공회가 주범이 되어 조리돌림을 당할 것이 뻔하다는 얘기였다. 나는 할 말이 없었다. 그저 이벤트가 선사할 효과와 이목에만 집중했지 일이 잘못되었을 때 몰려올 파급과 그 책임에 대해서는 미처 생각하지 못했다. 역시 현장에서 직접 체험하는 사람이다 보니 상황판단이 빨랐던 것 같다. 결국 노무현 대통령을 안고 스카이다이빙을 한다는 계획은 상상으로만 끝났다. 만약 그때 이종훈 사장이 브레이크를 잘 잡아주지 않았다면 정말 아찔한 순간을 맞이할 수도 있었겠다는 생각에, 지금도 그때를 떠올리면 식은땀이 흐른다.

이종훈 사장은 지금까지 우리나라 항공 발전을 위해 그 누구보다 앞장섰던 사람이다. 그가 만든 한국스카이다이빙협회는 국제대회에서 늘 상위권을 차지하고 있으며, 요즘엔 스카이다이빙을 올림픽 공식 종목으로 만들기 위해 백방으로 뛰고 있다.

우리나라 민간항공 발전에 견인차 역할을 해왔던 또 한 사람이 있다. 바로 '진글라이더'를 세계적인 기업으로 우뚝 세운 송진석 사장이다. 그와 인연을 맺은 것 역시 대한민국항공회에서 일할 때이다. 그는 패러글라이딩을 좋아하던 젊은이였다. 패러글라이딩이라는 개념조차 없었던 1970년대 말, 그는 대학에서 패러글라이딩을 처음 접했다고 한다. 패러글라이딩을 하다가 다리가 부러지는 사고를 당하고 그 후 다리까지 절게 되었지만, 그는 패러글라이딩을 멈추지 않았다. 처음에는 취미로만 즐겼지만 점점 패러글라이딩의 매력에 빠져들다가 장비에 관심을 기울이게 되었고, 직접 장비를 제작해야겠다는 생각까지 이르게 된 것이다. 결국 패러글라딩 장비 제작에 앞선 기술을 보유하고 있던 독일로 유학을 가기로 마음먹었지만 그 일은 좀처럼 이루어지지 않았다.

이런 그의 사정을 눈치챈 나는, 국제항공연맹 총회에 갔을 때 독일 대표를 따로 만나 송진석의 사정을 얘기하면서 그가 일을 하며 기술을 배울 수 있는 업체를 알아봐달라고 부탁했다. 그렇게 해서 그는 독일에 있는 글라이더 제작 업체에 취직을 하고 기술을 배울 수 있었다. 훗날 그가 얘기하길, 생활비를 아끼기 위해 회사 격납고에 텐트를 치고 지냈을 만큼 독일에서 고생을 많이 했다고 한다. 그래도 그는 기술을 배우고 패러글라이딩의 종주국인 유럽에서 마음껏 하늘을 날 수 있어서 행복했다며 이야기했다.

그렇게 갖은 고생 끝에 기술을 익히고 돌아온 송진석은 진글라이더라는 패러글라이더 제작업체를 세웠고, 진글라이더를 세계 제일의 명품 글라이더 업체로 키워냈다. 1998년 이후 패러글라이딩 월드컵 대회 우승자는 모두 진글라이더 제품을 탔을 만큼 진글라이더는 세계 최고의 제품을 생산해내고 있다. "신 (God)은 믿지 않아도 진(Gin)은 믿는다"는 말이 있을 정도로, 패러글라이딩 선수들이 입을 모아 칭찬할 정도이니 그 제품의 품질과 우수성은 말해 무엇하겠는가. 이렇듯 진글라이더가 전 세계 글라이더가 타고 싶어 하는 명품으로 거듭날 수 있었던 것은 송진석 사장의 열정과 노력 덕분일 것이다. 그는 신제품이 나올 때마다 직접 하늘을 날며 테스트를 했고, 오랜 경험을 통해 익힌 노하우는 신제품의 장단점을 정확하게 잡아낼 수 있었다. 세계 최고의 명품은 이렇게 탄생하게 된 것이다.

우리나라 민간항공을 이끌어가고 있는 사람이 또 한 명 있다. 그가 바로 대한민국항공회 기술부회장을 맡고 있는 이수열 부회장이다. 이수열 부회장도 단순히 취미로 시작한 것이었다. 대학교 1학년 때 모형항공기대회에 참가하면서 시작된 인연이 그를 민간항공계로 이끌었다. 취미가 직업으로까지 이어진 케이스인데, 원래 그의 꿈은 정치가였다. 그는 당시의 젊은 이들처럼 세상을 바꾸고 싶어 했고, 그래서 그 누구보다 앞장서서 독재타도를 외쳤다. 하지만 시대는 그를 받아들이지 못했고, 반정부인사로 찍혀 정치는커녕 취직조차 하기 힘든 처지에 놓여 있었다.

정부는 철저하게 그의 손발을 묶어 꼼짝 못하게 했다. 나는 그런 인재가 날개가 꺾인 채 재능을 펼치지 못하는 상황이 안타까워 그에게 대한민국항공회에 들어오라고 권유했다. 그 후 그는 대한민국 항공 발전을 위해서 살았다. 모형항공기를 날리던 때의 경험을 바탕으로 활공 기술을 연구해 활공 이론 기초를 정립했고, 민주화 운동을 주도하던 경험을 살려 협상가로서의 면모를 발휘하기도 했다. 정부와 협상이 필요할 때면 그가 나서서 타협을 하고 언제나 해법을 찾았다.

이종훈 사장이나 송진석 사장, 그리고 이수열 부회장 모두 지금은 60이 넘은 나이가 되었지만, 내 기억에 그들은 언제나 젊은이의 모습으로 남아 있다. 그것은 그들이 여전히 하늘을 나는 현역이고, 젊은이들 못지않은 패기로 대한민국의 하늘을 책임지고 있기 때문일 것이다. 더 고무적인 것은 그들의 뒤를 이어 우리 항공계를 이끌어갈 인재들이 많다는 것이다. 그들에게 선배로서 한마디 하고 싶다.

"후배들아, 하늘을 부탁해."

마지막 비행

한밤중에 절로 눈이 뜨였다. 갑자기 낯선 느낌이 들었다. 주위를 둘러봤다.

'아, 여긴 미국 보영이네 집이지.'

나는 자리에서 일어나 화장실로 향했다. 그런데 변기에 앉으려는 순간 천장이 핑그르르 돌았다. 무언가 내려앉는 기분이었다.

'내 몸이 무너지고 있구나.'

그 순간 맨 땅에 머리를 쾅 찧었다. 한참 후 정신을 차리고 거울을 보니 이마에 벌겋게 혹이 나 있었다. 정신을 잃은 것은 처음 겪는 일이었다. 나는 정신을 차리자마자 곧바로 찬물로 샤워를 했다. 정신이 번쩍 들었다. 방금 전 쓰러졌던 사실이 마치 꿈처럼 느껴졌다.

　나중에 이 사실을 안 딸네 부부가 난리가 났다. 결국 딸아이의 성화에 못 이겨 병원에 가서 진찰을 받았다. 의사는 내가 나이에 비해 건강하다는 진단을 내렸다. 딸은 가슴을 쓸어내렸다. 하지만 나는 마음이 착잡했다.

　'이제 비행은 그만두어야겠구나. 세월이라는 관성을 밀어내며 버텨왔는데, 이제 그만 내려와야 할 때인가 보다.'

　그러고 보면 내 삶은 관성을 이기는 삶이었던 것 같다. '여자라서 안 돼'라는 편견과 맞서 싸웠고, 잘 살기 위해서는 이래야 한다는 세상의 법칙에도 저항했으며, 나이라는 한계도 극복하려고 했다. 사실 비행 자체도 중력이라는 관성을 극복하는 과정이지 않던가.

　그러나 이제는 시간을 거스를 수 없음을 인정해야 하는 순간이 온 것이다. 비행을 하다가 정신을 잃는 일이 생기면 그건 바로 죽음을 의미하니까. 그때가 2009년이었다. 그렇게 12년 전 나는 마지막 비행에 나섰다.

　2009년 겨울, 오클라호마 시티의 윌 로저스 월드 공항(Will Rogers World Airport)에 들어섰다. 하늘도 오늘이 마지막 비행이라는 것을 아는 것처럼 날씨는 더할 수 없이 쾌청했다. 비행기에 오르기 전에 윌 로저스 월드 공항에 있는 세계 여자 비행사 박물관을 둘러봤다. 세계 곳곳에서 활약한 쟁쟁한 여자 비행사들 사

● 세계 여자 비행사 박물관에 있는 김경오 전시관 앞에서

이에 '김경오 전시관'이 마련되어 있었다. 참고로 우리나라 여자 비행사 중에서 유일하게 전시관이 마련되어 있는 사람이 나 김경오다. 멀리 있는데도 태극기가 눈에 띄었다. 나는 태극기를 보면 항상 가슴이 벅차오르는데, 그 순간 다시 한번 가슴이 벅찼다.

전시관에는 과거부터 오늘날까지 나의 활약상이 전시되어 있었다. 그곳을 둘러보면서 나의 과거가 주마등처럼 흘러갔다. 공군에 입대하던 날부터 지옥 같던 비행 훈련, 단독 비행 그리고 그 이후의 활동들까지……. 나의 한평생이 거기에 펼쳐져 있었다.

드디어 날아올랐다. 마지막 비행이다. 하얀 구름을 뚫고 올라가자 여느 때처럼 파란 하늘이 나를 맞이해주었다. 하늘에 오르면 언제나 설레었다. 왠지 좋은 일이 생길 것 같고, 사랑이 막 이루어질 것 같았다. 이런 설렘이 나를 오래된 기억으로 이끌었다.

공군에서 수송 업무를 할 때였다. 사천에서 대구로 향하던 비행에서 나랑 똑같은 기종의 비행기를 만났다. 너무나 반가워 날개를 위아래로 흔들었다. 그랬더니 상대방도 날개를 흔들어 답했다. 아무것도 아닌 일상적인 인사였는데, 어찌나 다정하게 느껴지던지! 그 사람과 당장 연애라도 할 수 있을 것 같았다.

'저 안에는 누가 타고 있을까? 저 사람은 어떤 사람일까? 다정한 사람일까? 저 사람은 내가 여기에 타고 있는 걸 알까? 나인 줄 알고 저렇게 신나게 날개를 흔드나?'

이런 혼자만의 상상을 하며 사천까지 갔던 기억이 난다. 따뜻한 기억이다. 이름 모를 누군가가 건넨 다정한 날갯짓이 내겐 큰 위로가 되었다. 군대에서 무지막지한 고립감에 시달리고 있던 때라서 더 다정하게 느껴졌는지도 모르겠다.

그때 이름 모를 비행기가 내게 건넨 따뜻한 인사처럼, 하늘은 언제나 나를 위로해주었다. 지상에서의 시름을 달래준 것도 하늘이었고, 협잡꾼이 판치는 세상이라도 살아볼 만하다는 의지를 다지게 해준 것도 하늘이었다. 하늘에 올라가면 땅에서 느끼는 오욕, 절망, 상실을 잊을 수 있었다.

첫아이를 가졌을 때도 나는 매일 비행기를 탔다. 둘째를 낳을 때는 비행기를 국가에 기부한 뒤라서 맘껏 비행기를 탈 수 없었기 때문에 입덧을 고추장으로 달래야 했지만, 만약 비행기를 탈 수 있었다면 입덧도 잊지 않았을까 싶다. 비행기를 타면 거짓말처럼 입덧도 사라지고, 남편과 밤새 싸웠던 일도 잊을 수 있었다. 첫아이 태교는 비행기에서 했다고 말할 수 있을 정도로 비행은 내 삶에 지대한 영향을 끼쳤다.

하늘은 내 친구였고, 애인이었으며, 위안이었다. 이런저런 추억을 떠올리며 마지막 비행을 했다. 20분 정도 비행을 하며 파란 하늘을 가슴에 담았다. 그렇게 마지막 비행을 끝냈다. 이제 더 이상 설렐 일이 없을 것이다. 비행에 대한 기대와 설렘으로 가슴이 두방망이질 치는 경험을 다시는 할 수 없을 것이다. 그것이 제일 슬펐다. 나에게서 비행을 뺀 삶이란 덤 같다는 생각이 들었다.

오클라호마에서 집으로 돌아가는 길, 승무원에게 샴페인을 부탁했다. 그리고 샴페인을 들며 내 사랑 하늘에게 이별을 고했다.

"이제 내게는 가장 먼 비행만이 남아 있겠지. 그때까지 Goodbye my dear blue sky."

그대 편히 잠드소서

2017년 1월 13일, 남편이 우리 곁을 떠났다. 자기 삶을 철저하게 관리했던 사람이었는데, 단 하나 끊지 못했던 담배가 결국 그의 발목을 잡았다. 오랜 세월 축적해온 니코틴이 남편의 폐를 장악하고 들러붙어서, 가벼운 감기조차 이기지 못할 만큼 약해진 육체는 결국 폐렴으로 이 세상과 등을 졌다.

김경오의 남편으로 산 남자, 이병모. 사회적으로 성공한 여자의 남편으로 사는 것이 쉽지는 않았을 것이다. 결혼 전부터 나는 이미 스타나 다름없었고, 남편도 내게 청혼하기 전에 이미 어느 정도 각오는 했을 것이다. 내게 결혼 조건으로 내건 것이 딱 하나 '정치만 하지 마라'였으니, 나라는 여자가 애초에 집 안에만 들어앉아 알뜰살뜰 살림할 여자로 보이지는 않았을 것이고, 그래서 정치만 하지 말라며 나름 배수진을 친 것이었으리라.

하지만 살다 보면 어디 처음의 각오와 다짐이 그대로 유지되던가. 연일 기사가 나고, 세계적 명사들과 오찬을 하고, 고위층 인사들과 나란히 사진을 찍는 아내가 자랑스럽기만 하지는 않았을 것이다. 남들의 입에 내 이름이 오르내리는 것이 못마땅했을 것이다. 평생 눈에 띄는 행동을 삼가며 타인의 관심을 부담스러워하는 성정이었으니, 스포트라이트를 받는 아내가 어디 좋기만 했겠는가. 더군다나 남편의 고등학교 동기들은 다들 정재계에서 한자리씩 차지하며 그 위용을 유감없이 발휘하고 있던 터라, 남편은 남자로서 상대적 박탈감 같은 것도 느꼈을 것이다.

그럼에도 불구하고 남편은 단 한 번도 내 사회활동에 태클을 건 적이 없었다. 지나가는 말이라도 아내를 무시하거나 내 사회생활을 폄하하는 발언을 한 적이 없었다. 오히려 말없이 도와주고 격려해주는 편이었다. 시댁에서 바람막이가 되어주었던 것은 물론이거니와 사회에서 크고 작은 파란을 만날 때마다 버팀목이 되어주었다. 자민련 부총재직을 맡고 지방 여기저기 정신없이 다닐 때 벽돌 카폰을 마련해준 것도, 덜덜거리는 낡은 자동차를 새 차로 바꿔준 것도 남편이었다. 총재 차가 워낙 빨라서 뒤따라가다 길을 잃고 헤맸다는 말을 마음에 담아두었다가 최신형 자동차의 키를 슬그머니 넘겨주기도 했다. 국제회의에 참석하기 위해 해외에 나가 있을 때조차 내 스케줄을 줄줄 꿰고 있는 사람이 남편이었다.

하루 종일 회의에 지쳐 호텔방에 들어오면, 타이밍이 딱 맞게 남편의 전화가 걸려왔다.

"지금 막 호텔방에 들어왔는데 어떻게 알았어?"

"당신 스케줄표 보고 알았지 뭐. 오늘의 의제는……."

오늘의 의제까지 세세히 다 파악하고 있어서 한번은 이렇게 물은 적이 있다.

"그건 또 어떻게 알았대? 내 방에 카메라 달아놨어?"

내가 닥치면 그때그때 해내는 사람이었다면, 남편은 미리미리 대비하고 꼼꼼하게 계획하는 사람이었다. 지금도 스케줄이 생길 때면, 남편이 아이들과 거실에 앉아 내 스케줄표를 들여다보며 "엄마 회의 끝날 시간인데 전화해볼까?" 하며 미소 짓는 풍경이 그려진다.

남편이 땅을 팔아 내 뒷바라지를 한 적도 있었다. 내가 한창 여협 회장으로 활동하던 때이다. 회장의 주 업무 중 하나가 후원금을 모으는 일이었다. 비영리단체이다 보니 협회 운영을 후원금에 의존할 수밖에 없었고, 모금활동을 하다 보면 이리저리 돈 쓸 일이 많았다. 후원을 부탁하는 입장이기에 기본적으로 밥값 등은 내가 지불해야 했다. 오늘날처럼 활동비가 따로 나오는 것도 아니어서 알게 모르게 사비가 많이 들어갔다. 물론 내가 생계를 위해 돈을 벌어야 하는 부담은 없었지만, 월급을 몽땅 쏟아붓고도 내 주머니는 늘 가난했다. 한번은 남편이 그런 사실을 어떻게 알았는지 내게 돈뭉치를 내밀었다.

"웬 돈이에요?"

"땅 팔았어. 남들한테 굽신거리지 말고 맘대로 꺼내 써요."

광에서 곶감 빼 먹는 기분이 이럴까? 장롱 속에 현금 뭉치를 넣어두고 야금야금 꺼내 썼다. 그때는 돈이 생겨 좋기만 했지 남편의 마음 같은 건 헤아릴 줄도 몰랐다. 남편이 해주는 걸 너무나도 당연한 듯 받았다. 여유가 있으니까 해주는 거라고 생각했다. 내가 빛날수록 남편과 아이들도 빛나는 거라고 생각했다.

하지만 그건 어쩌면 남편에 대한 부채감을 덜고자 하는 자기 위안이었을지 모른다. 그때는 남편이 김경오라는 사람의 존재를 빛내주기 위해 자신의 채도와 명도를 낮추고 있었다는 걸 애써 외면했다.

'남편이 평범한 여자를 만났더라면, 그러면 더 크게 뻗어나가지 않았을까?' 하는 생각이 든 적도 있다. 그러나 이병모는 자신의 명함 속 직함보다 김경오의 남편으로 사는 것에 만족했을 것이다. 솔직히 확신은 없다. 그저 불평하지 않았으니 만족했을 거라고 믿고 싶을 뿐이다. 지금에 와서 돌아보니 그는 나보다

● 비행이 끝나고 남편과 함께

더 큰 사람이었다. 뜨거운 태양과 같은 나라는 사람을 온몸으로
품었으니 말이다.

남편의 마지막 모습이 선연하다. 동생들과 딸들에게 큰 산이
었던 남편의 육체는 작게 오므라들어 있었고, 당장이라도 끊어
질 듯이 가늘게 호흡하고 있었다. 의사는 이 밤을 넘기기 어려
울 거라고 했다.

그날 나는 남편을 꼬옥 껴안고 귀에 대고 속삭였다.

"이병모 씨, 우리 지난 50년 동안 서로 사랑하고 잘 살았어.
그렇지? 나는 지금도 당신을 사랑하고 있고 앞으로도 사랑할
거야."

남편이 잡은 내 손에 힘을 꾹 주었다. 마지막 힘까지 그러모

아 내 말에 답한 것이리라. 그게 마지막이었다. 한마디 말도 못 하고 그의 영혼은 안식의 세계로 떠났다.

죽음은 또 다른 도전

2021년 7월 20일 반가운 소식이 들려왔다. 멀리 미국에서 날아온 소식, 윌리 펑크라는 82세의 여성이 우주 비행에 성공했다는 소식이었다.

'와우, 82세!'

내일 당장 죽는다고 해도 호상이라고 칭송받을 나이. 그 나이에 우주선을 탔다니 놀라웠다. 윌리 펑크는 우주탐사기업 블루오리진이 띄운 로켓 '뉴 셰퍼드'의 명예 승객이 되어 우주로 날아올랐다. 아마존의 창업자이자 블루오리진을 세운 제프 베이조스가 함께했다. 내가 윌리 펑크라는 이 여성에 주목하는 이유는 그녀가 60년 전에 여성이라는 이유로 우주선 탑승 기회를 빼앗긴 적이 있기 때문이다.

1960년대 초 윌리 펑크는 미 항공우주국 나사에서 진행한 우주 비행사 훈련을 받았다. 귀에 차가운 물을 붓거나 방사능 물을 마시는 등의 혹독한 훈련을 마치고 우주 비행사 시험을 통과했다. 단연 13명의 여성 가운데 1등이었다. 하지만 그녀는 우주선을 탈 수 없었다. 고속 전투기 조종사가 아니라는 이유에서였다. 당시엔 여성이 고속 전투기를 모는 것이 금지되었기에 우주선 탑승 요건으로 전투기 조종 경력을 넣은 것은 결국 여성에 대한 차별이었다.

그러나 그녀는 낙담하지 않고 끊임없이 도전했다. 조종사가 되어 1만 9,600시간 동안의 비행 기록을 보유했고, 3,000여 명에게 조종을 가르쳤다. 우주여행에 대한 꿈도 포기하지 않고 기회가 있을 때마다 문을 두드렸다. 그리고 그 결실이 60년 만에 맺어진 것이다.

나 또한 나사에 일하고자 하는 꿈을 꾼 적이 있었기에 윌리 펑크의 뒤늦은 도전과 성취가 남 일처럼 느껴지지 않았다. 당시에는 내가 "나사에서 일하겠다", "우주선을 타겠다"라는 포부를 밝히면 사람들이 비웃었다. 허황된 꿈이라고 여겼다. 그러니 지금 그녀의 성공은 나의 성공에 다름없는 것이리라. 그녀의 소식을 듣고 가슴이 두근거리고 벅차올랐다.

그러나 한편으로는 알 수 없는 어떤 감정이 끓어올랐다. 그것은 부러움이었다. 80 인생을 살면서 거의 모든 것을 이루었다고 생각했다. 새삼 부러울 것이 없을 거라고 생각했다. 그런데 지금 이 순간 그녀가 너무 부러웠다.

누군가 내게 '버킷 리스트'를 물으면 한참 고민을 했다.

'더 바라는 것이 있나? 이만하면 괜찮은 인생 아닌가?'

내 인생에서 이미 많은 것을 이루었고 내 삶에 만족했기에 딱히 더 하고 싶은 일이 없었다. '이제는 물 흐르듯이 살다가 감정의 동요 없이 평온하게 생을 마감하겠지' 생각했다. 그런데 7월 20일, 나와 비슷한 시기를 살았던 한 여성이 팔순이 넘어 우주 비행을 하게 되었다는 소식이 이토록 질투심에 휩싸이게 하다니. 이 불꽃같은 감정에 스스로 놀랐다. 질투란 젊음의 전유물이라 생각했는데 아니었나 보다.

이 질투라는 감정의 본질을 가만히 들여다본다. 그 안에는 '도전'이라는 두 글자가 있었다. 내가 부러웠던 것은 월리 펑크의 눈부신 성과가 아니었다. 내가 이루지 못한 우주 비행사의 꿈을 그녀가 이루어서도 아니었다. 그녀의 지칠 줄 모르는 도전 정신, 그것이 부러웠던 거다.

돌아보면 내 인생도 도전의 연속이었다. 만약 새로운 것에 대한 도전이 없었다면 오늘날의 김경오는 없었을 것이다. 이제 내게 남아 있는 도전은 무엇일까? 아마도 마지막 도전은 '죽음'이 될 것 같다. 오늘따라 유학 시절 친구가 했던 말이 떠오른다. 학교 근처 묘지를 지날 때면 그녀가 이렇게 말했다.

"You were like me yesterday, I'll be like you tomorrow."

너는 어제의 나 같았고, 나는 내일의 너 같을 거라는 이 말처럼, 우리는 모두 죽음을 예약해두고 있다. 언젠가 우리는 무덤 속의 주인공이 될 것이다. 죽음 이후의 세계는 어떤지 가늠하기 어렵다. 이 세상 그 누구도 죽음을 경험해본 사람은 없다. 그 누구도 해본 적이 없는 일이기에 죽음은 내게 또 다른 도전이 될 것 같다. 가능하면 그 죽음이 우아한 죽음이었으면 좋겠고, 축제와 같은 죽음이었으면 좋겠다.

찬란한 지금

이 책이 나라는 사람을 얼마나 설명해줄 수 있을까? 내 일생을 책으로 엮으며 세상에 공개된 모습보다는 잘 알려지지 않은 이면을 더 많이 담고 싶었다. 최초의 여자 공군, 최초의 여자 비행사, 항공계의 원로. 최초라는 타이틀과 여성이라는 성정체성을 빼고 그냥 인간 김경오를 말하고 싶었다.

그런데 뜻대로 되지 않은 것 같다. 내 삶에서 '최초의 여자 비행사'라는 단어를 빼놓고는 나라는 인간을 제대로 설명할 수 없었다. 이름이 그 사람의 삶을 규정하듯이 결국 인간 김경오는 '최초', '여성'라는 타이틀로 갈무리가 되는 것 같다.

나 자신을 규정하는 이러한 수식어들을 반겼던 것은 아니지만 그 덕을 많이 보기는 했다. 인정한다. 그리고 내가 대한민국에서 유일한, 최초의 무언가가 될 수 있었던 것 역시 시대를 잘 타고난 덕분이라는 사실도 잘 알고 있다. 전쟁 직후 아무것도 없던 대한민국은 무엇이든 새로 짓고, 새로 만들고, 새로 시작해야 했다. 그 새로운 물결에 나는 슬쩍 올라탄 것뿐이었다. 내가 만약 10년만 일찍 태어났거나 10년만 늦게 태어났어도 그러한 시대적 혜택을 누리지 못했을 것이다. 내가 조금만 늦게 태어났다면 대한민국 최초의 여자 비행사라는 타이틀은 나보다 먼저 태어난 그 누군가에게 돌아갔을 것이고, 우리 부모님이 나를 좀 더 일찍 세상에 내놓으셨다면 내게 쏟아진 영광은 내 뒤에 오는 누군가의 몫이었을 것이다.

나는 지금까지 내가 쌓아 올린 모든 성과가 나 혼자만의 노력으로 이루어졌다고 생각하지 않는다. 김경오의 역사는 대한민국 성장의 역사와 함께했고, 그렇기에 대한민국을 이만큼 끌어올린 국민들 한 사람 한 사람에게 빚지고 있는 셈이다. 그 빚을 갚는 길은 최선을 다해 내게 주어진 삶을 사는 것이라고 여겼다. 최초라는 타이틀에 흠집이 나지 않도록, 내 성과에 조금이라도 도움을 준 사람들에게 미안하지 않도록…….

김경오라는 사람이 있기까지 많은 사람의 도움이 있었다. 돌아보면 언제나 내 곁에는 사람들이 있었다. 특히 내 옆에서 손발이 되어주었던 김금래 전(前) 여성가족부장관에게 감사하다.

만약 그녀가 없었다면 그 많은 일을 혼자서 해내지 못했을 것이다. 내가 여협 회장이 된 후 미국에 가서 잘 살고 있던 그녀에게 도와달라고 부탁했을 때, 두말 않고 귀국해서 내 옆에 서준 사람이 김금래였다. 내가 판을 벌이고 일을 만들면, 그녀는 언제나 뒤에서 묵묵히 뒤처리를 하고 안 될 일도 되게 만들었다. 남편상을 치를 때도 가장 먼저 달려와 나를 위로하고 두 팔 걷어붙이고 음식을 날랐던 이도 그녀였다. 언제나 내 옆에 있는 그녀에게 고맙다.

나의 평생 친구였던 이연숙에게도 감사 인사를 전하고 싶다. 그녀와는 1960년대 같은 방송에 출연하면서 인연을 맺었다. 그 후 지금까지 그녀와 나는 단짝처럼 붙어 다녔다. 앞서거니 뒤서거니 경쟁하며 서로 자극이 되고 성장의 발판이 되어준 친구가 이연숙이다. 그녀에게도 내가 그런 존재였기를 바란다.

공군에도 감사할 분이 많다. 군대에 몸담은 기간은 짧았지만 나를 키운 건 8할이 군대였다. 특히 서동렬 제18대 공군참모총장 (예)대장, 박춘택 제25대 공군참모총장 (예)대장, 이억수 제26대 공군참모총장 (예)대장, 이한호 제28대 공군참모총장 (예)대장, 이계훈 제31대 공군참모총장 (예)대장, 그리고 공군참모차장과 주교황청 대사를 지내신 배양일 (예)공군중장께 감사드린다. 배양일 장군이 없었다면 공군사관학교 여자 생도의 입교는 훨씬 뒤에 이루어졌으리라.

정영숙 (예)육군 대령도 잊지 못할 분이다. 정영숙 대령은 틈날 때마다 여군 장성의 필요성을 역설하셨다. 그 덕에 우리나라에서도 별을 단 여군을 볼 수 있게 되었다. 우리나라 여권 신장은 정영숙 대령에게 큰 빚을 지고 있는 셈이다.

우리나라 여성의 지위 향상을 위해 애써주셨던 또 다른 분들, 허경애, 이화정, 민병옥, 김선미, 신미자, 한문선 존타 회원분들에게도 감사 인사를 전한다. 존타에서 활동하며 이분들 덕에 즐거웠고 나보다 나이는 어리지만 이분들에게 많이 배웠다. 내 건강을 평생 책임져 주셨던 이운경 선생님께는 더 특별한 애정을 담아 감사 인사를 드리고 싶다. 타고난 건강보다 관리의 중요성을 깨우쳐주던 분이다.

내 인생 대부분을 함께한 대한민국항공회와 이곳을 거쳐간 6명의 사무총장은 더욱 특별하다. 특히 나와 호흡이 잘 맞았던 박병철 사무총장이 기억에 남는다. 넘치는 에너지와 공부에 대한 열정으로 뒤늦게 정치학 박사까지 따더니 지금도 현역에서 활발히 활동 중이다. 덕분에 일하는 즐거움을 알게 되었다. 현재 한국여성항공협회 회장을 맡고 있는 김선희 회장에게는 지금까지처럼 협회를 잘 이끌어주시기를 부탁드리고 싶다.

대한항공의 역할도 빼놓을 수 없다. 대한항공은 특히 경제적인 지원을 아끼지 않았다. 대한민국항공회에 통 크게 사무실을 제공했던 곳도 대한항공이었으며, 대한민국항공회가 경제적 어려움에 봉착할 때마다 산타처럼 나타나 해결해줬던 곳도 대한항공이었다. 대한항공과 조중훈 선대 회장이 없었다면 우리나라 민간항공은 아직 어둠 속에 머물러 있을 것이다.

마지막으로 나의 가족들. 보영이와 지영이. 가깝고 익숙하다는 이유로 종종 그 소중함을 잊거나 소홀하게 대하기도 했던, 그래서 미안하기도 하지만 그 누구보다 마음 깊이 사랑하는 딸들에게 내 마음을 꼭 전하고 싶다.

"보영아, 지영아, 너희는 내 든든한 버팀목이었다. 고맙다. 그리고 사랑한다."

이외에도 언급하지 않았지만 감사한 분들이 많다. 다 말하지 못했지만 이해해주시리라 믿는다. 한편 이 글로 인해 상처를 받는 분이 생길 수도 있을 것이다. 그들에게는 미리 사과의 말씀을 전한다. 세월의 풍화작용으로 기억이 흐릿해지거나 왜곡된 기억 때문에 장소나 시간이 잘못됐을 수도 있고, 당시 상황에 대해 서로 다른 식으로 기억하고 있을 수도 있다. 그런 실수나 오류가 있다면 너그러이 용서해주시길 바란다.

김경오라는 이름으로 우리나라 역사에 한 자리를 차지하고 있는 사람으로서 이 책을 통해 그저 담담히 내 생을 정리하고 싶었을 뿐이다. 그런데 오히려 글을 쓰면서 내가 참 많은 위로를 받았다. 쓰는 것 자체가 위로였다. 내 삶을 뒤돌아보며 미숙했던 나와 만나기도 했고, 스스로 대견스럽기도 했고, 안쓰러울 때도 있었다.

'김경오, 그동안 참 애썼구나. 참 힘들었지? 그래도 행복한 삶이었어. 힘들어도 살아볼 만했지?'

이 글을 쓰면서 까마득하게 잊고 있던 나를 만나고 상처를 어루만질 수 있었다. 조금 더 욕심을 부리자면, 내게 이 글이 위로였던 것처럼 누군가에게도 위로가 되었으면 좋겠다. 지금 어두운 터널 속에 있는 사람이 있다면 나의 이야기를 읽고 용기와 희망을 얻을 수 있었으면 좋겠다. 이 나이에 깨달은 것이 있다면 인생이 참 짧다는 것이다. 그러니 모두들 지금 행복을 누리시길, 찬란한 지금을 만끽하시길…….

김경오를 말한다

세상을 바꾸는 소수, 김경오

아무도 가지 않은 길을 걷는 것은 용기를 필요로 한다. 불확실성이 주는 공포와 위험, 그리고 실패의 가능성을 감수해야 하기 때문이다. 자신에 대한 철저한 신뢰도 있어야 한다. 대한민국 건국 이후 첫 여자 비행사로 기록된 김경오 대한민국항공회 명예총재는 그런 용기를 지닌 분이다. 그의 자서전을 읽는 것은 그런 용기의 궤적을 찬찬히 따라갈 수 있다는 점에서 의미 있는 시간이 될 것이다.

고등학교 시절, 교장선생님의 지시로 건국 사상 첫 공군 여자 조종사 시험을 치르면서 시작된 비행사로서의 그 삶은, 도전과 인내의 연속이던 개인의 삶에서 여성 후배들을 위한 배려, 공동

체의 발전과 나라를 대표하는 삶으로 확대되고 진전되었다. "남자도 몰기 힘들다는 비행기를 여자가 어떻게 몰 수 있느냐"는 아버지의 반대를 무릅쓰고 입대한 그는 동기들이 모두 떠났을 때도 홀로 군대에 남았다. 조종사가 되기 전까지는 절대로 포기할 수 없다는 의지가 그 지난한 일상을 버티게 했고, 여성에 대한 편견을 이겨내야 한다는 책임감이 그를 지탱해주었다.

6.25전쟁 당시 후방 지역 연락 임무를 수행했던 그는 이승만 대통령의 제의에 대위로 예편하고 미국으로 선진 항공 기술을 배우러 갔다. 그 쉽지 않은 과정을 마친 그는 선진 비행 기술을 갖추고 훈련용 경비행기 '파이터 콜트' 한 대와 함께 귀국했다. 비행기를 한 번도 못 타보고 졸업하던 학생들을 위해 항공대학교에 이 비행기를 기증하기도 했다. 후배들의 꿈이 그의 꿈이기도 했기 때문이다.

사관학교에 여생도가 입학하게 된 데에도 그의 공이 있었다고 볼 수 있다. 기회가 있을 때마다 그는 여러 대통령들에게 여생도 입교에 대해 호소했다. 그리고 마침내 김영삼 대통령 시절 여생도 입교가 가능해져 1997년 처음으로 여생도들이 공군 사관학교 정문을 통과했다. '내가 실패하면 후배들이 다시 있을 수 없다'는 절박감으로 힘겨운 여건을 이겨나갔던 그의 의지가 작은 보탬이 되었던 것이다. 여성들이 항공 분야에 진출할 수 있도록 교두보가 되어준 그는, 요즘 전투기 조종까지 하면서 비행대대를 지휘하는 여군 후배들을 보면서 자신을 뛰어넘어 더 높이 날고 있다며 무척 자랑스러워했다. 그런 연유로 내가 공군 참모총장 시절에는 공군 여자 조종사들에게 직접 경험담을 나눔으로써 후배들이 꿈과 비전을 가질 수 있으면 해서 만남의 기회를 제공해 드리기도 했다.

　하늘을 난다는 것은 자연에 대한 도전이었다. 그 도전을 치르면서 그가 매번 비행 시 두 딸에게 유서를 썼다는 대목에서는 가슴이 먹먹했다. '누가 뭐래도 네 인생은 네가 컨트롤해야 한다. 인생에서 중요한 것 중 하나는 타인에게 기대지 않는 것이며, 모든 것은 너의 마음먹기에 달려 있다는 사실을 잊지 말아라'라고 두 딸이 결혼하기 전까지 유서를 썼다는 그는, 비행을 마치고 남몰래 유서를 태우면서 자신이 걸어가는 길에 대한 신념을 다졌을 것이다. 이 책에서 아무도 가지 않은 길을 가는 리더가 감내해온 외로운 결단의 시간들을 엿볼 수 있었다.

　그는 끊임없이 움직이는 사람이다. 군을 떠난 뒤에도 그의 활동은 멈추지 않았다. 청년들에게 항공에 대한 꿈을 불러일으키기 위해 그 많은 강연도 마다하지 않았다. 다양한 단체의 핵심적인 위원으로 또는 수장을 맡으면서 좀 더 나은 사회 그리고 발전하는 조국의 홍보를 위해서도 발품을 아끼지 않았다. 그를 보면 언젠가 읽은 책에서 인상 깊었던 한 구절이 생각난다.

'사회가 진화하는 데 필요한 것은 적극적으로 참여하고 두려워하지 않고 절대로 양보하지 않는 소수이다.'

그런 소수 가운데 한 사람이었던 김경오 명예총재의 자서전은 우리에게 '내가 사는 사회의 진화를 위해서 무엇을 할 것인가'를 고민하게 한다. 이것이 이 책을 꼭 한번 읽어보기를 추천하는 이유이다.

제46대 국방부장관
정경두

반전 매력의 그녀

김경오 회장, 그녀는 참 멋진 여성이다. 어깨를 다 덮는 하얀 세일러복 칼라에 황금 무늬 소매의 까만 정장 투피스. 누구도 소화해내기 어려운 날아갈 듯한 멋진 모자에 빼어난 외모. 대중속에서도 언제나 시선을 집중시킨다.

갓 파리에서 온 듯한 멋쟁이 그녀는 보리밥에 고추장 비벼 먹는 걸 좋아하고 수제비, 칼국수, 도토리묵을 좋아하는 토종 입맛을 가졌다. 손에 물 한 번 안 묻힌 것 같은 화려한 이미지와 다르게 바쁜 와중에도 집안일은 직접 하는 등 반전의 매력을 가졌다.

자동차를 운전하는 사람도 드물던 시절에 비행기를 조종했던 그녀. 그렇게 당찼던 그녀가 두 딸에 대한 사랑은 지극했다. 몰래 유서를 써놓고 비행을 나서면 두 딸이 엄마의 잠옷을 끌어 안고 엄마 냄새를 맡으며 그리워했다는 얘기를 들으며, 일하는 여성들인 우리 모두 눈시울을 붉혔다.

6.25전쟁 직후 너무나 가난했던 시절 미국으로 유학 가서 돈 없고 말도 안 통해서 극심한 고생을 했지만, 실패로 끝낼 수 없 다는 일념으로 어려움을 이겨내고 마침내 비행기까지 몰고 귀 국한 사연은 들을 때마다 가슴 뭉클한 감동을 준다. 가난한 나 라의 어린 여성이 기댈 곳 없는 이역만리에서 생존하고 성공하 기 위해 몸부림치면서 그 얼마나 강인한 정신력과 불굴의 의지 력을 불태웠을까?

그런 경험 때문인지 그녀는 한국여성단체협의회 회장 역할을 너무나 성공적으로 해냈다. 40여 개 여성단체가 회원인 여협은 바람 잘 날 없었으나 타고난 위트와 유쾌한 성격으로 재미있게 이끌어갔다. 쩨쩨한 것을 싫어했고, 모르는 부분은 전적으로 직 원을 신임하고 맡겼으며, 위기에 빛나는 지도력을 보여주는 통 큰 지도자였다. 임기 중 분열했던 내부를 잘 통합했고, 회원 단 체와 지방 단체를 확대하며 단체를 키웠으며, 여성 지위 향상과 여성 인권, 여성 대표성 확대를 위한 많은 활동을 했다.

파스칼 브뤼크네크가 '정신적 나이, 감성적 나이는 생물학적 나이와 일치하지 않는다'라고 하지 않았던가. 여자 비행사, 여 성 운동가로 새로운 길을 개척하며 열심히 살아온 김경오 회장은 아직도 젊을 때와 같이 매일매일을 소중히 여기고 최선을 다해 '살아 있는 전설'로서의 삶을 살아가고 있다.

암울했던 시대 상황과 그 안에서 여성으로서의 한계를 뛰어넘어 선각자로서의 성공적인 삶을 살아낸 김경오 회장의 일대기는, 오늘을 사는 젊은이에게는 꿈과 용기, 도전 정신을 심어주며 동년배에게는 시대적 공감과 감동을 선사할 것이다. 그리고 이것이 시대를 앞서간 멋진 여성의 일생을 꼭 읽어보시길 권하는 이유이다.

제2대 여성가족부장관

김금래

세상에 울려 퍼질 엄마의 이야기

엄마의 이야기를 나만 알고 있기에는 너무 큰 울림이 있기에, 나는 십여 년 전부터 책으로 내보자는 재촉을 했다. 하지만 그때마다 엄마는 완강히 거부하셨다. 아프고 힘들었던 과거 이야기를 굳이 꺼내는 것이 쉽지 않으셨던 것 같다. 그래서 어느 순간부터는 나도 더 이상 집필을 권하지 않았다. 그러던 어느 날 엄마의 군 후배들, 보다 정확히는 여자 군인들이 군내에서 부당한 대우를 받고 그 괴로움에 급기야 극단적인 선택을 했다는 뉴스를 보고 엄마에게 다시 부탁을 드렸다. 이제야말로 엄마답게 엄마의 이야기를 해야 할 때라고. 그게 선배 된 도리가 아니겠느냐고.

고심 끝에 엄마는 자서전 집필에 응하기로 결심하셨고 마침

내 이렇게 여러 분들의 도움으로 한 권의 책이 완성될 수 있었다. 딸이자 대한민국 사회에서 일하는 여성으로서, 엄마로서, 아내로서 새삼 엄마의 발자취를 되짚어보며 다시금 배우고 깨닫는 시간을 갖게 되어 매우 다행스럽고 기쁘다. 이 자리를 빌려 이 책이 나오기까지 도움을 주신 넥서스 출판사 관계자 분들에게 깊이 감사를 드린다.

엄마는 타고난 이야기꾼이시다. 내가 기억하는 엄마는 아주 어릴 적부터 잠자리에서 두 팔을 벌려 한쪽에는 나를, 다른 한쪽에는 동생 지영이를 누이시곤 각자 돌아가면서 이야기를 하나씩 하게 하셨다. 창의력이 탁월한 동생은 공주와 왕자 이야기를 즉석에서 잘도 지어냈는데, 문제는 하루만 지나도 다 잊어버리기 일쑤라서 다음 날 이어져야 할 스토리가 중구난방이 되곤 했다. 다음 날 엄마 차례가 되면, 엄마는 '중국에 꾸냥이라는 소녀가 병든 부모님을 모시며 꽃을 팔러 다닌 이야기' 등을 지어내 들려주셨다. 그리고 다음 날 밤 내 차례가 되면, 나는 또 앞뒤가 맞지 않는 이야기를 즉석에서 지어냈다.

이렇게 번갈아서 이야기 보따리를 풀어내는 것이 우리 세 모녀가 밤마다 하던 작은 전통이었다. 만약 이야기의 앞뒤가 맞지 않을 때면, 어느 순간 우리는 서로 깔깔 웃으며 이불 위를 마구 뒹굴곤 했다. 나에게 있어서 엄마는 그런 추억거리를 어린 우리들에게 많이 안겨주었던 바로 그 모습으로 제일 뚜렷하게 남아 있다.

엄마는 우리들에게 "옛날 옛적에 마법사가 살았는데……" 하고 시작하는 이야기만큼이나 놀랍고 흥미진진한 경험담을 많이 들려주셨다. 그 어떤 용사의 서사보다 더 기막힌 감동과 충격과 교훈이 있는, 책 한 권으로는 다 담지 못할 수많은 이야기들을. 유일한 여자 군인으로서 참아내야 했던 온갖 수모, 세상의 관심과 편견, 때로는 부당하기도 하고 때로는 유리하게 작용한 세상과 더불어 살아온 이야기들은 듣고 또 들어도 늘 새로웠다.

벽에 붙어 있던 세계지도에서 엄마가 다녀온 나라들의 위치를 짚어주면서, 그 나라에서 사 온 전통의상을 입은 인형들과 유적지가 담긴 엽서들, 때로는 슬라이드를 가지고 재미있게 설명해주셨다.

"이 나라에서는 이 음식을 주로 먹고, 아침에 일어나면 엄마, 아빠에게 'Good morning!'이라고 인사한단다. 이 나라에서는 이런 옷을 입고 이렇게 춤을 추지. 그들이 하는 말을 들으면 마치 노랫소리 같기도 해."

그러면서 자연스레 나는 이 세상에 우리와 다른 언어로 소통하는 사람들이 있다는 것을 알게 되었다. 엄마는 결코 공부에 대한 부담을 주거나 강요하지 않았다. 재미있는 이야기를 들려주듯이 세상 사람들에 대해 말해주셨다. 그래서 나는 또 그렇게 들은 이야기들을 학교 친구들에게 신나게 전했고, 내 이야기에 친구들과 선생님들은 신기해하고 재미있어했다. 그러면 그 반응에 나는 자존감과 자신감의 작은 싹을 틔울 수 있었다.

엄마의 어린 시절, 학창 시절, 그리고 군대와 유학 시절의 이야기들 그 저변에는 엄마가 혼자 이겨내야 했던 수많은 서러움과 외로움, 부당한 대우와 사회의 편견들이 깔려 있다. 그리고 그 이야기의 흐름을 따라가다 보면 "그래도 난 이겨냈지!"라는 말로 마무리되었다. 나는 그런 이야기들을 세상과 공유해야 한다고 믿었다. 대한민국 건국 이래 최초의 여자 비행사라는 타이틀과 업적 뒤에는 엄마의 진정성 가득한 노력과 관심이 있었고, 그 어느 감투 하나도 그냥 겉치레로 쓰신 적이 없으셨다. 늘 공부하고 물어보고 깨달으려고 애쓰셨다.

엄마는 새벽 세 시 반부터 일어나서 손빨래와 마루 걸레질, 다림질까지 집안일을 다 해놓으시고, 두 딸의 도시락을 각각 두 개씩 싸주셨다. 훗날 내가 엄마가 되고 나서야 그것이 얼마나 쉽지 않은 일이었는지 깨닫게 되었다. 그보다 더 놀라운 것은, 엄마가 국제항공대회에 참가하는 중국 선수들을 위해 중국어로 환영사를 하겠다며 그 없는 시간을 또 쪼개어 중국어를 공부하셨다는 점이다. 민주평화통일자문회의 최장수 회원을 역임하실 때는 사회교육 방송을 들으며 노트 필기를 하고, 국제 행사에 한국 대표로 참가하실 때는 스피치를 하기 위해 딸의 영어교육 방송을 청취하면서 학생 입장에서 수시로 질문하며 공부하셨다. 나는 그런 엄마의 모습을 세상에 자랑하고 싶었다. 엄마가 존경받아야 할 이유를 꼽으라면 엄마가 이루신 항공 관련 업적보다 엄마로서, 사회인으로서 자신에게 주어진 역할을 한 치의 소홀함 없이 해낸 책임감 있는 모습과 열심히 노력하는 태도를 우선으로 꼽고 싶다.

"남자들과 똑같이 훈련하고 공부했는데 왜 굳이 나를 가리켜 '여자 비행사'라고 부르는가. 그냥 비행사라고 하면 되지 굳이 '여자'를 붙이는 것부터가 여성이라고 내려보는 것 같아서 썩 유쾌하지 않다."

엄마가 이렇게 말씀하시던 것을 아주 오래전부터 들어왔는데, 솔직히 그때는 그게 무슨 뜻인지 몰랐고 그 말에 담긴 엄마의 상처들도 이해하지 못했다. 여자 비행사라는 호칭이 못마땅할 만큼 자신감 있었고, 그래서 남을 도울 수 있고 당당히 내 권리를 주장할 수 있었던 엄마는 늘 확고한 신념을 가지고 계셨다. 그중 하나는 '주부의 웃음소리가 그 집 담장을 넘으면 그 집은 행복한 집안이다'라는 것이었다. 이런 엄마의 생각은 당시 내가 알던 사회적 통념, 즉 '암탉이 울면 그 집안은 망한다'는 속담과는 정반대인 것이었다. 하지만 우리 집에서는 엄마가 가장 크게 웃었고 그런 엄마를 따라 나와 내 동생도 호탕하게 웃었다. 순 서울 양반이라고 불리던 아버지는 내심 그런 여자들의 큰 웃음소리가 못마땅하셨을지도 모른다. 그래도 아버지가 퇴근하실 때 우리 세 여자들이 엄마의 지시에 따라 현관 앞으로 달려가 "일동 차렷! 경례!"를 하면, 아버지는 "허, 참!" 하고 기가 막히다는 표정을 지으시면서도 웃음을 감추지 않으셨다.

어느 날 바짓단을 줄이려고 바느질을 하고 계시던 엄마에게 이런 질문을 한 적이 있다.

"엄마, 우리나라에서 사회적으로 이름을 알리고 성공한 엄마 같은 여성들의 비결이 뭐예요?"

엄마는 들고 있던 바늘과 실을 내려놓으시더니 나를 쳐다보셨다. 그러곤 "그 질문 한번 잘했다" 하시며 대답을 해주셨다.

"남이 잘 때 자고, 남이 놀 때 놀고, 그런 거 다 하면 그냥 평균만 되는 거야. 그래도 물론 자신이 행복하기만 하다면 괜찮지. 그런데 내가 뭔가 이루겠다고 마음을 먹었으면 말이지, 일단 잠을 줄여야 해."

잠을 줄여라! 뜻밖의 대답이었지만 두고두고 생각해보건대 그 안에는 참 많은 뜻이 있었던 것 같다. 무작정 잠을 줄이라는 게 아니라 자신의 한계를 알고 건강을 챙기며 스스로에게 엄격하라는 뜻이 담겨 있는 말이라는 생각이 든다. 잠을 줄이기 위해선 타고난 건강과 그 건강을 지키기 위한 꾸준한 노력이 바탕이 되어야 한다는 것을, 나는 엄마가 매일 하루도 거르지 않고 운동하시는 모습을 보며 깨달았다.

엄마는 그 어떤 어려움이 찾아와도 옳은 일이라고 여기면 약해지거나 슬퍼하지도, 속상해하지도 않으셨다.

"까짓 거, 그거 아무것도 아니야!"

아무렇지도 않은 듯이 당당하게 또 하루를 헤쳐나가셨다. 세상에서 가장 넉넉하고 가장 뜨거운 우리 엄마의 이야기는 오늘도 현재진행형이다. 나는 엄마의 못다 한 이야기들이 쩌렁쩌렁 세상에 많이 울려 퍼지기를 기대한다.

엄마, 사랑하고 존경합니다.

큰딸 이보영

나의 영원한 영웅

제가 두목님이라 호칭하는 사랑하는 엄마! 엄마의 인생이 담긴 책이 출간된다니 가슴이 벅차오릅니다. 온 마음을 담아 축하의 말을 전하고 싶습니다. 여성의 영역이 아니라고 여겨지던 항공 분야에 용감하게 발을 내딛던 순간부터 대한민국 정부 수립이후 최초의 여자 비행사로 우뚝 서신 그날이 오기까지 수많은 인생의 고비와 어려움을 모두 헤쳐나가신 모습에, 딸로서 자랑스럽기 그지없습니다. 제가 멀리 미국에 살다 보니 자주 뵙지 못해 죄송한 마음뿐이지만, 저는 엄마와 통화할 때나 메시지를 할 때면 언제나 큰 힘과 용기를 얻는답니다.

어렸을 때부터 지금까지 제 머릿속에 남아 있는 즐겁고 행복했던 기억은 해마다 시상자로 어린이 모형항공기대회에 참석하신 엄마를 따라갔을 때입니다. 대회에 참여한 어린이들은 작은 손으로 각자 설계한 모형비행기를 날리며 꿈을 펼치고 자신도 언젠가 하늘을 날고 싶다는 바람을 가졌을 것입니다. 그 어린이들에게 상을 주시던 엄마의 모습이 세상에서 가장 멋져 보였습니다.

하지만 그보다 더 멋져 보인 것은 제가 고등학교 시절 일찍 등교하는 딸을 위해 새벽마다 정성스레 아침밥과 따뜻한 도시락을 두 개씩 만들어 주시던 바로 그 시절의 엄마 모습입니다. 입시 준비를 하며 힘들어서 투정을 부리고, 또 시험 성적이 잘 나오지 않은 날에 짜증을 낼 때도 엄마는 늘 "걱정을 왜 하니. 다음에 더 잘하면 되지" 하고 힘을 주셨습니다.

엄마는 제가 어려움에 직면할 때마다 중요한 마음의 닻이 되어주셨습니다. 인생의 크고 작은 실패나 패배감은 나의 길이 망가지거나 끝나버린 것이 아니라, 내가 잠시 잘못된 길로 벗어났다는 것을 알려주는 지점일 뿐이라는 것을 깨닫도록 말이죠. 그런 엄마의 가르침 덕분에 남과 비교하지 않는 마음을 배우게 된 것 같습니다. 다만, 부족한 나와 더 열심히 정진하는 나 자신을 비교할 뿐이죠.

엄마의 딸로 태어나 자랑스럽고 감사합니다. 보잘것없고 남다를 것 없는 소시민으로 살아가고 있지만 제 마음은 늘 엄마의 하늘처럼 큰 우주를 누비며 행복으로 가득 채우고 있습니다.

사랑하는 나의 두목님! 다시 한번 두목님의 자서전 출간을 축하드리며 둘째 딸 지영이가 열렬한 환호성을 보냅니다.

둘째 딸 이지영

• 1958년 길포드 대학 캠퍼스에서

• 1967년 첫아이를 낳은 후 비행할 때

● 여성대회에 참석한 김영삼 대통령과 악수를 나누며

● 공군 창설 50주년 기념, 박춘택 제25대 공군참모총장에게 명예 흉장을 받으며

● 1974년 7월 8일, 40년 만에 찾은 박경원 비행사를 추모하며

● 대한제국기 마지막 황태자 영친왕의 왕비, 이방자 여사와 함께

● 한국 최초 여자 총재의 탄생을 기념하며

● 이한호 제28대 공군참모총장과 함께

● 이광학 제24대 공군참모총장과 함께

● 이억수 제26대 공군참모총장과 함께

최초 민간 여객기조종사 (KAL) 격려
주최: 한국여성항공협회   후원: 사단법인 한국여성단체협의회
일시:1996. 12. 17(화)   장소: 호텔롯데 36층 에메랄드룸

• 1996년 최초 민간여객기 조종사들과 함께

• 1999년 공군 초청 팬텀 비행을 하기 전에

● 정경두 제35대 공군참모총장과 함께

● 제1차 남북적십자 회담, 여성 대표 정희경과 함께

• 군사 훈련 중 넘어진 나를 일으켜준, 이희근 제15대 공군참모총장과 함께

• 이승만 대통령 부인 프란체스카 여사와 함께

생각이
크는
인문학

심리학

생각이 크는 인문학_심리학

지은이 강현식
그린이 이진아

1판 1쇄 발행 2016년 3월 31일
1판 7쇄 발행 2021년 2월 15일

펴낸이 김영곤
펴낸곳 ㈜북이십일 아울북
키즈융합부문 대표 이유남
키즈융합부문 이사 신정숙
키즈사업본부장 김수경
에듀2팀 이명선 이유리
마케팅본부장 변유경 **마케팅1팀** 김영남 문윤정 구세희 이규림
마케팅2팀 김세경 박소현 최예슬 **사업팀** 한아름 황혜선 고아라
영업본부장 김창훈 **영업1팀** 임우섭 김유정 송지은 **영업2팀** 이경학 오다은 김소연
영업3팀 이득재 허소윤 윤송 김미소
출판등록 2000년 5월 6일 제406-2003-061호
주소 (우 10881) 경기도 파주시 회동길 201(문발동)
연락처 031-955-2100(대표) 031-955-2177(팩스)
홈페이지 www.book21.com

ⓒ 강현식, 2016

ISBN 978-89-509-6375-0 43180

• 제조자명 : ㈜북이십일
• 주소 및 전화번호 : 경기도 파주시 회동길 201(문발동) / 031-955-2100
• 제조연월 : 2021.02.
• 제조국명 : 대한민국
• 사용연령 : 8세 이상 어린이 제품

생각이
크는
인문학

⑪ 심리학

글 강현식
그림 이진아

을파소

사람의 마음에 관심을 가져 보세요

저는 늘 사람이 궁금했습니다. 가족과 친구뿐 아니라 지나가는 행인들의 마음까지도 궁금했죠. 물론 제 자신의 마음도 예외는 아니었어요.

오래 전 유럽으로 배낭여행을 한 적이 있었습니다. 대부분은 여행을 떠나면 유명 관광지를 찾아가서 사진을 찍느라 정신이 없었지만, 저는 여행에 가서도 사람이 궁금했습니다. 그래서 그곳의 사람들을 가까이서 볼 수 있는 시장이나 주택가를 돌아다니곤 했습니다. 말은 잘 통하지 않아도 기회만 되면 현지인들과 이야기하려고 애쓰기도 했죠. 그러던 중 영국에서 한 현지인 청년을 만나 대화를 했던 적이 있었습니다. 서로 소개하던 중에 저에게 무슨 공부를 하느냐고 묻더군요. 저는 심리학(psychology)을 공부한다고 말했습니다. 그랬더니 그 영국인은 저를 쳐다보며 엄지를 내세우면서 대단하다고 하더군요. 이런 반응에 의아했던 저는 뭐가 대단하냐고 물었습니다. 그는 자신도 대학에서 심리했답니다. 마치 여러분이 어질러진 방을 정리하듯 말이죠. 그것이 바로 수학이에요. 우리 속담에 '구슬이 서 말이라도 꿰어야 보배'라는 말이 있죠? 제 아무리 훌륭한 지식이더라도 정리가 되어야 배우기도 쉽고, 적용하기도 쉽겠죠.

수학이 수를 다룬다면, 심리학은 무엇을 다룰까요? 당연히 심리(心理)를 다룬답니다. 심리는 마음[心]의 원리[理]라고 할 수 있어요.

마음의 원리라니 생소할 수 있겠네요. 이 세상의 모든 것에는 작동원리가 있어요. 해가 뜨고 지는 것도 원리가 있고, 우리가 먹은 음식이 소화되는 과정도 원리가 있죠. 심지어 자동차가 달리는 것도 그렇고, 스마트폰이나 TV가 작동하는 것도 원리가 있어요. 마찬가지로 우리의 마음에도 원리가 있습니다.

간단한 예를 들어볼게요. 부모님이나 선생님처럼 자신이 좋아하는 사람에게 혼나면 기분이 나쁘고, 칭찬받으면 기분이 좋죠. 기분이라는 것은 우리 마음에서 일어나는 감정을 말해요. 기분이 나쁘다는 말은 마음이 상한다고 표현할 수 있고, 기분이 좋다는 말은 마음이 즐겁다고 할 수 있죠. 지나치게 많이 먹으면 배탈이 나고, 적절하게 먹으면 소화가 잘 되는 우리 몸처럼, 마음에도 원리가 있어요.

그런데 마음을 어떻게 연구할까요? 눈에 보이지도 않는데 말이죠. 자연과학의 연구대상인 자연은 눈으로 관찰이 가능합니다. 하늘의 해와 달과 별도 보이고, 동물과 식물도 보입니다. 사람의 몸도 보이죠. 그러나 마음은 눈에 보이지 않습니다. 이 때문에 다른 분야의 많은 과학자들은 심리학을 인정하지 않으려고 했습니다. "눈에 보이지도 않는데, 어떻게 그것을 연구할 수 있다는 말이냐!"라면서 심리학자들을 공격했죠.

이때 일부 심리학자들이 "우리도 눈에 보이는 것을 연구하자"라고 주장했습니다. 마음을 연구하기 위해 눈으로 볼 수 있는 행동을 연구하자고 주장한 것이죠. 다른 심리학자들의 눈이 휘둥그레졌습니다. "아니 심리학의 주된 관심이 마음인데, 왜 행동을 연구하자는 것이냐?"라면서 의아하게 여겼죠.

하지만 이들의 주장은 일리가 있었습니다. 사람들이 마음에 대해 관심을 갖게 된 이유는 행동 때문이에요. 마음이 행동으로 표현된다고 생각했으니까요. 결국 행동을 연구하면 거꾸로 마음을 알 수 있지 않을까 하는 생각에서 심리학자들은 행동을 연구하기 시작했습니다.

이 주장은 꽤 설득력이 있었습니다. 여러분도 이런 경험

이 있을 것 같아요. 엄마의 마음(화가 났는지 기분이 좋은지)을 알기 위해 엄마의 행동(얼굴을 찡그리고 있는지, 웃고 있는지)을 살펴보곤 하지요? 친구의 마음(나를 좋아하는지 싫어하는지)을 알기 위해 친구의 행동(나에게 놀자고 하는지, 나를 무시하는지)을 살펴보기도 했을 거고요.

이렇게 겉으로 드러나는 행동이나 표정을 통해 우리는 마음을 추측하게 됩니다. 사람의 마음과 행동이 연결되어 있기 때문이겠죠. 이런 이유로 심리학에서는 사람의 마음뿐 아니라 행동에도 관심을 갖게 되었습니다.

그런데 행동으로 마음을 추측하기 전에 한 가지 꼭 기억해야 할 점이 있습니다. 당연히 엄마가 웃고 있다면 기분이 좋기 때문이고, 친구가 놀자고 하는 것은 나를 좋아하기 때문이겠죠. 하지만 행동으로 마음을 추측하는 것보다는 직접 상대방에게 마음이 어떤지를 묻는 것이 좋습니다. 엄마는 다른 일 때문에 기분이 안 좋을 수 있는데, 혼자 '내가 뭘 잘못해서 엄마가 화가 났구나'라고 추측하고, 친구가 의도적으로 무시한 것이 아니라 다른 일에 신경을 쓰고 있느라 못 본 것일 수도 있는데 '쟨 날 엄청 싫어하나 봐'라고 생각할 수 있으니까요. 가장 좋은 방법은 조심스럽게 직접 묻는 것이겠죠. "엄마, 기분이 안 좋으신 것처럼 보여요. 혹시

제가 무엇을 잘못했나요?"라거나 "친구야, 난 너랑 놀고 싶은데 넌 어때?"라고 말이죠.

이제 심리학이 어떤 학문인지 어렴풋이 알았나요? 누가 여러분에게 심리학이 뭐냐고 묻는다면 이렇게 대답하세요. "심리학은 사람의 마음과 행동을 과학적으로 연구하는 학문이에요!"

잠깐만요, 과학이라고요? 갑자기 과학이라는 말이 튀어나와서 놀랐나요? 이제부터 심리학과 과학의 관계를 설명해 볼게요.

철학과 과학의 만남

물리학, 화학, 수학, 정치경제학, 교육학 등 이 세상에 존재하는 대부분의 학문은 같은 뿌리를 갖고 있어요. 아버지가 같다고 할 수 있죠. 그 아버지는 누구일까요? 바로 철학이랍니다. 지금은 철학이 그저 하나의 학문으로 취급받지만 고대 그리스에서는 유일한 학문이었죠. 학문이 곧 철학이고, 철학이 곧 학문이었죠. 학교에서 학생을 가르치는 사람들도 철학자였고, 공부의 내용도 철학이었습니다. 철학자들은 사람과 자연에 대한 진리를 추구하는 데 열심이었죠. 진리를 추구하는 데 있어서 영역을 구분하는 것은 의미가 없다고 생각했습니다. 사람의 몸과 마음, 자연과 우주까지 철학의 관심은 광범위했습니다.

시간이 흘러 인류가 많은 지식을 쌓게 되자 철학이라는 그릇이 좁게만 느껴졌습니다. 전에는 지식이 많지 않아서 한 사람이 다양한 분야의 지식을 모두 섭렵할 수 있었지만, 한 분야에만 매달려도 시간이 부족할 정도로 지식이 많아졌죠. 수학을 필두로 여러 학문이 차례대로 철학에서 독립했습니다. 그중에서도 가장 늦게 독립한 학문이 바로 심리학이라고 할 수 있습니다.

심리학의 독립이 늦었던 이유는 무엇일까요? 사실 심리학의 관심분야라고 할 수 있는 사람의 마음과 정신세계는 철학의 핵심 주제였습니다. '지식 혹은 진리란 무엇일까', '어떻게 지식을 얻게 될까', '사람의 정신은 어떻게 만들어지는가' 등은 철학자들이 인식론이라는 이름으로 고민했던 질문이었죠. 좀 어렵게 느껴지나요? 조금 더 쉽게 이해하기 위해서 우선 다음 페이지에 있는 그림을 잘 보세요.

표시되어 있는 위쪽의 선과 아래쪽 선 가운데 어느 것이 더 길까요? 위쪽일까요, 아래쪽일까요? 아니면 같을까요?

지만 코페르니쿠스 등 여러 과학자들은 반복된 관찰과 측정으로 지구가 움직인다는 지동설을 입증했죠.

지식에 대한 논쟁에도 이런 과학적 방법을 적용하자는 사람들이 나타나기 시작했고, 이것이 결국 심리학이라는 학문의 탄생으로 이어졌습니다. 심리학은 자연 현상에 대한 탐구방법으로 사용되던 과학을 인간의 정신세계에 적용하면서 생겨난 학문입니다.

정리를 하자면 심리학은 철학과 과학의 만남이라고 할 수 있겠네요. 내용은 철학인데, 방법은 과학인 셈이죠. 심리학이 철학에서 독립한 이유가 심리학은 철학과 진리를 알기 위한 방법이 달랐기 때문이었습니다. 철학에서는 논쟁을 통해서 진리를 알려고 했지만, 심리학자들은 실험과 연구 같은 과학적 방법으로 진리를 알고자 했죠. 이 때문에 심리학에서는 과학이 중요하고, 심리학을 사람의 마음과 행동을 '과학적'으로 연구하는 학문이라고 합니다. 과학적으로 연구하기 때문에 심리학자들은 마음을 알기 위해서 뇌를 연구하기도 하고, 사람과 동물을 대상으로 다양한 실험을 진행하기도 합니다.

심리학을 배우면 최면을 걸 수 있을까?

"심리학을 공부하면 사람 마음을 읽을 수 있죠? 독심술처럼요."

"꿈에 대해 알려면 심리학과에 가면 되나요?"

"TV에서 최면에 걸린 사람을 봤는데 너무 신기해요. 심리학을 공부하면 최면을 걸 수 있나요?"

"심리학자가 되어 마음에 상처 입은 사람들을 치료해 주고 싶어요."

많은 사람들이 심리학이라고 하면 독심술, 꿈, 최면, 심리치료를 떠올립니다. 하지만 이는 심리학에 대한 오해 때문에 생겨난 것들입니다. 앞서 이야기했듯이 심리학은 과학입니다. 자연과학자들이 어떤 주장을 하기 위해서 실험이나 관찰을 통해 자료를 수집하고, 그 자료에 근거해서만 진리를 추론하듯 심리학자들도 그렇습니다.

어떤 사람이 "사람이 죽으면 하늘의 별이 된다"라고 했습니다. 이야기를 들은 사람은 "그렇게 말하는 근거가 무엇입니까?"라고 물었을 때 "내 느낌입니다"라고 대답했다면 이 사람의 직업은 시인이나 소설가, 사이비 종교인일 수는 있어도 과학자는 아닐 것입니다. 적어도 과학자라고 하려면

자신의 말에 합당한 증거를 제시할 수 있어야 하니까요.

심리학도 마찬가지입니다. 상대의 마음을 어떤 증거도 없이 '딱 보니까 다 알겠다'는 식으로 말하는 독심술은 심리학이 아닙니다. 만약 서너 시간 동안 검증된 심리검사를 한다면 몰라도, 체계적인 절차 없이 사람 마음을 읽어 내는 독심술은 심리학이 아닙니다.

증거가 확실하지 않다는 면에서는 꿈도 마찬가지입니다. 꿈을 꾸는 것은 과학적인 사실로 밝혀졌지만, 그 내용에 대해서는 거의 밝혀진 것이 없습니다. 어떤 사람이 꿈에 조상이 나왔다고 주장할 수는 있지만, 그 주장이 사실인지 아닌지 입증할 방법이 없습니다. 그 사람이 일부러 거짓말을 한다는 이야기가 아닙니다. 객관적으로 그 사람이 꾼 꿈의 내용을 확인하기 어렵기 때문에 연구하기가 어렵다는 것이죠. 언젠가 꿈을 읽을 수 있는 장치가 개발되어 어떤 사람이 꾸는 꿈을 모니터에 띄울 수 있는 날이 온다면 꿈을 연구하는 심리학자들이 많아질 수는 있겠죠. 하지만 아직까지 이런 장치는 없답니다.

꿈처럼 많은 사람들이 경험하는 것은 아니지만 '최면' 역시 사람들의 관심을 끄는 신기한 현상입니다. 최면에 걸리면 나도 몰랐던 내 마음 깊숙한 곳에 있는 기억이나 소망을 드러낼 수 있는 것처럼 보입니다. 하지만 이 역시도 과학적으로 연구하기가 어려워서 심리학자들이 거의 관심을 두지 않는 영역입니다. 과학적으로 연구할 수 없다고 최면이 존재하지 않는 것은 아닙니다. 최면은 분명히 존재하는 현상입니다. 단지 주된 연구 주제가 아닐 뿐이죠. 참고로 방송에 나와서 최면과 전생을 연결시키는 사람들이 있는데, 이 역시 객관적인 증거가 없는 것이랍니다.

사람들은 꿈과 최면이 심리학의 주된 관심분야가 아니라는 사실을 이상하게 여깁니다. 하지만 사람의 마음과 행동을 이해하기 위해서는 보다 확실한 증거와 자료가 필요합니다. 꿈과 최면 말고도 심리학자들의 관심을 끄는 주제가 많고, 객관적인 자료와 증거를 얻을 수 있는 주제는 뇌, 기억, 행동, 기질, 성격, 지능, 범죄, 스포츠 등 무궁무진합니다. 그러니 굳이 꿈과 최면에 매달릴 이유가 없는 것이죠.

심리학자들의 활동 영역이 점점 넓어지고, 관련 책도 쉽게 찾아볼 수 있게 되면서 독심술, 꿈, 최면과 심리학이 같지 않다는 사실은 많이 알려졌죠. 하지만 여전히 심리학과 심리치료(힐링)가 같다고 생각하시는 분들이 많습니다.

독심술, 꿈, 최면과 달리 힐링이라고도 하는 상담 혹은 심리치료는 실제 심리학의 하위 분야입니다. 마음이 아픈 사람들의 치유와 변화를 도와줄 뿐만 아니라, 마음이 건강한 사람들도 더 행복해질 수 있도록 돕는 분야죠. 상담 관련 분야에 종사하는 사람들이 다른 분야보다 많고, 이들은 방송이나 언론에 자주 등장합니다. 관련 서적만 봐도 상담 관련 심리학책의 숫자가 압도적으로 많지요. 하지만 상담은 심리학의 하위 분야일 뿐, 그 자체가 심리학은 아닙니다.

경찰이 등장하는 TV 드라마나 영화를 보면 범죄자를 검거하는 형사들이 주로 나옵니다. 직접 현장에서 범죄자를 추적하고, 범죄자를 검거하기 위해 몸싸움도 서슴지 않는 모습을 보면 모든 경찰이 형사라는 생각을 하게 됩니다. 그러나 형사과는 경찰의 여러 조직 중 하나에 불과합니다. 거리에서 교통정리를 하거나 단속을 하는 경찰도 있고, 지구대를 중심으로 경찰차를 타고 다니면서 순찰을 하는 경찰도 있죠. 또 하루 종일 컴퓨터 앞에 앉아서 온갖 소송과 조사 업무를 담당하는 경찰도 있습니다.

의사도 비슷합니다. 메스를 들고 몇 시간 동안 힘든 수술을 하는 외과의사가 가장 많이 알려져 있지만, 외과의사 말고도 다양한 분야의 의사가 있습니다. 심지어 환자를 진료하지 않고 평생 연구만 하는 의사도 있고요.

형사는 경찰이지만 모든 경찰이 형사는 아니고, 수술을

하는 의사는 의사이지만 모든 의사가 수술을 하는 것은 아니듯이 상담을 하는 사람은 심리학자이지만 모든 심리학자가 상담을 하는 것은 아닙니다. 만약 여러분이 심리학자를 만난다면 "전 요즘 우울하고 힘들어요. 저 좀 상담해 주세요"라고 말하기 전에 "선생님은 어떤 분야의 심리학자예요?"라고 물어 보는 게 좋습니다.

그리고 심리학에는 다양한 분야가 있으니 심리치료에는 별 관심이 없더라도 심리학의 세계에 마음껏 빠져 봐도 좋습니다. 또 나중에 심리학자가 되고 싶은 사람이라면 처음부터 상담이라는 분야를 정하기보다는 다양한 분야를 경험한 후에 자신에게 맞는 분야를 정하는 것도 좋겠네요. 그렇다면 심리학에는 구체적으로 어떤 분야가 있을까요?

너무나 다양한 심리학 분야

심리학의 분야는 너무나 다양합니다. 그래서 대학에서 심리학을 공부한 사람이더라도 "심리학과에서는 무엇을 배우나요?"라는 질문을 받으면 자신 있게 대답하기는 어렵습니다. 심리학을 '인간의 마음과 행동을 과학적으로 접근하는 학문'이라고 한마디로 정의할 수는 있어도 구체적으로 어떤 주제들을 다루는지 말하는 것은 쉽지 않답니다.

대학에서 처음 심리학 수업을 들었던 때가 생각나네요. 심리학이 어떤 학문인지 전혀 알지 못한 상태에서 막연한 호기심을 가지고 수업을 들었습니다. 한 학기 동안 저는 적지 않게 놀랐습니다. 많은 사람들이 그렇듯 저 역시 심리학이라고 하면 무의식을 주로 다루는 정신분석이나 온갖 정신장애를 다루는 학문이려니 생각했습니다. 그러나 막상 수업을 들어 보니 정신분석은 심리학 분야의 아주 일부분에 불과했다는 걸 알게 되었죠. 정신장애를 다루는 과목(이상심리학)도 있기는 했지만, 수십 개의 과목 중 한 개에 불과했죠. 오히려 전혀 예상하지 못했던 신경세포와 뇌(생리심리학), 동물을 대상으로 한 온갖 실험(학습심리학), 유아의 성장(발달심리학), 환경의 영향(사회심리학) 등을 배웠습니다.

생소한 내용들이 심리학이라는 학문에 모두 포함된다는 사실도 놀라웠지만, 더 놀라운 사실은 내용이 너무 다양해서 서로 어울리지 않는다는 것입니다. 어떻게 하나의 학문이 이렇게 다양할 수 있는지, 이런 모든 내용을 심리학이라는 하나의 학문으로 볼 수 있는지 의문이 들었습니다.

공부를 하다 보니 심리학이 짬뽕 같다는 생각을 했습니

다. 짬뽕에도 서로 어울릴 것 같지 않은 수많은 재료가 들어갑니다. 중국집마다, 요리사마다 다르겠지만, 짬뽕의 재료는 대체로 이런 식입니다. 오징어 반 마리, 돼지고기 50그램, 호박 50그램, 양파 반 개, 당근 약간, 양배추나 배춧잎 석 장, 파 1대, 홍합 300그램, 생강, 마늘, 고춧가루 2~4큰술, 간장 1큰술, 소금, 후추 등. 그야말로 육해공이 총출동했다고 할 수 있네요. 이렇게 다양한 재료들을 사용해서 어떻게 하나의 요리를 만들어낼 수 있을까 의문이 들지만, 요리사의 손을 거치면 절묘한 맛을 내는 짬뽕이 탄생하죠.

다양한 재료로 한 가지 맛을 내는 짬뽕 같은 학문. 심리학은 왜 이런 학문이 되었을까요? 간단하게 말하자면 심리학은 사람의 마음에 대한 학문이고, 이 세상에는 사람의 마음과 연관된 것들로 가득 차 있기 때문이죠. 사람과 직접적인 연관이 없다고 할지라도, 그것을 사용하고 움직이고 조작하는 주체는 사람이기 때문에 한 다리만 건너면 바로 심리학의 영역이 됩니다. 건강, 교통, 성(性), 범죄, 산업, 스포츠, 학교 등등. 이러한 심리학의 특성 때문에 관심 대상 뒤에다가 심리학만 붙이면 새로운 심리학의 분야가 됩니다. 실제로 건강심리학, 교통심리학, 성(性)심리학, 학교심리학, 범죄심리학, 산업심리학, 스포츠심리학, 학교심리학

여러분은 할 일이 없어서 심심한 것이 좋은가요? 아니면 해야 할 공부나 할 일이 많아 바쁜 것을 좋아하나요? 아마 이 책을 읽는 독자들은 매일 해야 할 일에 치여서 힘들어하는 학생들이 많을 테니, 전자를 선택할 것 같네요. 할 일이 너무 많아 힘든 것보다 차라리 심심한 것이 더 낫겠다고 생각하겠죠.

할 일이 많아서 피곤하고 힘들 때 '힘들어 죽겠다'고 이야기를 하죠. 하지만 '심심해 미치겠다'는 말도 있습니다. 그런데 실제로 심심해서 미칠 수도 있을까요?

1951년 캐나다 맥길대학교의 심리학자 도널드 헤브는 대학생들을 대상으로 특이한 실험을 진행했습니다. 심리학 실험에 참여하면 상당한 일당을 준다면서 신체 건강한 대학생을 모았습니다. 실험 기간은 총 2주인데 참여한 만큼 일당을 계산해서 주겠다고 했습니다. 대학생들은 용돈을 벌 수 있는 절호의 기회라고 생각하고 심리학자의 연구실로 모여들었죠. 그런데 도대체 무엇을 하기에 돈을 많이 준다고 했을까요? 대학생들 앞에 선 심리학자는 이렇게 말했습니다.

"여러분이 해야 할 일은 한 가지입니다. 바로 '아무것도 하지 않는 것'

이죠."

대학생들은 자신의 귀를 의심했습니다.

"아무것도 하지 않는데, 돈을 준다는 것인가요?"

"네, 맞습니다. 이 실험의 목적은 아무런 자극이 없을 때 얼마나 견디는지, 어떠한 심리변화가 일어나는지 관찰하는 것이니까요. 여러분은 실험실에 마련되어 있는 간이침대에 눕게 될 것입니다. 시각 자극을 없애기 위해서 반투명 고글을 쓰게 될 것이고, 청각 자극을 막기 위해서 귀마개를 사용할 것입니다. 여러분의 손과 발은 기다란 통에 넣어서 다른 자극을 받지 않게 할 것입니다."

"그렇게 누워 있으면 아주 졸릴 것 같은데 혹시 잠을 자면 안 되는 실험인가요?"

"아닙니다. 얼마든지 자도 됩니다."

"화장실은 갈 수 있나요?"

"물론입니다. 그러나 혼자 가는 것이 아니라 실험 진행자들이 화장실 앞까지 동행할 것이고, 볼일이 끝나면 곧바로 실험실의 간이침대로 돌아오셔야 합니다."

"밥도 줍니까?"

"물론 드립니다. 하지만 여러분의 간이침대에 걸터앉아 식사해야 합니다."

"며칠 동안 그렇게 있어야 합니까?"

"얼마든지 상관없습니다. 못 견딜 것 같으면 언제든지 실험을 그만둘 수 있고, 계속 견딜 수 있다면 실험에 참가한 날만큼 일당을 받게 됩니다."

대학생들은 매우 기뻐했습니다. 마음껏 쉬고 잘 수 있을 뿐만 아니라, 상당한 돈도 벌 수 있었으니까요.

드디어 실험이 시작됐습니다. 첫날에는 모두 잠을 잤습니다만 두 번째 날에는 잠도 잘 오지 않았습니다. 눈을 떴는데도 아무것도 보이지 않았기 때문에 왠지 모를 불편감에 힘들다고 느끼기 시작했습니다. 혼자 노래도 부르고, 평소 못했던 고민도 실컷 했지만 금세 지루해졌죠. 화장실을 핑계로 잠깐 실험 상황에서 벗어날 수도 있었고, 침대의 끝에 앉아서 식사도 했지만 전혀 위안이 되지 않았습니다. 결국 대부분의 학생들은 세 번째 날 실험을 포기했습니다. 큰돈을 마다할 정도로 고통스러웠기 때문입니다. 실제로 참가자들은 일시적이지만 집중력과 기억력에 문제가 생겼고,

정서적으로 우울과 불안을 호소한 이들도 있었습니다. 그리고 일부는 환각까지 경험했다고 하네요.

이 실험을 통해서 사람이란 본래 자극을 추구하는 존재라는 사실이 분명해졌습니다. 단순한 감각 자극만을 뜻하는 것이 아닙니다. 자신이 쉽게 해내기 어려운 도전을 하려고 하죠. 예를 들어 어려운 시험에 도전하거나 새로운 곳으로 여행을 떠나는 것처럼 말이에요. 어떤 사람들은 "왜 고생을 사서 하느냐"라고 말할지 모르지만, 사실 사람은 아무것도 하지 않는 것보다 고생스럽더라도 무엇인가를 해야만 하는 것 같아요. 어떤 자극이 고통스럽더라도, 없는 것보다는 낫다는 이야기죠.

여러분을 힘들게 만드는 자극이 있나요? 학교의 과제나 시험이 자극이 되나요, 아니면 친구들이나 부모님이 자극이 되나요? 여러분을 자극하는 어떤 것이 스트레스를 일으킬지도 모르지만 한편으로 우리의 정신을 정상적으로 만들게 하는 고마운 존재이기도 하답니다.

2장

마음을 과학적으로
연구할 수 있을까요?

자연스럽게 마음이 심장이나 장에 있다고 생각하게 된 것이랍니다.

그런데 정말 인간의 마음은 어디에 있을까요?

바로 머리, 즉 뇌에 있답니다. 어떤 사람들은 "머리는 차갑게, 가슴은 뜨겁게", "머리로는 이해되는데, 가슴으로는 와 닿지 않아"라면서 마치 우리의 이성은 뇌가 담당하고, 감정은 심장이 담당하는 것처럼 말하죠. 그러나 현대과학은 인간의 이성과 감정 모두 뇌에서 담당하는 것임을 증명했습니다.

뇌에 있는 것은 이성과 감정뿐만이 아닙니다. 사람의 성격, 일상의 기억이나 책을 통해 배운 지식, 미래에 대한 꿈이나 비전도 뇌에 있습니다. 뛰어난 운동선수들의 운동실력도 뇌에 있고, 음악이나 미술을 하는 예술가들의 창의성도 뇌에 있습니다. 물론 운동선수는 잘 달리기 위해 다리근육이 튼실해야 하고, 음악을 하는 사람들도 악기를 제대로 연주하기 위해 손 근육이 발달해야 하지만 제 아무리 근육이 발달해도 뇌가 망가지면 아무것도 할 수가 없습니다.

한 걸음 더 나아가 볼까요? 여러분이 지금 읽는 이 글은 어디로 보는 것일까요? 여러분의 주변에서 나는 소리는 어디로 듣는 것일까요? 지금 들고 있는 책의 촉감은 어디로

실제 실험이 진행된 대기실 모습 ⓒ 2007 Thomson Higher Education

려주었습니다. 참가자들을 1명씩 연구실로 안내한 후에, 연구자들은 자리를 떴습니다. 그리고 대략 30초가 지난 후에 연구자들이 다시 찾아와 이제 본격적으로 실험을 하겠다며 나오라고 했습니다.

대기실에서 나온 사람들은 연구자를 따라 옆방으로 이동했습니다. 그곳에는 책상 위에 종이 한 장이 놓여 있었죠. 연구자들은 참가자들을 앉게 하고, 방금 전 대기실에서 보았던 물건을 기억해서 종이에 써 달라고 했습니다. 사실 실험은 대기실에서부터 이미 시작되고 있었던 것이죠!

연구실이었던 대기실에는 의자나 책상, 서류 뭉치 등 일반적인 연구실에 적합한 여러 물건들도 있었지만, 와인병이나 벽돌, 피크닉 가방처럼 연구실에 어울리지 않는 물건들도 있었답니다.

본 것을 기억해 달라는 참가자들은 당황했지만, 이내 기억을 가다듬어 하나씩 기록하기 시작했습니다. 과연 그들의 기억은 정확했을까요?

참가자들의 기억은 정확하지 않았습니다. 책처럼 연구실에 당연히 있어야 할 것 같지만 실제로는 없었던 물건을 기록하거나, 와인 병이나 벽돌, 피크닉 가방처럼 연구실에 어울리지 않지만 실제로는 있었던 물건은 기록하지 못했답니다. 사람들은 실제 자신이 본 것을 기억해서 기록했다기보다는 보았을 것이라고 생각한 것을 기록한 셈이죠.

왜 이런 일이 일어날까요? 도식 때문입니다. 도식이란 사람들의 머리에 있는 일반적인 지식 덩어리를 말합니다. 만약 참가자들에게 대기실에 들어가기 전 "이 방의 물건들을 잘 살펴보세요!"라고 말했더라면 정확성이 높아졌겠죠. 그러나 자신들이 주의 깊게 보지 않은 것들을 기억해내야 했을 때, 사람들은 자기가 본 것이 아니라 연구실이라는 일반

실제풍경

도식화된 기억

흠… 아마 이랬지?

적인 장소를 떠올렸던 것이죠.

　도식이 기억에 미치는 영향은 강력합니다. '나는 사랑받지 못하는 사람'이라는 도식을 가지고 있는 사람은 "널 사랑해"라는 말보다는 "네가 싫어"라는 말을 더 쉽게 받아들이고 기억합니다. 우리가 고정관념, 선입견, 기대라고 말하는 것 모두 일종의 도식이라고 할 수 있습니다. 우리는 주어진 정보를 있는 그대로 기억하는 것이 아니라, 자신이 가지고 있는 도식이라는 틀을 가지고 일부만을 고른다고 봐야겠죠.

　이솝 우화 중 하나인 양치기 소년 이야기를 알고 있죠? 어느 날 양치기 소년은 양을 치다가 심심한 나머지 늑대가 나타났다고 거짓말을 했죠. 동네 어른들은 소년의 말만 믿고 늑대를 잡기 위해 달려 왔지만, 헛수고로 끝났어요. 그렇게 두 번이나 사람들을 골탕 먹인 후에 정말 늑대가 나타났고, 소년은 도움을 요청했지만 사람들은 달려오지 않았죠. 왜 그랬을까요? 동네 사람들에게 '저 소년은 거짓말쟁이'라는 도식이 생겼기 때문입니다.

　이처럼 경험을 통해 도식이 머릿속에 생기면, 그때부터 우리는 도식을 중심으로 판단하게 된답니다. 그러니 이제부터는 내 기억과 판단이 정확하다고 우기기보다는 정말 내 기억과 판단은 정확한지, 아니면 도식 때문에 그렇게 생각하는 것인지 한 번쯤 의심해 보는 게 좋을 것 같네요.

내가 진짜 좋아하는 것은 무엇일까?

여러분은 무엇을 좋아하나요? 애니메이션 장난감을 좋아할 수도 있고, 스마트폰을 좋아할 수도 있겠죠. 사람마다 좋아하는 것이 모두 다를 수 있지만 많은 사람들이 돈을 좋아합니다. 여러분들 중에도 분명히 돈을 좋아하는 사람들이 있을 거예요. 예쁘지도 않고, 먹을 수도 없는 돈을 사람들은 왜 좋아하게 됐을까요?

이 질문에 대한 답을 알려면 사람들이 돈을 좋아하게 되는 과정을 알아야 합니다. 심리학에서 유명한 실험 하나를 소개할게요. 이 실험은 러시아의 생리학자 이반 파블로프의 연구실에서 진행되었답니다.

파블로프의 연구주제는 소화였습니다. '어떻게 입으로 들어간 음식이 에너지로 바뀌는 것일까?' 파블로프는 이를 자세히 알기 위해서 동물실험을 진행했습니다. 우선 소화기능에서 중요한 침을 연구하고자 개의 침샘에 호스를 꽂고 음식을 먹을 때마다 흘리는 침을 밖으로 빼내서 연구를 했죠. 이 연구는 상당히 성공적이어서 파블로프는 소화기능에 대한 연구업적을 인정받아 1904년 노벨상도 받았습니다.

파블로프는 호스가 침샘에서 떨어지지 않도록 개를 움직이지 못하게 묶어 놓았습니다. 그러니 파블로프의 연구원 중 한 명이 개에게 먹이를 가져다줘야만 했지요. 연구원이 먹이를 가져다줄 때 개는 늘 침을 흘렸고, 연구원은 호스를 타고 밖으로 흘러내리는 침을 확인할 수 있었습니다.

그러던 어느 날, 연구원이 바쁜 일 때문에 개에게 먹이를 가져다주지 못했습니다. 그리고 빠른 걸음으로 개 앞을 지나고 있었는데 개가 연구원의 발자국 소리를 듣자마자 침을 흘리는 게 아니겠어요! 연구원은 그 현상을 파블로프에게 보고했습니다. 파블로프 역시 '먹이를 가져다주지 않았는데도 개는 왜 침을 흘렸을까?' 이런 생각을 하면서 이 현상을 흥미롭게 여겼죠. 과학자답게 파블로프는 이 현상을 이해하기 위해 한 가지 실험을 생각해냈습니다.

먼저 개에게 종소리를 들려주고 개가 침을 흘리는지 관찰했습니다. 당연히 침을 흘리지 않았습니다. 그다음엔 먹이를 주고 관찰했더니, 개가 침을 흘렸죠. 여기까지는 모두가 예상 가능한 시나리오였습니다. 그다음 파블로프는 먹이를 줄 때 종소리를 들려줬습니다. 개는 어떻게 반응했을까요? 역시 침을 흘렸습니다. 이때 침을 흘린 건 누가 봐도 먹이 때문에 흘리는 것이었죠. 파블로프는 먹이를 줄 때 종소리를 함께 들려주는 실험을 수차례 반복했습니다. 그리고 드디어 마지막 단계에 돌입합니다. 실험의 마지막 단계로 파블로프는 종소리만 들려주었습니다. 과연 개의 반응은 어땠을까요? 침을 흘렸을까요? 아니면 침을 흘리지 않았을까요?

결과는 놀라웠습니다. 개가 침을 흘렸습니다. 파블로프와 연구원들은 이전에 없던 반응, 즉 종소리만 들었을 때 침을 흘리지 않았던 개가 반복적으로 먹이와 함께 종소리를 들려준 결과, 먹이가 없이 종소리만으로 침을 흘리게 만들었다는 사실에 흥분했습니다.

종소리 → 무반응

먹이 → 침

종소리 + 먹이 → 침

종소리 → 침

파블로프의 실험을 이렇게 간단히 정리할 수 있습니다. 먹이를 먹을 때 종소리를 듣는 경험을 한 개는 이전에 하지

않았던 반응을 했습니다. 이처럼 경험을 통해 일어난 반응의 변화를 심리학에서는 '학습'이라고 합니다. 개는 종소리에 대해 침 흘리는 반응을 학습했다고 말할 수 있죠.

그런데 과연 이 실험이 돈을 좋아하게 되는 과정과 무슨 연관이 있을까요?

돈을 처음 접하는 사람들에게 '돈'이란 파블로프의 실험에서 개에게 처음 들려주었던 '종소리' 같은 역할이라고 할 수 있습니다. 아무런 반응을 일으키지 않죠. 아기의 손에 돈을 쥐어주면 오히려 귀찮다는 듯이 버리고 가기도 합니다. 그렇다면 '먹이'는 무엇으로 비유할까요? 여러 가지가 있겠지만 '사탕'이라고 해 볼게요. 사탕을 먹어 본 아기들은 사탕만 봐도 너무 '좋아'하니까요. 개가 먹이를 좋아하는 것처럼 아기는 달콤한 사탕을 좋아할 테지요. 이후 아기는 어른과 함께 가게에 갑니다. 자신이 원하는 사탕을 집어 들려고 할 때에 어른은 아이 손에 먼저 '돈'을 쥐어줍니다. 그리고 그 돈으로 사탕을 구매해 먹고 좋아합니다. 이런 경험이 반복되면 처음엔 '돈'에 아무런 관심을 보이지 않았던 아기 역시 '돈'을 좋아하게 되는 것이죠.

이러한 '학습' 과정이 비단 돈뿐의 일일까요? 갓난아기에게 이 세상 대부분의 것은 아무런 반응도 일으키지 않는 자극입니다. 스마트폰이나 TV, 장난감을 비롯해 어른들의 관심을 끄는 고급 자동차, 비싼 옷과 가방도 갓난아기에게는 그저 '종소리'처럼 아무런 자극이 되지 않는 것입니다. 하지만 스마트폰과 TV를 통해서 게임이나 예능 프로그램 등 재미있고 즐거운 경험을 하면 스마트폰과 TV가 좋아지고, 장난감을 가지고 기분 좋게 놀게 되면 장난감에 빠져들게 되고, 고급 자동차나 비싼 옷과 가방으로 주변 사람들의 관심을 끌게 되면 이것들에 열광하게 됩니다.

이렇게 따지고 보면 사람들이 정말 좋아하는 것은 무엇일까요?

파블로프의 실험을 마친 개는 이후에도 종소리를 들으면 계속 침을 흘리겠지요. 하지만 개가 침을 흘렸던 대상은 종소리가 아니라 먹이였습니다. 이렇게 보면 사람들이 좋아하는 것은 그저 종이에 불과한 돈이 아니라 사탕을 살 수 있는 수단일 테지요.

여러분이 정말 좋아하는 것은 무엇인가요? 돈인가요, 사탕인가요? 예쁜 옷인가요, 사람들의 관심인가요? 이 기회에 내가 정말 좋아하는 것은 무엇인지 생각해 보는 것은 어떨까요?

30초 이상을 기억 못하는 남자

드라마나 영화에서 가장 자주 등장하는 소재 중 하나가 바로 기억상실증이 아닌가 싶습니다. 어떤 사고로 인해 본인이 누구인지에 대한 기억은 물론 모든 기억을 깡그리 잊어버리는 내용으로 그려지지요. 그런데 여러분은 혹시 주변에서 기억상실증으로 고통 받는 사람을 본 적 있나요? 아마 거의 없을 것입니다. 기억상실증에 대해 알고 있는 사람들 대부분이 영화나 드라마에서 묘사된 것을 보았을 테지요.

하지만 실제로 존재하는 기억상실증은 드라마나 영화에 묘사되는 것과 사뭇 다릅니다. 기억상실증은 어떤 시점을 기준으로 과거를 기억하지 못하는 '역행성 기억상실증'과 사건 이후를 기억하지 못하는 '순행성 기억상실증'으로 구분할 수가 있어요. 그런데 역행성 기억상실증의 경우에도 과거를 통째로 기억하지 못하는 경우는 거의 없습니다. 사고를 당할 때 느꼈던 두려움 때문에 몇 시간을 기억하지 못하는 경우가 대부분이죠.

심리학자들에게 더 많이 알려진 기억상실증은 사건 이후를 기억하지 못하는 순행성 기억상실증입니다. 새로운 정보를 뇌에 입력하지 못하는 경우인데요, 이것이 세상에 알려지게 된 계기는 잘못된 뇌수술 때문이었습니다.

1950년대 미국에서 한 남자가 뇌전증(간질) 수술을 받았습니다. 뇌전증이란 이상 전기신호가 뇌 전체를 덮어서 발작을 일으키는 증상입니다. 이때만 해도 뇌에 대해서 잘 알지 못했기 때문에 뇌전증이 일어나는 뇌의 부위를 과감히 제거했죠.

수술은 성공적이었습니다. 뇌전증 증상이 눈에 띄게 좋아졌으니 말이죠. 그런데 이상한 일이 일어났습니다. 이 남자는 수술 이전의 일에 대해서는 분명하게 기억하고 있었지만, 수술 이후에 벌어지는 일에 대해서는 30초밖에 기억하지 못하는 게 아니겠어요? 수술 이전에 만났던 의사들의 이름과 얼굴은 알아보았고, 물론 자신의 가족이나 친구들도 알아보았습니다. 그들과 함께 했던 시간도 기억했죠. 그러나 수술 이후 새롭게 알게 된 의사나 간호사의 얼굴은 기억하지 못했습니다. 이런 식이었죠.

"안녕하세요? 저는 오늘부터 환자분을 맡게 된 간호사예요. 반갑습니다."

"네, 안녕하세요. 앞으로 잘 부탁드려요."

병실에 와서 환자에게 인사를 한 간호사가 자리를 떴다가 잠시 후 다시 돌아왔습니다.

"환자분, 점심 때 약은 드셨죠?"

걸릴 뿐이지, 시간만 주어진다면 얼마든지 편하게 지낼 수 있다는 점에서 단순하게 좋은 기질과 나쁜 기질을 구분하기는 어렵죠.

부모들을 대상으로 한 책이나 강의에서는 부모가 아기를 잘 키우면, 아기는 그에 따라 좋은 성격이 될 수도 있고 그렇지 않은 성격이 될 수도 있다고 말합니다. 굳이 이런 책이나 강의가 아니더라도 어린 시절의 경험과 부모의 양육이 자신의 성격을 만든다고 자연스럽게 느끼게 되죠. 그러나 심리학자들은 부모의 양육 못지않게 아기의 기질이 중요하다고 말합니다. 그저 부모가 키우는 데로만 크는 것이 아니라, 아기들도 나름의 기질을 가지고 태어나기 때문이죠.

여러분은 어떤 기질이었을까요? 책을 덮고 여러분을 키우셨던 분에게 물어보세요. 엄마나 아빠, 혹은 할머니나 할아버지일 수도 있겠죠. 다음의 세 가지 중에서 어느 쪽에 가까웠는지 물어보세요.

A. 편안하게 잠이 들고, 잠이 깬 후에도 기분이 좋았다. 낯선 사람에게 비교적 잘 안겼다.

B. 쉽게 잠들지 못하고, 잠이 깬 후에도 계속 칭얼거렸다. 낯선 사람

나는 내향적일까, 외향적일까?

여러분은 성격이 어떤가요? 세상에는 사람의 성격을 묘사하는 표현들이 정말 많습니다. 따뜻하다, 차갑다, 친절하다, 냉철하다, 사근사근하다, 착하다, 신경질적이다, 독특하다, 시원하다, 개방적이다, 고집이 세다, 꼼꼼하다, 겸손하다 등 셀 수 없을 정도죠. 여러분의 성격을 묘사하는 표현은 무엇일까 궁금해지네요.

이렇게 많은 표현 중에서 사람들이 가장 많이 사용하는 것은 내향성과 외향성입니다. 성격이 내향적인지 외향적인지에 따라 자신의 행동을 이렇게 설명하기도 하죠.

"저는 내향적이라 사람 만나는 것을 꺼려해요."

"책상에 앉아 있는 일은 딱 질색이에요. 외향적이니까 그렇겠죠?"

어떤 이들은 외향적인 사람의 경우 사교성이 좋아서 친구와 잘 어울리지만, 내향적인 사람은 그렇지 못해 친구가 없는 외톨이가 된다고 생각하죠. 하지만 엄밀히 말하면 틀린 생각입니다. 이제 외향성과 내향성의 특징을 정확하게 알려드릴 테니, 여러분은 둘 중의 어느 쪽에 가까운지를 생각해 보세요.

먼저 외향성은 한 가지를 꾸준하게 하면서 끝내기보다는 다양하고 새로운 것을 추구합니다. 반면 내향성은 여러 가지를 시도하기보다는 마음에 쏙 드는 한 가지를 골라 꾸준하게 지속합니다. 친구를 사귈 때도 그렇습니다. 외향성은 새로운 친구를 사귀는 것을 좋아합니다. 그러나 내향성은 친구를 오래 만나고 깊게 사귀죠. 외향성에게는 친구가 얼마나 많은지가 중요하다면, 내향성에게는 한 친구와 얼마나 깊은 관계를 맺는지가 중요합니다. 내향성이라고 친구가 없는 외톨이가 절대 아니라는 사실!

또 외향성은 타인의 의견에 영향을 잘 받습니다. 어떤 음식이 맛있다고 느끼는 이유가 주변 사람들도 그렇게 말하기 때문이라면 외향적인 사람이라고 할 수 있습니다. 자신의 판단보다는 주변 사람들이나 외부의 기준에 따랐기 때

외향성	내향성
한 가지 일보다 다양하고 새로운 것에 끌린다.	여러 가지를 시도하기보다 마음에 쏙 드는 한 가지를 꾸준하게 지속한다.
새로운 친구를 사귀는 게 좋다.	친구를 오래 만나고 깊게 사귄다.
타인의 의견에 영향을 받는다.	주관이 뚜렷해 다른 사람의 의견에 크게 휘둘리지 않는다.

문이죠. 그러나 아무리 주변에서 맛있다고 해도 자신의 주관이 뚜렷해서 맛이 없다고 말할 수 있다면 내향적인 사람이라고 할 수 있습니다.

여전히 외향성과 내향성의 구분이 모호해서, 자신이 외향적인 사람인지 내향적인 사람인지 갑자기 헷갈리시나요? 이를 확실히 알 수 있는 간단한 실험이 있습니다. 레몬즙 몇 방울이면 됩니다. 심리학자 아이젠크는 사람들의 혀에 레몬즙 몇 방울을 떨어뜨린 후 생기는 침의 양을 조사했습니다. 그리고 평소 침의 양과 비교해 보았죠. 그랬더니 놀라운 결과가 나왔습니다. 내향적인 사람들은 외향적인 사람들보다 더 많은 침이 나왔습니다.

침이 더 많이 나왔다는 것은 무엇일까요? 내향성이 외부 자극에 더 예민하다는 것을 의미합니다. 이런 특성 때문에 내향적인 사람들은 환경이 바뀌는 것을 별로 좋아하지 않습니다. 새로운 환경이 자신의 마음을 복잡하게 만들기 때문이죠. 반면 외향성인 사람은 외부 자극에 둔감하고 쉽게 지루함을 느끼기 때문에 새로운 자극을 계속 추구하는 경향이 있습니다.

내향적인 사람은 낯선 사람들과 함께 있을 때 말하기를 어려워합니다. 그래서 다른 사람들이 보기에는 조용한 편

이라고 생각할지 모르지만, 속마음은 아주 복잡하다고 할 수 있죠. '저 사람이 날 싫어하면 어떡하지?', '저 사람과 정말 친구가 될 수 있을까?', '언제 내 이야기를 해야 할까?' 등 많은 생각을 하느라 말수가 적답니다. 반면 외향적인 사람은 혼자 생각하기보다는 말을 많이 하는 편입니다. 당연히 말실수도 많아지게 되어 주변 사람들로부터 "넌 왜 그렇게 생각 없이 말하니?"라는 말을 듣기도 하는데, 한편으로는 일리가 있는 말이라는 생각이 듭니다.

여러분의 성격은 외향성과 내향성 중 어느 쪽에 가까운 가요? 그리고 둘 중 어느 성격이 좋아 보이나요? 물론 개인이 원하는 것은 있을 수 있어도, 객관적으로 어떤 성격이 좋은지는 말할 수 없답니다. 모두 장단점이 있으니까요. 그런데 외향성인 사람들이 많은 곳에서 내향성인 사람은 "넌 너무 소심해서 문제야. 그런 성격은 틀렸어"라는 말을 듣기 쉽습니다. 반대로 내향성인 사람이 많은 곳에서 외향성인 사람은 "왜 그렇게 말이 많아? 또 아무 생각 없이 말하고, 하나도 꾸준하게 끝내지 못하니? 그 성격 좀 고쳐라"는 이야기를 듣기 쉽지요. 앞서 말한 대로 성격은 무엇이 좋고 나쁜지, 옳고 그른지를 따질 수 없습니다. 나와 다르다고 해서 상대가 틀렸다고는 할 수 없죠. 왜냐하면 세상에는 내향성에 맞는 일이 있고, 외향성에 적합한 일이 있거든요.

혹시 누군가가 여러분의 성격이 잘못된 것처럼 말하더라도 꼭 기억하세요. '내 성격은 틀린 것이 아니라, 다른 사람들과 다를 뿐이야'라고 말이죠. 또 여러분도 주변에 자신과 다른 사람이 있다면, 그 사람의 성격을 틀렸다고 말하기보다는 자신과 다르다는 점을 기억하세요. 사람의 성격은 오랜 시간에 걸쳐 만들어지기 때문에, 마음을 먹는다고 바꿀 수 있는 것은 아니랍니다.

친구 따라 강남 가는 심리학

친구들과 함께 간 편의점에서 한 명씩 과자를 고르게 되었습니다. 여러분이 어떤 과자를 고를까 주저하는 동안에 친구들은 이미 골랐습니다. 이럴 수가! 친구들이 고른 과자를 보니 모두 같은 과자였습니다. 친구들은 여러분을 쳐다보면서 "넌 무슨 과자 고를 거야?"라고 묻습니다. 평소 먹고 싶었던 과자와 친구들이 고른 과자 사이에서 무엇을 고를지 고민이 됩니다. 여러분은 어떤 과자를 고르겠어요? 물론 이런 상황이 한 번이라면 평소 먹고 싶었던 과자를 고

를 수도 있겠지만, 이런 상황이 계속 된다면 분명 친구들이 고른 과자를 고르게 될 것입니다. 나중에는 친구들과 함께 고른 과자가 더 맛있게 느껴지기까지 하죠.

심리학자들은 우리의 판단과 선택이 혼자 있을 때와 다른 사람들과 함께 있을 때 다를 수 있음을 발견했습니다. 다시 말해 혼자서는 하지 않을 선택도 다른 사람의 영향을 받아 할 수 있다는 말이죠. 이를 발견한 사람은 심리학자 애쉬였습니다.

유대인이었던 애쉬는 어린 시절 온 가족이 함께 모여서 유월절*이라는 유대인의 명절을 지키게 되었습니다. 그런데 유월절에는 문을 조금 열어 놓는 풍습이 있다고 하네요. 애쉬는 이것을 보고 삼촌에게 물어보았다고 합니다.

> ★ 유월절 유대인들이 이집트의 노예 생활에서 탈출한 사건을 기념하는 날로, 유대교의 3절기 중 봄에 지내는 절기이다.

"삼촌, 문은 왜 열어놓았어요?"

"유월절에는 엘리야 선지자가 방문하셔서 저 잔에 담긴 포도주를 조금 마신단다."

"정말요? 엘리야 선지가가 와서 포도주를 마신다고요?"

"저 포도주 잔을 잘 지켜보렴. 포도주가 아주 조금 줄어들 테니까."

어린 애쉬는 흥분된 마음으로 포도주 잔을 응시하기 시작했습니다. 그리고 얼마 지나지 않아 잔에서 포도주가 조금 줄어든 것처럼 보였고, 엘리야 선지자가 포도주를 마셨다고 확신하게 되었다고 합니다. 물론 이 모든 것은 삼촌의 장난이었을 뿐입니다. 포도주 잔에서 포도주의 높이를 정확하게 알기 어렵기 때문에 생긴 해프닝이었죠.

어른이 되어서 심리학자가 된 애쉬는 자신의 경험을 떠올리고, 모호한 상황에서는 충분히 타인의 의견을 따를 수 있다고 생각했습니다. 그렇다면 애매하지 않은 상황, 다시 말해 자신의 판단에 대해 확신할 수 있는 상황이라면 어떻게 될까 궁금해졌습니다.

이를 알아보기 위해 애쉬는 심리학 실험에 자원한 참가자들에게 오른쪽처럼 선분의 차이가 명확한 그림을 보여주고, 왼쪽 선분이 오른쪽의 세 선분 중 어느 것과 같은지를 말하게 했습니다. 정답이 C 라는 것은 분명한 사실이죠. 사실 실험의 참가자들 중 1명을 제외한 나머지 사람들은 모두 실험 협조자들이었습니다. 연구자에게 틀리게

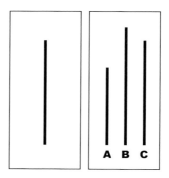

대답해 달라는 부탁을 받았죠. 가짜 참가자들은 순서에 따라 A라고 자신 있게 말했습니다.

앞 사람들이 모두 틀린 답을 자신 있게 말할 때 진짜 참가자는 어떻게 대답했을까요? 틀린 답을 따라가는 비율은 얼마나 될까요? 놀랍게도 37%나 되었습니다. 참고로 혼자 답하게 했을 때는 답을 잘못 말했던 경우는 720회 중 3회(0.004%)밖에 안됐습니다. 틀린 답에 영향을 받아 틀린 답을 말하는 비율이 무려 9250배나 증가한 셈이죠. 애쉬는 무엇이 옳고 그른지 명확한 상황에서도 우리는 너무나 쉽게 자신의 주장을 버리고 다른 사람들을 따라갈 수 있다는 사실을 보여주었습니다.

다른 친구들의 생각을 따라가는 것이 가게에서 과자를 고르는 일이라면 아무래도 상관없습니다. 친구들 눈치가 보여서 먹고 싶은 과자를 고르지 못했다면, 나중에 혼자 가서 골라 먹을 수 있으니까요. 하지만 여러 명이 모여서 한 명을 괴롭히기 시작했고, 여러분에게도 "너도 얘 싫어하지?"라고 말하면서 자신들과 함께 할 것을 요구하는 상황이라면 이야기는 달라집니다. 만약 자신은 원하지 않았는데도 친구들을 따라서 누군가를 괴롭히거나 그 사람의 물건을 망가뜨리는 등 옳지 못한 일을 한다면, 나중에 자신의 행동에 대한 책임을 져야 할 수 있으니까요.

혹시 여러분 주변에 여러 명에게 괴롭힘을 당하는 친구가 있진 않나요? 여러 명에게 모함을 받아 힘들어하는 친구가 보이진 않나요? 이때 누군가는 나서서 진실을 말해야 합니다. 그래야만 아무런 생각 없이 나쁜 친구의 영향을 받아 함께 괴롭힘에 참여했던 친구들도 진실의 편에 서게 될 수 있답니다.

친구 관계뿐 아니라 다른 경우에도 마찬가지입니다. 쉽게 다른 사람들의 말에 동조하기보다는 정말 내 마음이 그런지 아닌지를 따져 묻는 습관을 가지면 좋겠습니다. 많은 위인전이나 역사책을 보더라도 뛰어난 리더는 중요한 순간에 대부분의 사람들이 생각하는 것과 다른 생각을 하는 사람이었습니다.

시식코너의 비밀

여러분은 부모님과 함께 대형마트에 가서 장보는 것을 좋아하나요? 저는 어렸을 적 어머니와 함께 동네 시장에 가서 물건 사는 것을 무척 좋아했습니다. 평소 집에서는 보기 힘들던 각종 물건과 음식재료가 많아서 눈이 즐거웠죠.

요즘은 많은 사람이 재래시장이 아니라 대형마트에서 장을 봅니다. 대형마트가 재래시장보다는 여러 면에서 편리하기는 하지만 재래시장 같은 재미와 즐거움은 주지 못한다고 생각합니다. 그런데 아이들은 저와 달리 대형마트를 가는 것도 좋아하더군요. 백화점에서 가서 물건을 살 때에는 무척이나 힘들어하는데 말이죠. 어떤 차이가 있을까요? 그것은 바로 시식코너였습니다! 아이들 입에 딱 알맞게 잘라 놓은 튀김과 두부, 면 종류 음식과 음료는 아이들에게 좋은 간식 시간이었죠.

아이들은 마치 경쟁이라도 하듯 시식코너를 찾아다니며 열심히 먹기에 바쁩니다. 시식코너에서 일하는 분들은 "부담 갖지 말고 마음껏 드세요!"라고 말합니다. 하지만 어른들은 왠지 모를 부담감에 시식코너에서 마음껏 시식을 하지 못하는 경우가 많습니다.

그런데 이상하지 않나요? 시식코너에 올라오는 상품도 엄연히 파는 물건인데 왜 이렇게 공짜로 먹으라고 하는 것일까요? 어떤 사람들은 시식코너가 소비자에게 음식의 맛을 미리 보게 함으로 소비자의 선택권을 보장해 주기 위해서 존재한다고 생각합니다. 하지만 시식코너에서 벌어지는 일을 보면 꼭 그렇지는 않은 것 같습니다.

"한번 맛보세요. 부담 없이 맛보세요."

그 앞을 지나가던 사람들은 이런 부탁 아닌 부탁을 들어주기 위해 시식코너로 발길을 돌리죠. 그러고는 이쑤시개를 이용해 잘게 썰어 놓은 음식을 먹습니다. 씹을 필요가 없을 정도로 작은 음식을 침으로 대충 처리하고 다시 발걸음을 돌리려는 찰나 다시 이런 목소리가 들립니다.

"맛있죠? 이거 하나 구입해 보세요."

직원이 상품 하나를 쑥 내밉니다. 상황 종결. 시식코너를 벗어나 정신을 차리고 보면 카트에는 예정에도 없던 시식코너의 상품이 떡하니 자리를 잡고 있는 것이 아니겠어요! 사람들은 시식을 한 후에 직원이 내미는 손길을 거절하기 힘들답니다. 여기에는 나름의 심리 전략이 숨어 있습니다.

미국의 심리학자 프리드만과 프레이저는 가정집을 방문해서 안전운

전 캠페인의 일환이라며 커다란 공익광고판을 마당에 설치하게 해 달라고 부탁하는 실험을 진행했습니다. 방문할 집을 두 묶음으로 나누고, 한 묶음의 가정집에는 무작정 찾아가서 부탁을 했죠. 아무리 공익이라지만 가정집에 와서 그런 부탁을 하니 들어주기가 쉽지 않았겠죠. 실제로 대략 20%의 사람들만 허락했습니다. 하지만 다른 묶음의 가정집에는 먼저 안전운전 캠페인에 동참해 달라는 서명을 받고, 집 대문에 "안전운전 합시다!"라고 쓰여 있는 작은 스티커를 붙여달라는 부탁했습니다. 그리고 2주 후에 다시 찾아가 공익광고판 부탁을 했죠. 그랬더니 무려 50% 이상이 허락했다고 합니다.

이 둘의 차이는 무엇이었을까요? 바로 '캠페인 동참서명과 작은 스티커 붙이기'라는 쉬운 부탁의 유무였습니다. 이처럼 처음부터 큰 부탁을 하는 것보다 상대방이 들어줄 만한 작은 부탁을 하고 이후에 큰 부탁을 해서 상대방의 동의를 쉽게 얻어내는 전략을 '문간에 발 들여놓기'라고 합니다. 문을 열고 들어갈 때, 발 한쪽 먼저 들여놓는 데 성공하면 결국 그 집 안으로 들어가는 것은 수월해지는 것에 빗댄 말이죠.

이 기법은 물건을 파는 사람들이 사용하는 주요 전략 중 하나랍니

마음이 아픈 것을 정신 장애라고 하는데, 이와 비슷한 말이 정신병입니다. 몸의 아픔은 그냥 병이라고 하고, 마음의 아픔은 정신병이라고 하는 셈이죠.

그런데 어떤 경우에도 몸이 아픈 사람을 아프다고 비난하는 경우는 없습니다. 하지만 정신병을 앓고 있다고 하면 좋지 않은 시각으로 보는 경우가 많죠. 그건 사람들이 정신병에 대해 잘못된 생각을 갖고 있기 때문입니다.

사람들은 어떤 상황에서도 자신의 마음과 행동에 대한 책임을 져야 하고, 스스로 통제하거나 조절할 수 있어야 한다고 생각합니다. 물론 일반적인 상황에서는 가능한 일입니다. 내가 원하는 것을 선택할 수 있고, 조금 속상하더라도 참을 수 있으니까요. 하지만 항상 이렇게 할 수 있을까요? 그렇지 않습니다.

몸이 건강한 상태라면 조금 아파도 참을 수도 있고, 아프지 않은 신체 부위를 활용해서 생활할 수도 있죠. 그러나 몸이 많이 약해졌거나 참기 어려울 정도로 아프다면 정상적으로 생활하기가 어렵죠. 마음도 마찬가지입니다. 참기 어렵거나 많이 아픈 경우엔 정상적인 생활을 하기 어렵습니다. 그런데 사람들은 몸이 아픈 것에 대해서는 쉽게 이해하고 휴식을 취하거나 치료를 받으려고 하지만, 마음의 아픔

에 대해서는 참거나 스스로 이겨 내야 한다고 생각합니다.

다시 한번 강조하지만 우리의 마음도 몸처럼 아플 수 있습니다. 누구도 자신이 원해서 질병에 걸리지 않습니다. 그래서 질병이 걸렸을 때 애써 참지 않고 도움을 받으려고 하는 것이죠. 이처럼 마음의 병도 원해서 생겨난 것도 아니고, 스스로 감당해야 하는 문제도 아닙니다. 애써 참다가는 병을 더 크게 만들어서 나중에 더 많이 아플 수도 있습니다. 그러니 이제는 자신의 마음의 소리에 귀 기울이고, 몸의 변화만큼이나 마음의 변화도 유심히 관찰해 보세요.

몸의 아픔에 종류가 많고 하나하나 이름이 있듯이, 마음의 아픔도 그렇습니다. 그중에서도 사람들이 많이 겪는 것 두 가지만 간단하게 소개할까 해요. 하나는 우울증이고 하나는 공포증입니다.

우울증은 마음의 감기라고도 합니다. 누구라도 쉽게 걸릴 수 있고, 또 그냥 방치하면 더 큰 질병으로 이어질 수 있기 때문에 이렇게 표현하죠. 우울증을 앓고 있는 사람은 기분이 우울하거나 몸이 처진다고 느끼고, 평소보다 짜증을 많이 냅니다. 또한 학교에 가거나 친구들과 노는 일이 재미가 없다고 느끼고, 잠을 못자거나 반대로 잠만 자기도 합니다. 음식을 먹지 않거나 반대로 음식을 지나치게 많이 먹기도 하고, 쉽게 피곤해지고 어떤 것도 결정을 하기가 어렵다고 느낍니다. 특별히 잘못한 것도 없지만 마음이 계속 불편한 상태가 되죠.

공포증은 실제로 위험하지 않은 대상이나 상황에 대해 과도한 두려움을 느끼는 것을 말합니다. 물론 처음에는 위험에 처한 경험이 있을 수 있죠. 일례로 개공포증이라면 예전에 개에 물린 적이 있을 수 있어요. 그런데 이 경험 때문에 아주 작은 강아지만 봐도 무서움을 느낀다면 공포증이라고 할 수 있습니다. 수업 중에 친구들 앞에서 발표를 하다가 실수를 했는데, 친구들이 그 모습을 보고 모두가 큰 소리로 웃었다면 그 후로는 발표하기가 두렵겠죠. 그래도 다시 준비를 해서 용기를 낸다면 공포증은 아니지만, 사람들 앞에서 나서는 것이 너무 무서워서 모든 발표를 피하게 된다면 공포증이라고 할 수 있습니다.

몇 년 전부터 연예인들이 방송에서 자신이 과거에 마음이 아파서 병원에 가서 진단을 받고 정신과 약물을 처방받아 먹은 적이 있다거나 아니면 심리학자를 찾아가 심리치료를 받은 적이 있다는 이야기를 하기 시작했습니다. 이런 모습을 보고 참 반가웠습니다. 아무래도 연예인들이 그렇게 자신의 이야기를 하니까, 그 모습을 보고 많은 사람들이

'나만 마음이 아픈 것은 아니구나' 생각하면서 위로를 받을 수도 있고 또 용기를 내서 주변 사람들에게 마음의 아픔을 털어놓을 수 있게 될 거라 생각이 들었기 때문이죠.

몸이 아픈 것은 속상한 일이지 창피한 일은 아닙니다. 마음의 아픔도 마찬가지입니다. 속상한 일이지 창피한 일은 아니죠. 마음도 몸처럼 아플 수 있답니다. 여러분도 그럴 수 있고, 우리 주변 사람들도 아픈 마음을 가질 수 있죠. 몸이 아픈 것을 숨기면 제때에 치료를 받을 수가 없어서 더 큰 질병으로 발전하듯이 마음의 아픔도 숨기지 말아야 합니다. 마음이 아프다면 부모님에게나 학교 상담선생님에 말씀드리는 것도 좋겠고요, 아니면 지역의 청소년상담센터나 Wee센터*를 방문하는 것도 좋습니다.

* Wee센터 위기학생 예방 및 종합적 지원 체제를 갖춘 학교 안전망 구축사업인 Wee 프로젝트의 일환으로, 학생들의 적응력 향상을 위한 다양하고 전문적인 상담 서비스를 제공한다. 학생뿐만 아니라 고민이 있거나 학교생활에 어려움을 겪고 있는 일반 학생, 학부모, 교사 모두 이용 가능하다. 프로젝트는 Wee 클래스, Wee 센터, Wee 스쿨로 구성돼 있다. 그중 Wee 센터는 다양한 전문가들이 연계하는 멀티상담센터로 지역교육청 및 시도교육청에 있으며, 학교 안에서 해결되지 않는 근본적인 어려움을 진단-상담-치료를 서비스하는 원스톱 상담센터이다.

마음을 들여다보는 X-ray

　몸이 아파 병원에 가면 의사 선생님께 진찰을 받습니다. "어디가 어떻게 아프죠? 언제부터 아팠나요?" 이런 질문에 대답을 하고 나서 의사 선생님은 청진기를 가슴과 등에 대고 소리를 듣기도 하시고, 입을 크게 벌려 보라고 하신 후 입 속을 관찰하기도 하시죠. 그리고 어떤 경우는 검사를 해 보자고도 하죠. 검사하는 방법은 다양합니다. 피를 뽑기도 하고, X-ray를 찍기도 하죠. 이런 검사를 받으면 눈에 보이지 몸 상태를 보다 정확하게 알 수 있으니까요.

　X-ray가 몸 상태를 알려주는 것처럼 우리의 마음 상태를 알려주는 검사가 바로 심리테스트라고도 하는 심리검사입니다. 심리테스트라고 하니 여러분이 인터넷이나 잡지에서 보았던 것이 생각날 수도 있겠네요. 그러나 인터넷이나 잡지 등에서 출처 없이 떠돌아다니는 심리테스트는 대체로 심리학자들이 사용하지 않는 것들입니다. 의사들이 사용하지 않는 민간요법과 같다고 할 수 있겠네요. 민간요법은 제대로 된 과학적 검증도 거치지 않은 채, 사람들의 경험을 통해서만 내려오는 방법이죠. 물론 효과가 있을 때도 있지만, 어떤 경우는 잘못 사용해서 병을 더 크게 키우기도 한

답니다. 인터넷 심리테스트도 마찬가지입니다. 사람들이 재미삼아 만든 것을 가지고 자신의 마음을 진단하려고 해서는 안 됩니다.

　제대로 자신의 마음을 이해하기 위해서는 어떻게 해야 할까요? 전문적으로 상담을 하는 기관에 찾아가면 심리검사를 받을 수 있습니다. 병원에서도 여러 검사를 통해서 몸이 어디가 아픈지, 얼마나 어떻게 아픈지를 알아야 정확한 치료를 할 수 있는 것처럼, 마음의 치료라고 할 수 있는 상담을 하기 전에 심리검사를 진행합니다.

　그렇다면 심리검사를 통해서는 무엇을 알 수 있는지 궁금하죠? 병원에서 할 수 있는 검사도 종류가 다양하듯이 심리학자들이 사용하는 심리검사도 종류가 다양합니다. 아마 심리검사의 종류를 설명하자면 이 책 한 권을 다 할애해도 불가능할 것 같아요. 그래서 심리학자들이 사용하는 대표적인 심리검사 몇 가지만을 설명할게요.

　첫 번째로는 객관적 검사입니다. 객관적이라는 것은 객관식 문항, 즉 다지선다형 같은 문항에 답을 한다는 의미입니다. 일례로 이런 문항이 있을 수 있죠.

　Q. 나는 내가 하는 모든 일에서 완벽해야 한다

　❶ 전혀 그렇지 않다　❷ 별로 그렇지 않다　❸ 보통이다

여러분은 몇 번을 선택했는지 궁금하네요. 어떤 사람들은 저에게 이렇게 묻고 싶을 거예요. "저는 2번을 선택했는데요, 그럼 제 마음 상태는 어떤가요?" 안타깝게도 심리학자들이 만드는 검사는 이렇게 한 문항이 아니라 보통 수십 개에서 많으면 몇 백 개의 문항으로 이뤄져 있습니다. 한 개의 문항만으로 알 수 있는 것은 거의 없다고 할 수 있지요. 보통 인터넷에 떠돌아다니는 심리테스트는 한 개 혹은 서너 개의 문항만으로 이루어져 있죠? 이런 점이 과학적으로 제대로 만들어진 심리검사와 인터넷에서 재미와 흥미를 위해 출처 없이 떠돌아다니는 심리테스트의 차이기도 합니다.

이런 문항들에 답을 하고 심리학자가 분석을 하고 나면 그 사람의 마음이 얼마나 우울한지, 얼마나 불안한지, 주의집중력은 높은지 낮은지, 친구나 가족 관계에서 편안한지 불편한지, 그리고 이 외에 다양한 마음의 측면을 알 수 있습니다. 가장 대표적인 검사로는 MMPI(미네소타 다면적 인성검사)를 꼽을 수 있죠.

두 번째로는 투사적 검사입니다. 투사라는 것은 자신의 생각과 느낌을 던진다는 의미예요. 투사적 검사는 심리학자가 그림을 보여준 후, 그 그림이 어떻게 보이고 왜 그렇

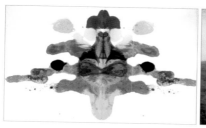

게 보이는지를 묻습니다. 이 역시 한 장의 그림만을 가지고 하는 것은 아니고 최소 10장 이상의 그림을 가지고 진행합니다.

위의 그림을 보세요. 참고로 두 그림은 실제 검사에서 사용하는 그림은 아닙니다. 심리학자들이 사용하는 검사는 객관성을 유지해야 하기 때문에 공개되지 않거든요. 그래서 검사에서 사용하는 그림과 비슷한 그림을 가져왔습니다.

첫 번째 그림은 미술에서 데칼코마니 기법으로 만든 것인데, 뚜렷한 형체가 있지는 않지만 자세히 들여다보면 이 그림에서도 어떤 형태가 있다고 말하는 사람들이 있어요. 마치 하늘의 구름을 보고서 사람이나 동물 모양을 찾아내듯 말이죠. 여러분은 어떤 형태가 보이나요? 우울하거나 불안할 때, 혹은 나쁜 생각이 들 때에는 사람들의 대답은 비슷한 경향이 있습니다. 과학자인 심리학자는 수천 명의 사람들의 대답을 분석해서, 우리의 마음 상태와 그림에 대한 반응을 연결시킨답니다. 이렇게 모호한 그림을 보고 답하게 하는 검사를 로샤 검사라고 합니다. 로샤는 이 검사를 만든 사람의 이름입니다.

반면 오른쪽은 분명한 형태의 그림이죠. 심리학자들은 이 그림을 보고 이야기를 만들어 보라고 합니다. 여러 장의 그림을 보면서 이야기를 만들다 보면, 공통적으로 이야기하는 몇 가지 주제가 있습니다. 어떤 그림을 보아도 성공에 대한 이야기로 연결시키는 사람이 있는가 하면, 어떤 사람은 친구관계와 우정에 대한 이야기로 연결시킵니다. 이런 식으로 사람들은 의도치 않게 자신이 중요하게 생각하는 삶의 주제를 드러내게 된답니다.

세 번째로는 지능검사입니다. 심리검사에 지능검사가 포함된다고 하면 어떤 사람들은 의아해하거든요. 그런데 지능검사를 최초로 만든 사람도 심리학자였고, 지능검사를 활용하는 사람도 심리학자입니다. 지능검사를 통해서 단순히 지능만 알 수 있는 것은 아니에요. 심리학자에게 받는 지능검사는 심리학자와 일대일로 마주 앉아서 2시간 정도 묻고 답하고, 나무 조각이나 퍼즐 조각을 맞추는 과제를

마음의 X-ray 심리테스트

해야 하기 때문에 우리 마음에 다양한 측면을 알려주기도 합니다.

구체적으로는 언어 능력, 작업기억력, 처리속도나 지각 추론을 알려주죠. 언어 능력은 어휘를 많이 알거나 말로 자신의 생각을 잘 표현하는 것이고, 작업기억력이란 짧은 시간 동안 숫자나 어떤 지시 사항을 잘 기억하는지를 나타냅니다. 처리속도는 제한된 시간 동안 어떤 모양을 찾는 것처럼 얼마나 빠르게 과제를 수행하는지, 마지막으로 지각 추론은 나무토막이나 종잇조각 퍼즐을 맞추는 것이죠.

이런 과제를 낯선 심리학자와 2시간 정도 마주 앉아 진행해야 하기 때문에 평소 대인관계 능력에 대한 정보도 얻을 수 있습니다. 대인관계 능력이 적은 사람은 아무래도 평소보다 실력 발휘를 못할 수 있겠죠. 그리고 심리학자 얼굴을 잘 쳐다보지 못하거나 긴장이 되어서 다리를 떨거나 목소리가 떨릴 수도 있습니다.

이처럼 지능검사로 우리 마음의 여러 부분에 대해서 알게 되면 심리적으로 왜 우울하거나 불안한지, 그리고 학교나 직장에서 사람들과는 어떻게 관계를 맺고 있는지, 앞으로 어떤 일을 하면 잘할 수 있는지도 알 수 있죠.

이처럼 우리의 마음을 드러내 주는 심리검사가 사람들의

지죠. 그럼 사람들은 그때의 감정과 생각을 떠올리면서 더 편하게 자신의 마음을 말로 표현할 수 있습니다.

이렇게 표현하는 것만으로도 뭔가 속이 후련해지는 기분을 느끼는 사람도 있지만 이것이 유일한 심리치료의 방법이라면 굳이 심리학자가 필요하지는 않겠죠. 어디 가서 그림을 그리거나 글쓰기를 배우거나 음악을 배우면 되니까요. 심리학자는 심리치료에서 내담자의 마음을 먼저 드러나게 한 다음에 그것에 대해 '인정'을 해 줍니다. 사람들은 누구나 인정을 받고 싶어 합니다. 자신의 마음과 생각을 있는 그대로 알아주기 바라는 것이죠. 만약 여러분 마음이 힘들 때 부모님이나 선생님, 친구로부터 "너는 왜 그렇게 생각하니? 넌 틀렸어"라는 말을 들으면 더 괴롭고 힘들지 않던가요. 반면 "너는 그렇게 느꼈구나. 그래 그럴 수 있어"라는 말을 들으면 마음의 응어리가 풀어지고 새로운 힘이 나기도 하죠. 바로 상담에서는 이런 경험을 할 수 있습니다.

내담자가 자신의 생각과 감정을 있는 그대로 인정해 주는 상담자에게 자신의 마음을 드러내다 보면 마음이 아픈 이유를 찾을 수 있습니다. 그 이유가 무엇이든 마음의 아픔은 경험과 연관이 있습니다. 부모님에게 비난받았던 경험, 친구들에게 따돌림을 당했던 경험, 중요한 시험과 대회

에서 실패했던 경험 등이죠. 경험 때문에 아픔이 만들어졌다면, 치료 역시 새로운 경험을 통해서 가능합니다. 상담자는 내담자가 상담 장면에서 과거와 다른 경험을 할 수 있도록 돕습니다.

일례로 어렸을 때부터 부모님이나 다른 어른들에게 자기주장을 할 때마다 비난을 받고 무시를 당했다면, 나중에 어른이 되어서도 친구나 가족에게 자신의 마음을 표현하기가 어렵겠죠. 이런 사람이 상담 장면에 와서도 자기 마음을 당당하게 말하기가 어려울 것입니다. 뿐만 아니라 '이 세상에서 날 이해해 주는 사람은 아무도 없어'라고 생각하면서 누구에게도 마음을 열지 않으려고 할 수도 있죠.

상담을 받을 때도 마찬가지입니다. 상담자는 내담자에게 계속 마음을 드러내도 괜찮다고 하지만 내담자는 옛날에 엄마와의 일을 떠올릴 수 있습니다. "너 하고 싶은 말 있으면 해 봐!"라는 엄마의 말을 믿고 마음을 드러냈다가 더 혼났던 경험을요. 그러나 용기를 내서 상담자에게 "선생님 저는요…" 하면서 자신의 마음과 생각을 드러냈을 때, 심리학자는 "아, 그렇게 생각했군요. 충분히 그렇게 느낄 수 있을 것 같아요"라고 반응하면 내담자는 지금껏 한 번도 해 보지 못한 경험을 하게 되는 것입니다. '내 마음을 알아주는 사람이 있구나'라고 느끼고 이것이 변화의 씨앗이 되어서 주변 사람들과의 관계도 새롭게 도전할 수 있습니다.

사람마다 마음의 아픔이 다양하듯이 회복되는 과정이나 기간 역시 다양합니다. 하지만 확실한 사실은 체계적으로 훈련받은 심리학자를 찾아가면 아픈 마음을 치유할 수 있습니다. 물론 모든 아픔이 치유되지는 않을 수 있습니다. 병원에서도 고칠 수 없는 병이 있듯 말이죠. 그렇다고 해서 병원에 가지 않는 것은 결코 좋은 방법이 아니겠죠. 몸이 아플 때 의사를 찾아가듯, 마음이 아프면 심리학자를 찾아 심리치료를 받는 것이 필요합니다.

기대가 높으면 결과도 좋다?

미국의 어느 초등학교에서 있었던 일입니다. 학생들에게 친절하게 대하며 관심이 많았던 교장 선생님이 어느 날 한 교실로 성큼성큼 들어오셨습니다. 교실에 학생들은 없었고, 그 반의 담임선생님만 계셨죠. 교장 선생님은 담임에게 명단을 건네주면서 이렇게 말씀하셨습니다.

"이 명단에 있는 아이들은 심리 검사 결과 가능성이 많은 아이들입니다. 학생이나 학부모에게는 알리지 마시고, 그냥 선생님께서 아이들을 지도할 때 참고만 해 주세요."

명단에는 반 아이들의 이름이 일부 있었습니다. 담임선생님은 이후로 아이들을 지도할 때 어느 누구에게도 직접적으로 머리가 좋다거나 가능성이 있다는 말을 하지 않았습니다. 그냥 명단의 아이들이 지적 능력이나 학업에서 좋은 성과를 보일 것이라고 믿고 생각만 할 뿐이었죠.

하지만 이것은 교장 선생님과 하버드대학교의 어느 심리학자가 꾸민 심리학 실험이었습니다. 이들은 다른 사람의 기대가 얼마나 영향을 미치는지 알고 싶었습니다. 특히 학교는 선생님과 아이들이 오랜 시간을 함께 하는 곳이기에 실험을 하기에 좋았죠. 그래서 반 아이들을 무작위로 추출해서 명단에 올린 것뿐입니다. 명단에 이름을 올리지 못한 아이들과 별 다를 바 없는 평범한 아이들이었죠. 그러나 담임선생님에게는 명단에 있는 아이들이 실제로 잠재력이 있는 아이들이라고 믿게 만들어야 했기 때문에, 이 모든 사실을 잠시 숨긴 것뿐입니다. 이처럼 심리학 실험은 때로 정확한 결과를 얻기 위해 참가자들을 잠시 속이기도 합니다. 물론 실험이 끝난 다음에는 모든 것을 사실대로 알려주죠.

실험은 어떻게 되었을까요? 평범한 아이들에게 담임선생님의 기대와 믿음이 영향을 미쳤을까요?

결과는 놀라웠습니다. 8개월이 지난 후 아이들에게 심리 검사를 실시해 보니 처음과 비교해서 무려 24점이나 지적인 능력 점수가 향상되었으며, 대인 관계적인 측면에서도 다른 아이들에 비하여 뚜렷하게 향상되었다고 합니다.

이렇게 다른 사람의 기대나 예언에 영향을 받아 스스로 그 예언을 현실로 만드는 현상을 자기충족적 예언이라고 합니다. '엄마는 나를 싫어할거야', '저 친구는 나를 좋아하게 될 거야'와 같은 생각이 엄마나 친구에게 영향을 미쳐서 정말 엄마는 나를 자주 혼내고, 친구와는 친해지게 된다는 것입니다. 정말 신기하지 않나요? 마치 무슨 마법사가 된 것 같네요!

이런 일이 벌어지는 이유는 우리에게 뭔가 굉장한 능력이 있어서가 아닙니다. 내가 어떤 생각을 하고 있으면, 나도 모르게 그 생각대로 말하거나 행동하게 되고 그것이 상대방에게 전달이 되기 때문이죠. 담임선생님이 학생에게 "넌 가능성이 있어"라고 말하지 않더라도 보다 따뜻한 눈빛을 보내거나 혼자서 해낼 수 있도록 기다려 주거나 또 마침내 해냈을 때는 더 격려해 주겠죠. 이런 반응은 학생으로 하여금 더욱 더 열심히 노력하게 만든답니다.

엄마가 나를 싫어한다고 생각하면 엄마 앞에서 더 위축되고 긴장하게 되어서 전보다 실수를 많이 하게 됩니다. 그러면 엄마는 화를 내실 거고, 그 모습을 보는 우리는 역시 엄마는 나를 싫어한다고 생각합니다. 더 혼날 일이 많아지겠죠. 나를 좋아하게 될 거라고 생각하는 친구 앞에서는 보다 당당하게 행동하고, 호의적으로 친구를 대하게 되니 친구와 친해지기가 더욱 쉽지 않겠어요. 이런 식으로 우리는 다른 사람에게 영향을 미치기도 하고, 다른 사람의 영향을 받기도 합니다.

혹시 혈액형에 따라 성격이 다르다고 생각하나요? 심리학자는 여러 연구를 통해 혈액형과 성격은 관련성이 없다고 주장했습니다. 그런데 왜 아배너광고가 뜨는 것도 있습니다.

여러분은 광고를 주의 깊게 보시나요? 그런 사람들도 있겠지만, 대부분의 사람들은 주의 깊게 보지 않습니다. 그러고는 '광고 따위가 나에게는 영향을 줄 수 없어'라고 생각하죠. 하지만 광고의 효과는 어마어마합니다. 2014년 온라인 광고시장의 규모는 대략 3조원이었다고 합니다. 3조원 정도를 광고에 사용했다는 것은 기업이 광고를 통해서 벌어들인 수익은 3조원 이상이었다고 가늠해 볼 수 있죠. 어떻게 사람들이 주의 깊게 보지도 않는 광고가 이렇게 큰 영향을 미칠까요?

그 비밀은 단순 노출 효과 때문입니다. 단순 노출 효과란 어떤 자극에 반복적으로 노출되기만 하더라도 그 대상에 대한 호감이 증가하는 현상입니다. 어느 심리학자는 대학생들에게 처음 보는 얼굴 사진을 계속 보여 주면서 얼마나 호감이 가는지 점수를 매기도록 했습니다. 이때 심리학자는 일부 사진을 반복적으로 제시했습니다. 많은 사진을 빠르게 보여주었기 때문에 참가자들은 얼굴을 일일이 기억할 수 없어서 자신이 앞서 보았던 사진이라는 것을 알아차리지 못했죠. 그랬더니 놀랍게도 여러 번 보여 준 얼굴일수록 더 많은 호감을 느끼는 것으로 나타났습니다. 그 이유는 우리의 뇌에서 친숙함과 호감을 느끼는 부분이 연결되어 있기 때문입니다. 실제로 사람들은 친숙한 것을 선호하는 경향이 있습니다.

우리가 광고를 일일이 기억하지는 못하더라도 계속 광고에 노출이 되면, 광고에서 선전하는 물건에 대해 좋은 인상을 갖게 되고 결국 그 물건을 구입하게 되는 것이죠. 이런 심리 법칙을 우리의 일상에 적용해 볼 수 있어요. 호감이 가는 사람과 친해지고 싶다면, 그 사람의 눈에 자주 띄는 것이죠. 선생님이랑 친해지고 싶다면 맨 앞줄에 앉는 것도 좋겠고, 친구와 친해지고 싶다면 친구와 조별활동을 같이하거나 쉬는 시간마다 주변에 있는 것도 좋겠네요.

두 번째는 세일과 할인, 묶음 상품의 함정입니다. 사람들은 이왕이면 싼 물건을 구입하려고 합니다. 하지만 기업은 가능한 비싸게 물건을 팔아서 많은 이익을 남기려고 하죠. 이런 차이를 극복하기 위해 기업은 기발한 방법을 사용합니다. 바로 물건 값은 그대로 받으면서 소비자들에게 싸다는 생각을 할 수 있도록 세일과 할인, 묶음 상품 같은 것을 내놓습니다.

세일이나 할인은 기준점이 있습니다. 다시 말해 기존 가격이 얼마였는데, 지금은 이 가격만 받고 판다는 식이죠.

서는 가격표를 의심해 볼 필요가 있습니다.

반면 이 법칙을 활용해 볼 수도 있습니다. 친구와 재미있는 놀이를 할 때 서로 먼저 하겠다고 싸우기보다는 "네가 먼저 해. 내가 양보할게"라고 말해 보세요. 어차피 누가 먼저 하더라도 한 번씩밖에 못하는 상황에서 이렇게 양보하면, 실제로는 손해 보지도 않을 뿐더러 오히려 상대방에게 '양보하는 마음이 넓은 친구'라는 틀로 보게 만들 수 있답니다.

연쇄살인범을 잡아라

1940년 11월의 어느 날 미국의 어느 공장 창문에서 수상한 상자가 발견되었습니다. 겉에는 "악당들에게. 당신들을 위한 선물이야"라고 적혀 있었죠. 그것은 폭탄이었습니다. 다행히 폭발하지 않은 불발탄이어서 피해는 없었죠. 사람들은 누군가 장난을 친 것이라고 대수롭지 않게 넘겼습니다. 하지만 장난이 아니었습니다. 그때부터 시작해 1956년까지 무려 20건 이상의 폭발 사고가 있었습니다. 폭발하지 않은 것까지 치면 30건이 넘었죠.

폭발은 주로 극장과 공중전화 박스, 라디오 방송국, 버스 터미널과 기차역 등 사람들이 많이 다니는 곳에서 일어났습니다. 범인은 경찰을 비웃듯이 활동했고, 경찰은 범인을 잡기 위해 모든 노력을 기울였지만 실패했습니다. 그러다가 브러셀이라는 심리학자에게 자문을 구하러 갔습니다.

브러셀은 편지와 현장의 사진 등 여러 자료를 검토한 끝에 범인은 결혼하지 않은 뚱뚱한 아저씨이며, 형제와 함께 살고 있을 수 있고, 아버지를 미워하고 어머니에게 집착이 강한 사람이라고 추정했습니다. 특히 최초의 폭발사고가 일어났던 회사에서 억울한 일을 당했을 것이라고 말했습니다. 놀랍게도 심리학자는 범인이 단추가 이중으로 달린 양복을 입고 있을 것이라며 구체적인 차림까지 예언했습니다. 이후에 뉴욕 경찰은 브러셀의 추측을 바탕으로 범인을 검거했습니다. 어떻게 이런 일이 가능했을까요?

브러셀은 여러 사람들과 상담을 진행하면서 아버지를 미워하고 어머니에게 집착한 사람이 회사나 국가 같은 권위 있는 기관에 대해 불만을 가질 가능성이 높고, 또 다른 사람들의 관심을 끌기 위한 행동을 하는 경향이 있다는 사실을 떠올렸습니다. 게다가 치밀하게 폭발 사고를 계획했다는 점에서 깔끔한 성격일 것이라고 예상해서 당시 유행하던

양복을 입었을 것이라고 말했던 것이죠.

물론 이런 분석이 모든 상황에 적용될 수 있는 것은 아닙니다. 또 어머니에게 집착이 강하고, 권위 기관에 불만이 많고 깔끔한 사람이 모두 폭파범이 되는 것도 당연히 아니고요. 당시 미국 사회에 이런 경향성이 있었다고 이해해야 합니다.

놀랍게도 검거될 당시 범인은 브러셀이 예언한 것과 너무 비슷한 양복을 입고 있었다고 합니다. 이 사건으로 심리학자에게 사람들의 이목이 집중된 것은 당연한 일이었죠.

이후에도 기존의 수사방식으로는 해결하기 어려운 사건이 벌어질 때마다 이런 식으로 접근했습니다. 보통 범죄사건은 피해자 주변 사람인 경우가 많습니다. 그래서 사건이 일어나면 가족이나 친구, 이웃을 대상으로 수사를 시작합니다. 하지만 연쇄 살인사건의 경우 범죄동기가 뚜렷하지 않고, 대상도 무차별적인 경우가 많습니다. 아무리 주변 사람들과 이야기를 해 보아도 실마리가 될 만한 단서를 발견할 수가 없죠.

1972년 미국 FBI(연방수사국) 역시 이런 어려움을 해결하고자 심리학자를 고용하기 시작했습니다. 소위 프로파일러 제도를 도입하게 된 것이죠. 프로파일러란 범죄행동을 분

현상이 있습니다. 서울 잠실야구장에서 양궁 국가대표팀이 과녁을 향해 활시위를 당기는 것이죠. 야구장에서 양궁 시합이라니! 이 모습을 본 사람들은 어리둥절했죠. 자신이 야구장이 아니라 양궁장에 온 것인지 의심하는 사람들도 있었죠. 그러나 그곳은 분명 야구장이었습니다.

양궁은 다른 어느 종목보다 순간의 집중력이 중요한 운동입니다. 불과 1~2점 차이가 승패를 가르기 때문이죠. 그래서 다른 어느 종목보다 스포츠심리학의 연구결과를 일찍 받아들였습니다. 그 결과 야구장에서 연습을 하게 된 것입니다. 온갖 소음과 환호성이 많은 상황에서 집중할 수 있다면, 실제 시합에서도 좋은 성적을 거둘 수 있을 테니까요.

양궁은 올림픽에서 메달을 많이 따는 종목입니다. 어떤 분들은 우리 민족이 본래 활을 잘 쏘는 민족이었기 때문에 그렇다고도 하지요. 끊임없이 다른 나라의 침략을 받았고, 전쟁을 해야만 했기에 활을 잘 쏘게 되었다는 주장이죠. 그러나 이는 사실이 아닙니다. 게다가 유럽형 활인 양궁은 신체적으로 동양인에게 불리하다고 합니다. 팔이 짧아서 서양선수들보다 활시위를 일직선으로 당기기가 어렵기 때문이라네요.

이런 신체적 불리함을 뛰어넘을 수 있는 것은 먼저 한국

양궁선수들의 피나는 훈련 덕분입니다. 이 훈련에는 다양한 심리훈련이 포함됩니다. 스포츠심리학자들이 만들어 낸 훈련 방법이죠. 앞서 언급했던 야구장에서의 소음훈련뿐 아니라 군대의 특수부대 훈련, 번지점프, 공동묘지 달리기, 뱀 소굴 탐방 등 어떠한 상황에서도 침착하게 자신의 마음을 다스릴 수 있도록 하는 것이 목적입니다.

이런 훈련을 스트레스 노출 훈련이라고 합니다. 간단하게 말하자면 스트레스 상황에 반복적으로 겪도록 해 마음이 스트레스를 이길 수 있도록 단련하는 것이죠. 스트레스 노출 훈련은 구체적으로는 세 단계로 구성되는데요, 첫 단계는 교육입니다. 스트레스가 무엇인지, 우리 몸은 어떻게 반응하고 수행에 어떤 악영향을 미치는지 알게 됩니다. 두 번째는 스트레스 상황에서도 좋은 경기를 할 수 있도록 다양한 기술을 배웁니다. 집중 훈련, 호흡 훈련 같은 것들이죠. 마지막 단계는 실제 스트레스 상황에서 기술을 적용하고 연습하는 것입니다. 그냥 무조건 야구장에서 활을 쏘는 것이 아니라, 이를 위해서 스트레스에 대한 교육도 받았고 긴장될 때 긴장을 풀 수 있는 다양한 기술도 배웠을 것입니다.

이런 체계적인 심리훈련의 결과 한국 양궁은 엄청난 성

과를 이루었습니다. 1984년 LA 올림픽에서 처음으로 금메달을 딴 이후 2012년 런던올림픽까지 무려 19개의 금메달을 획득했는데, 이 중 최고의 순간은 아마도 2008년 베이징올림픽이 아니었을까 싶습니다. 여자 단체 결승전에서 한국은 주최국인 중국팀을 224 대 215로 꺾었습니다. 시합 당일 천둥과 비바람이 선수들을 힘들게 했죠. 이런 악천후 못지않게 우리 선수들을 괴롭혔던 것은 중국 관중들이었습니다. 중국 선수들이 활을 쏠 때는 조용히 있다가, 한국 선수들이 활을 쏠 때 온갖 소음을 내고, 야유를 퍼부었습니다. 국제 경기에서 도저히 상상하기 어려운 일이 벌어진 것이죠. 그러나 태극 낭자들은 이에 아랑곳하지 않고 자신의 실력을 보여주었습니다. 그 결과 전체 라운드에서 중국은 한 번도 한국을 이기지 못했습니다. 이것이 바로 심리학에 근거해서 체계적으로 훈련한 결과겠죠.

스트레스 노출 훈련은 비단 운동선수들만 사용할 수 있는 것은 아닙니다. 학생들이 수행평가를 받기 전이나 중요한 발표를 준비할 때에도 활용할 수 있습니다. 먼저 자신이 스트레스를 받고 긴장할 때 몸과 마음이 어떻게 반응하는지를 떠올려 보세요. 이런 상황에서 스트레칭을 하거나 복식 호흡을 하면서 몸을 편안하게 만들어 주면 불안한 마음

역시 어느 정도 가라앉습니다. 그래서 스트레칭이나 복식 호흡을 꾸준하게 연습합니다. 마지막으로는 스트레스를 받는 상황으로 가서 연습을 해 보는 것입니다. 예를 들어 발표 상황이라면 친구 몇 명을 모아놓고 조용히 경청하도록 부탁하는 것이 아니라 오히려 더 크게 떠들라고 말하는 것입니다. 당연히 그 앞에서 발표하는 것은 쉽지 않겠죠. 그때 스트레칭과 복식 호흡을 하면서 마음을 가다듬은 연습을 하고 그것이 성공적이라면, 실제 상황에서도 잘 해낼 수 있습니다.

바퀴벌레 달리기 실험

여러분은 무엇이든 혼자 하는 것을 좋아하나요, 아니면 다른 사람들과 함께 하는 것을 좋아하나요? 최초의 스포츠심리학자 트리플렛은 우리에게 함께하라고 조언을 해 줍니다. 혼자보다는 함께 할 때 더 열심히 하게 된다면서 말이죠.

그는 사이클 선수들이 혼자 달리는 것보다는 다른 선수와 함께 달리는 것이 기록 단축에 효과적이라는 사실을 알게 되었습니다. 시합 때만 그렇다는 것이 아닙니다. 연습상황에서도 마찬가지였습니다. 코치는 트랙을 돌면서 몸을 풀라고 했을 뿐인데도, 동료와 함께 트랙을 돌 때 선수들은 페달을 더 힘차게 밟았습니다. 처음부터 전력을 다하는 것보다 여유 있게 몸을 푸는 것이 이후 본 연습이나 시합을 할 때 더 유리하다는 것을 선수들도 잘 알고 있었습니다. 그런데도 경쟁하듯 선수들은 아주 열심히 트랙을 돌았죠. 이처럼 함께 할 때 열심히 하는 현상을 사회적 촉진이라고 이름 붙였습니다.

이후 심리학자들은 여러 연구를 통해 사회적 촉진이 두 가지 형태로 나타난다는 사실을 발견했죠. 하나는 활동에 함께 참여하는 사람이 있을 때 나타나는 공통행동 효과, 또 다른 하나는 관중이 있을 때 나타나는 관중 효과입니다.

이렇게 보면 트리플렛의 발견은 공통행동 효과라고 할 수 있죠. 이런 예는 우리 주위에 얼마든지 있습니다. 집에서는 밥을 잘 안 먹거나 편식하는 사람도 유치원이나 학교, 직장에서 다른 사람들과 함께 먹을 때는 잘 먹기도 합니다. 공부도 혼자 하면 잘 안 되지만 도서관처럼 다른 사람들과 함께 공부하는 곳에서는 잘 되기도 합니다.

관중 효과가 잘 나타나는 경우는 농구나 축구 등 운동경기를 할 때입니다. 동네에서 친구들끼리 장난스럽게 시작한 운동경기지만, 하나 둘 관중이 생기면 너나 할 것 없이 선수 못지않게 열심히 뜁니다. 시합이 아닐 때에도 마찬가지입니다. 농구 코트에서 혼자 슛을 던지고 있거나 벽을 향하여 축구공을 찰 때, 그리고 운동장 트랙을 따라 천천히 뛰던 사람들은 누군가가 지켜보고 있으면 더욱 열심히 합니다.

놀라운 사실은 이런 사회적 촉진 현상이 동물들에게도 나타난다는 것입니다. 다른 닭과 함께 있는 닭은 혼자 있는 닭보다 60%까지 더 먹었는데, 심지어 다른 닭이 먹고 있는 비디오를 보기만 해도 더 먹었다고 합니다. 그리고 개미들도 다른 개미들이 있을 때 더 굴을 많이 판다고 하네요.

여기서 끝이 아닙니다. 심지어 바퀴벌레를 가지고 실험을 한 심리학자도 있습니다.

자이언스라는 심리학자는 72마리의 암컷 바퀴벌레를 직선으로 뻗은 통로에서 달리게 만들었습니다. 그 결과 바퀴벌레들 역시 혼자 달렸을 때보다 동료와 함께 했을 때, 그리고 다른 동료가 쳐다보고 있을 때 더 빠르게 달렸습니다. 공통행동 효과와 관중 효과가 모두 나타났다는 것이죠.

하지만 다른 사람들과 함께 할 때 무엇이든 잘하게 되는 것은 아닙니다. 혼자서 어려운 수학 문제를 풀고 있는데, 누가 와서 쳐다보고 있거나(관중 효과), 다른 친구들과 함께 풀게 되면(공통행동 효과) 오히려 더 못 풀게 되죠. 사회적 촉진과는 정 반대로, 다른 사람과 함께 할 때 오히려 더 못하게 되는 현상을 사회적 저하라고 합니다.

사회적 촉진이 잘 하는 것이나 쉬운 것을 할 때 나타난다면, 사회적 저하는 못하는 것이나 어려운 것을 할 때 나타난다고 할 수 있죠.

이런 현상은 바퀴벌레 실험에서도 그대로 나타났습니다. 다음 페이지의 그림 중 직선 달리기(쉬운) 과제에서는 사회적 촉진 현상이, 교차로에서

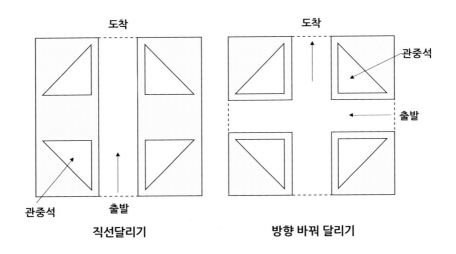

직선달리기   **방향 바꿔 달리기**

방향을 바꿔야 하는(어려운) 달리기 과제에서는 사회적 저하 현상이 일어났습니다.

우리는 살면서 사람들과 함께 하거나 사람들 앞에서 무언가를 해야 할 때가 많이 있습니다. 이때 더 즐겁게 하고 잘 하기 위해서는 먼저 그 과제를 쉬운 과제로 만들어야 합니다. 어떻게 하면 쉬운 과제로 만들 수 있을까요? 연습과 반복으로 가능합니다. 물론 처음에 어렵게 느껴진다면 혼자 하는 것이 낫겠지만, 조금 익숙하고 쉽게 느껴진다면 함께 할 때가 더 좋겠죠.

러분도 필요하다면 이런 곳에서 상담을 받을 수 있어요. 대학교의 경우 학생상담센터가 있고, 기업 안에도 직원들을 위한 상담소가 있는 곳이 많습니다. 병원에서 심리치료를 하기도 합니다. 또 최근에는 심리상담센터를 개업한 심리학자도 많아지고 있습니다.

물론 이런 곳에서 일하시는 분들을 모두 심리학자라고 부를 수는 없습니다. 왜냐하면 심리치료나 심리상담을 다루는 분야가 심리학 이외에도 많거든요. 교육학이나 사회복지학, 간호학, 가족학, 아동학에서도 상담을 공부하고 현장에서 일할 수 있습니다. 만약 여러분이 심리상담을 하시는 분들을 만나게 된다면 "선생님은 심리학자인가요?"라고 질문을 해 봐도 좋겠네요.

이처럼 심리학자가 하는 일 중에 가장 많이 알려진 것은 아픈 마음을 치유하는 심리치료 혹은 심리상담이지만 이것은 심리학의 한 분야일 뿐입니다. 심리학은 다른 학문들보다 연구를 중요하게 생각하기 때문에 연구와 관련된 일을 하는 사람들도 많이 있습니다.

기업에서는 심리학자를 고용해 소비자의 심리를 연구합니다. 물건을 많이 팔기 위해서 먼저 소비자들이 가장 편안하게 사용할 수 있는 물건을 만들기 위해 애쓰지요. 스마트

폰이 대표적입니다. 10년 전만 하더라도 핸드폰을 구입하면 사용법이 적혀 있는 매뉴얼을 함께 받았습니다. 단지 전화만 걸고 받는 것이 아니라 사진도 찍고, 게임도 하고, 뉴스도 보고, 은행 업무도 처리하는 등 다양한 기능이 있기 때문에 소비자는 제대로 핸드폰을 사용하려면 공부 아닌 공부를 해야 했습니다. 사용법이 복잡하다는 것은 다른 말로 사람이 정보를 처리하는 방식과 잘 맞지 않기 때문이라고 할 수 있습니다. 불편함을 느끼는 소비자는 당연히 구입을 꺼리게 되겠죠.

전 세계 최초로 스마트폰을 출시한 애플사는 직관적 인터페이스를 핸드폰에 적용했다고 합니다. 직관적이라는 것은 소비자가 매뉴얼을 보지 않아도 딱 보면 알 수 있도록 만들었다는 것이죠. 어떻게 딱 보면 알 수 있을까요? 사람의 정보처리 방식에 가장 적합하게 만들면 됩니다. 이제는 핸드폰을 구입할 때 두꺼운 사용법 매뉴얼은 주지 않습니다. 종이 한 장이 들어 있는데, 이런 안내 문구가 있죠. 사용법에 대해서 더 알고 싶으면 우리 회사의 홈페이지로 들어가 보라.

여러분은 어땠나요? 처음 스마트폰을 사용하게 되었을 때 혹시 매뉴얼을 보고 공부했나요, 아니면 그냥 이것저것

하다보니까 자연스럽게 쓸 수 있게 되었나요? 대부분 후자였을 것입니다. 어떤 버튼을 눌렀을 때, 화면의 변화가 있다면 사람은 자연스럽게 아이콘과 버튼 누르는 방법을 학습하게 되는 것이죠. 앞에서 말씀드렸던 쥐 실험을 떠올려 보세요. 쥐가 버튼을 눌렀을 때 먹이가 나오면 계속 그 버튼을 누르는 것처럼, 사람도 버튼을 계속 누르게 되는 것입니다. 이런 식으로 심리학자들은 사람의 마음과 행동을 연구하여 그것을 기계에 적용시키는 연구를 수행하기도 합니다.

이처럼 기업이나 다른 기관에 소속되어서 일하는 심리학자들도 있지만, 아예 심리학자들이 만든 기업도 있습니다. 다양한 종류의 심리검사를 제작하고 판매하는 회사가 있고, 기관이나 개인의 의뢰를 받아서 사람들의 심리를 조사하는 리서치 회사도 있죠. 또한 기업가가 기업을 효율적으로 운영할 수 있도록 자문을 해 주는 회사도 있습니다. 그리고 사람의 심리와 관련된 다양한 주제로 학생이나 어른들을 대상으로 교육하는 회사도 있죠. 이 외에도 다양한 목적을 가진 심리학 관련 회사가 있으며, 이런 회사에서 일하는 심리학자들도 많습니다.

대한민국의 건강한 남자라면 누구나 군대에 가야 합니

다. 몸과 마음이 건강한지를 검사하는 병무청에서 일하는 심리학자가 있습니다. 몸이 건강한지는 의사가 판단을 하지만, 마음이 건강한지를 확인하는 일은 심리학자의 몫이겠죠. 군대에 입대를 하더라도 심리학자를 만날 수 있습니다. 군대에서는 심리학자를 고용해 장병들에게 심리상담 서비스를 제공합니다.

경찰이나 검찰에도 심리학자들이 일하고 있습니다. 프로파일러로 활동하면서 범인의 검거와 수사 과정에 도움을 주기도 하고, 범죄 피해를 입은 사람들을 대상으로 심리상담을 하기도 합니다. 반면 범죄자들이 가장 적절한 처벌을 받을지 결정하는 일에 참여하기도 하고, 다시는 범죄를 저지르지 않도록 교도소나 보호관찰소에서 진행할 수 있는 다양한 프로그램을 개발하고 실시하는 일도 합니다.

한국에서의 심리학자라는 직업은 아직 많이 알려지지 않았습니다. 일단 숫자도 다른 직업군에 비해서 적은 편이죠. 그래서 어떤 부모님들은 자녀가 심리학자가 되겠다고 하면 말리는 경우가 많습니다. 심리학자를 한 번도 본 적 없고, 심리학자가 무슨 일을 하는지도 잘 모르기 때문이죠. 그러나 심리학자들은 우리 사회 곳곳에서 활동하고 있습니다. 사람 사는 세상에서 사람 마음과 행동의 전문가라고 할 수 있는 심리학자가 할 수 있는 일은 너무나 많습니다. 시간이 지날수록 더욱 그렇게 되겠죠.

심리학과에선 뭘 배울까?

의사가 되려면 의과대학교에 진학해서 의학을 공부하고, 교사가 되려면 교대나 사범대학에 진학해서 교육학을 공부해야 합니다. 물론 공부만 한다고 되는 일은 아니죠. 관련 실습이나 수련도 받아야 하고, 국가에서 주관하는 시험을 봐야 합니다.

그렇다면 심리학자가 되기 위해서는 무엇을 공부해야 할까요? 대학에서 꼭 심리학을 전공해야 하나요? 대학에서 심리학을 공부하면 좋지만, 반드시 그래야 하는 것은 아닙니다. 심리학자는 대학보다는 대학원에서 심리학을 공부해야 하기 때문이죠. 대학에서 심리학을 공부하지 않았더라도, 대학원에 진학할 수 있다면 심리학자가 될 수 있습니다. 물론 대학에서 심리학을 공부하지 않았을 경우는 대학원에 진학하기가 조금은 어려울 수 있으니, 처음부터 심리학자를 꿈꾸는 사람이라면 대학에서부터 심리학을 공부하기를 추천합니다.

그렇다면 대학의 심리학과에서는 무엇을 어떻게 배울까요? 심리학과에서 배우는 과목을 모두 소개하자면 이 책 한 권으로도 모자랄 수 있습니다. 그래서 몇 가지 정도만 소개해 볼게요.

대표적인 분야는 생리심리학과 학습심리학입니다. 생리심리학에서는 주로 인간의 뇌가 어떻게 마음과 행동에 연관되는지를 살펴보는 분야입니다. 우선 교수님의 강의와 교과서를 통해서 해당 내용을 익히지만, 아무리 말로 뇌에 대하여 이야기한다고 하더라도 별로 와 닿지 않을 수 있죠. 가장 좋다면 인간의 뇌를 직접 보면서 공부해야겠지만, 사람의 뇌는 기증을 받기도 힘들고 또 보관도 어렵다는 한계가 있어요. 그래서 인간의 뇌와 아주 비슷한 쥐의 뇌를 가지고 실습을 하기도 합니다.

대학원 과정에 생리심리학 전공이 있는 학교는 보통 사육실이 있습니다. 바로 쥐를 사육하는 곳이죠. 그 안에는 수백 마리의 실험용 쥐들이 살고 있어요. 귀여운 쥐를 연구에 사용하는 것이 마음은 아프지만 학문의 발전을 위해 어쩔 수 없이 사용하고 있죠. 자연과학이나 의학, 약학에서도 마찬가지랍니다. 마치 초등학교에서 개구리를 해부하듯이 쥐를 해부합니다. 다른 점이 있다면 개구리 해부는 근육과 소화기관 등 개구리 전반에 대해서 실습을 하지만, 생리심리학 수업에서는 뇌를 비롯해 신경계에 관심이 있기 때문에 주로 뇌에 대한 부분을 관찰합니다. 뇌의 구조와 기능에 대한 설명을 들으면서, 실제로 뇌가 어떻게 마음이나 행동을 만들어낼 수 있는지 다양한 실험을 하기도 합니다.

또 학습심리학에서는 인간과 동물이 어떻게 행동을 익히는지 배우는데, 이 책의 학습심리학에서 소개했던 파블로프의 개 실험이나 범죄심리학에서 소개했던 스키너의 쥐 실험이 대표적 내용입니다. 학교에 쥐 사육실이 있는 경우는 직접 쥐를 대상으로 버튼을 누를 때마다 먹이를 주는 실험을 하기도 합니다. 책으로만 배우는 것이 아니라 이렇게 직접 실험을 해 보기도 합니다.

상담심리학이라는 수업에서는 어떻게 사람의 마음을 상담으로 변화시킬 수 있는지를 배우는데, 다양한 이론을 배운 뒤에 두 사람씩 짝을 지어서 직접 실습을 하기도 합니다. 한 사람은 상담자, 또 다른 사람은 내담자 역할을 시키는 것이죠. 친구들끼리 마주 앉아 상담 연습을 하려니 쑥스럽기도 하고 어색하기도 하지만, 실제로 하다보면 상담이

어떤 것인지 조금이라도 더 알 수 있습니다. 어떤 교수님들
은 수업 과제로 학생상담센터를 방문해 상담을 직접 받고
느낀 점을 보고서로 제출하라는 과제를 주기도 합니다.

　자신은 문제가 없다고 평소 생각하고 살았지만 상담을
받다보면 자신도 모르게 속상했던 감정들이 올라오는 경우
가 있죠. 사실 몸이 완벽히 건강한 사람은 없고 사소한 질
병을 조금씩 가지고 있듯이, 우리 마음도 완벽히 건강한 사

람은 없습니다. 순간 느끼는 속상한 감정들을 제때 제대로 표현하지 못해 응어리진 마음이 있는 경우가 대부분이니까요. 그래서 처음에는 과제 때문에 상담을 받으러 갔다가, 정말 자신의 마음을 알고 싶고 변하고 싶어서 꾸준하게 상담을 받는 학생들도 있습니다.

이처럼 심리학은 사람의 마음과 행동에 대한 학문이기 때문에, 공부 역시 이렇게 생생하게 진행할 수 있습니다. 또한 과학을 지향하기 때문에 이론과 실험이 공부하는 내용의 대부분을 이루는 것입니다.

나도 예비 심리학자!

심리학자를 꿈꾸시나요? 진짜 심리학자가 되기 위해서는 많은 시간과 노력이 필요하겠지만, 예비 심리학자로서 어떤 것을 준비하면 좋을지 소개할게요.

다른 직업도 그렇겠지만 심리학자가 되고 싶다면 학교 공부를 소홀히하지 말아야 합니다. 이것은 단지 성적만 잘 받으면 된다는 이야기가 아닙니다. 어느 과목이든지 나중에 심리학 공부를 할 때 연관이 많이 되어 있기 때문에 내용

보상을 받을수록
못하게 되는 이유

여러분은 보상을 좋아하나요? 책을 읽을 때마다 받는 칭찬 스티커, 학교 시험에서 좋은 점수를 받았거나 심부름을 할 때마다 받는 용돈 같은 것이 보상입니다. 당연히 좋아한다고요? 여러분의 목소리가 들리는 것 같네요. 그럼 이렇게 질문을 해 볼게요. 여러분이 어른이나 부모가 되면 아이들에게 보상을 마음껏 해 주고 싶나요? 만약 그렇다면 보상을 마음껏 해 주는 것이 아이를 위해서도 과연 좋을까요?

2007년 미국 하버드대학교의 한 경제학자는 돈이 공부를 잘 하게 만드는지 알기 위해서 18,000명의 학생들을 대상으로 3년 동안 무려 630만 달러(약 63억 원)를 사용했습니다. 성적에 따라 25달러(2만5천원)에서 50달러(5만원)까지 주었고, 독서나 출석, 수업 태도에 따라 돈을 주었습니다. 돈이 걸렸으니 학생들은 공부를 열심히 했고, 책도 많이 읽었습니다. 또 학교도 빠지지 않았고 수업도 열심히 들었죠. 돈의 효과가 나타나는 것처럼 보였지만, 돈을 더 이상 주지 않자 이런 모습이 금세 사라졌습니다.

결국 이 연구는 돈을 주는 것이 공부를 잘하게 만들지는 못한다는 결론만 얻었습니다. 사실 이런 결과는 심리학자들에 의해서 예언되었습니다. 왜냐하면 1970년대부터 이와 비슷한 연구들이 많았으니까요. 그중

의 한 실험을 살펴보죠. 미국 스탠퍼드대학교에서 진행한 심리학 실험입
니다.

　연구자는 어느 유치원에 가서 원장 선생님과 학부모들에게 협조를 구
하고 실험을 진행했습니다. 우선 아이들을 세 집단으로 나누어 그림을 그
리게 했죠. 첫 번째 집단의 아이들에게는 그림을 그리면 그 대가로 선물
을 주겠다고 먼저 약속한 후 그림을 그린 아이들에게 선물을 주었고, 두
번째 집단의 아이들에게는 아무런 예고 없이 그림을 그린 후에 갑작스럽
게 선물을 주었으며, 세 번째 집단의 아이들에게는 아무런 선물을 주지
않았습니다. 2주가 지난 후에 연구자는 다시 유치원을 방문했죠. 아이들
을 한 곳에 모아놓고 자유 시간을 주었습니다. 자신이 원하는 것을 할 수
있었습니다. 물론 그림을 그리는 것도 가능했죠. 심리학 실험을 할 때 사
용했던 그림 도구가 그 방 안에 있었거든요. 과연 세 집단 중 어느 집단의
아이들이 자유 시간에 그림을 그렸을까요?

　많은 사람들은 아이들이 어떤 행동을 했을 때 보상을 주면 그 행동을
더 좋아하게 될 것이라고 생각합니다. 이런 생각이 맞다면 세 집단 중에
서도 첫 번째 집단의 아이들이 그림을 더 많이 그렸겠죠. 하지만 결과는

정반대였습니다. 첫 번째 집단(9%)보다는 두 번째(17%)와 세 번째 집단 (18%)에서 그림을 그리는 아이들이 더 많았죠.

이 실험 결과에 대해 심리학자들은 '외재적 동기 때문에 내재적 동기가 사라졌기 때문'이라고 말했습니다. 외재적 동기란 외부에서 받는 동기, 즉 보상을 말합니다. 어른들이 직장에서 일을 할 때 돈을 받습니다. 돈이 일 하는 행동의 동기가 되는 셈이죠. 반면 내재적 동기는 자기 마음에서 우 러나는 자발성, 흥미 같은 것을 말합니다. 누가 시키지 않아도 혼자 재미 를 느끼며 하는 행동의 동기죠. 다시 말해 어떤 행동을 했을 때 보상을 주 면, 결국 그 행동에 대한 흥미가 없어진다는 것입니다.

사람들은 자신의 행동에 대해서 이유를 찾으려고 합니다. '내가 이 일 을 왜 했지?'라고 생각하는데, 보상을 받은 사람은 '보상 때문에 이 일을 했구나'라고 생각하지만 보상을 받지 못한 사람은 '내가 좋아서 이 일을 했구나'라고 생각합니다. 물론 이런 판단은 자기도 모르는 사이에서 마음 에서 일어나는 일입니다.

어느 집에 방문한 적이 있었습니다. 그 집 엄마는 초등학생 자녀를 불 러서 가게에 가서 주스를 사오라고 시켰습니다. 그런데 그 아이는 "네!"

라고 대답하지 않고 "얼마 줄 건데요?"라고 물었습니다. 엄마는 순간 당황한 표정이었고, 아이를 윽박지르면서 빨리 사오라고 했지만 아이는 "돈 안 줄 거면 안 가요!"라면서 방으로 들어가 버렸습니다. 나중에 이야기를 들으니 아이가 심부름을 할 때마다 용돈을 주었다고 하더군요. 외재적 동기 때문에 내재적 동기가 사라진 셈이었죠.

위인전에 나오는 훌륭한 사람들을 보면 그들이 성공했던 분야에서 누구에게도 보상이나 인정을 받지 못했던 기간이 있었다는 공통점이 있습니다. 외재적 동기가 없었기 때문에 내재적 동기가 일어날 수 있었던 것은 아닐까요? 혹시 여러분이 열심히 하는 것을 누구도 알아주지 않나요? 당장은 섭섭하고 힘들고 지칠 수 있습니다. 하지만 자신이 정말 좋아서 하는 일이라면 오히려 외재적 동기 따위는 없는 것이 낫습니다. 그래야 더 꾸준히 지속적으로 그 일을 할 수 있을 테니까요.